名門庶女 3

不游泳的小魚 著

文創風 070

目錄

第三十四章 …… 005
第三十五章 …… 025
第三十六章 …… 045
第三十七章 …… 069
第三十八章 …… 093
第三十九章 …… 113
第四十章 …… 133
第四十一章 …… 153
第四十二章 …… 171
第四十三章 …… 191
第四十四章 …… 211
第四十五章 …… 229
第四十六章 …… 245
第四十七章 …… 265
第四十八章 …… 281

第三十四章

果然，不過片刻老夫人便在丫頭的攙扶下走了進來。上官枚一見便撲了上去。

「奶奶，您可要為枚兒作主啊，枚兒……枚兒真真嚥不下這一口氣，若是奶奶您也不給枚兒作主，枚兒明日便回門子去算了，這個府裡太不拿枚兒當人看了！」

上官枚哭得梨花帶雨，嬌俏的臉上掛著委屈和傷心的淚。老夫人一把扶住她，擔心地說道：「我的兒，妳這是說哪門子的話呢，好端端怎地要回門子去？堂哥兒欺負妳了嗎？誰敢不拿咱們的郡主當人看啊，那不是找死嗎？」聲音說到後來，帶著股陰寒之氣。

王妃聽了，如水般溫柔的眼睛微微眯起，手裡的佛珠撥得飛快，臉色卻是平靜得很，似乎根本沒聽到老夫人的話一般。

二太太忙起身來迎老夫人，和上官枚一起扶著老夫人坐了主位，王妃也起身，給老夫人行了一禮，道：「天寒地凍的，您怎麼來了？」錦娘也跟著行了禮。

老夫人拉著上官枚的手，冷冷地看著王妃。「怎麼，我不能來嗎？還是妳怕我來？」

王妃淡然一笑，逕自坐回自己的位置，嘴角帶著譏誚。「兒媳有何可怕，只是母親您如今年歲也大了，身子也大不如從前，何不少操些心，在府裡頤養天年呢？」

老夫人聽了大怒，一巴掌拍在案桌上，喝道：「妳這是什麼話？不要以為妳是正妃就不知天高地厚了，妳成天不去給我晨昏定省，我來看妳總成吧，竟然說我操多了心？沒半點禮儀規矩，不懂孝義，不尊庶母，這就是妳身為正妃的風範？」

老夫人氣勢洶洶，王妃卻仍是面帶微笑，放了手中的佛珠，慢條斯理地端了桌上的茶，優雅地輕啜一口。「母親，年歲大了，總發火會中風的。」

老夫人就如一拳擊在棉花上，被溫柔地擋回來的同時，手卻被棉裡藏著的針給刺痛了，不由氣得臉都紅了，顫巍巍地站了起來，指著王妃的鼻子道：「妳……妳……」一時氣結，差點就要暈了過去。

她原就是來教訓王妃的，以往王妃總是對她忍讓得很，就是被她罵了幾句，雖然也氣，卻還是老實地聽著，今兒卻不知道王妃會如此強硬，竟是半點也不饒人，句句衝撞著她，教她如何不氣？

上官枚見了不由嚇到。老夫人若是這會子氣暈了，那戲可就不好唱了，忙撫著老夫人的胸，幫她順著氣，二太太也過來扶了老夫人坐下，勸道：「娘，您可別氣著了，王嫂她……也是一番好意呢，年歲大的人是不宜輕易動怒的。」說罷，對王妃眨了眨眼，似乎暗示王妃說兩句軟話哄下老夫人。

王妃兩眼一瞇，當沒看見，二太太的臉色就不好看了起來，清雅地退回了自己的座位，也喝了口茶道：「娘，您千萬別氣著了，您真要倒下了，這府裡不是更亂了嗎？」

王妃聽了冷哼一聲，並不理她這一茬。老夫人稍稍轉過氣了，瞪了王妃一眼道：「那可不，我今兒來，就是聽說這府裡又鬧出命案了，還是兩個。雖說奴才命賤，但也不能太過草芥了吧，王妃，這就是妳掌家治府治出來的好結果？」

王妃聽得一滯，放了茶杯，轉過頭定定地看著老夫人，幽幽道：「兒媳正在自行檢討，這些年，兒媳掌家時太過寬宏，讓那起子陰險小人以為兒媳好欺負呢，一再地耍陰謀、弄手段，暗地裡不知出了多少么蛾子。兒媳原想著都是一家人，能過去的就揭過去，能忍就忍，沒想到有些人越發猖狂，以為兒媳是好欺的，所以才弄得府裡越發亂了。自今兒起，兒媳可真要好好治治這股子歪風邪氣，不然我忍氣吞聲，人家當我是傻子呢。母親來了正好，一會子看看是哪些人在府裡作怪吧。」

這話一出，不只是老夫人，就是二太太、上官枚幾個臉色都變得很不好看，偏這話因又是老夫人引出來的，王妃又先檢討了自己，一時老夫人也不知如何應對。半晌，二太太才道：「王嫂言重了，雖說府裡出了些亂子，可府裡有上百號人呢，林子大了，什麼鳥都有，十根手指還不一般長呢，哪裡就是妳的過錯了。」

錦娘一直靜靜地站在一邊看著，聽了二太太這番話，不由在心裡無比地佩服二太太。挑事的是她，事情鬧急了，出來說乖弄巧的又是她，這人可還真不是一般的厲害，一個老夫人已經夠難纏了，還有一個更厲害的二太太虎視眈眈著，也不知道王妃能不能應付得過來。

「弟妹妳也不用安慰我，妳也說了，這府裡如今亂得很，不管是不是我的錯，我總是不能讓府裡再繼續亂下去，妳說對吧？」王妃淡淡地對二太太道。二太太剛才明明就是在打圓場，王妃卻是半點也沒順著她的話就此揭過的意思，態度很堅決。

錦娘不由鬆了口氣。還好，就怕王妃又如以前那樣心軟，不由看了眼身邊的冷華庭，就見他難得正色地看著王妃，眼裡有著一絲欣喜。錦娘微微一笑，廣袖下的手握得更緊了。

老夫人被王妃頂得直冒火，也懶得再跟王妃囉嗦，對二太太道：「老二家的，妳算了，任她去鬧吧，她是王妃，是正主子呢，這府裡，她還能將誰挾進眼裡去？」

二太太聞言便閉了嘴，不再作聲。王妃聽了老夫人的話也不生怒，哂然一笑道：「母親非要如此說，兒媳也沒有法子。兒媳若真是那厲害的，又怎麼會落到如今這個地步，連想問自己兒媳身邊人一點子事，都被這麼些人來說道，我這正經主子當得……可真是窩囊得緊呢。」

老夫人聽得一滯，沒地發火，便對上官枚吼道：「枚兒，方才妳不是還很委屈的嗎？這會子要拿的人可是妳的？妳的人犯了什麼事了？」

上官枚原是看見老夫人和王妃幾個長輩在鬥，她就和錦娘一樣，站在一邊聽著，這會子被老夫人點了名，瞟了眼二太太，眼圈一紅，委委屈屈地一指地上珠兒的娘，說道：「這個婆子的女兒被人弄死了，她卻誣陷枚兒的陪房杜嬤嬤唆使她幹的。奶奶，杜嬤嬤可是我院裡廚房裡的管事，平日裡與她這等粗使婆子哪有什麼來往，她分明就是胡說八道。」

錦娘一聽，上官枚這話也有些道理，只聽珠兒的娘一人之話確實難以讓人信服，不過，不知道還有沒有其他證據呢……腦子不由飛快轉了起來，尋思了半天，也沒想到有用的東西，心裡不免就有些急了。

老夫人聽了正待要說話，這當口，碧玉已經回來了，後面跟著的婆子卻是抬著一個人進來的，錦娘看了心就一沈。莫非杜婆子也被殺了滅口了？冷華堂不會如此愚蠢地欲蓋彌彰吧，那也太明顯了。

碧玉讓人將抬著的人放下，自己上前來對王妃行了一禮，道：「王妃，杜婆子說是前些日子就摔傷了腰，奴婢去時，她正在屋裡躺著，說是有幾天沒有出過門了，奴婢便將她先抬了來，有什麼問的，您當面問吧。」

這話一出，王妃和錦娘都是一怔。傷了腰？還躺在屋裡好幾天？那如何去唆使珠兒的娘？

果然上官枚聽了便冷笑起來，不陰不陽地說道：「前兒廚房裡地上濕滑，杜嬤嬤不小心摔了，腰傷了好幾天呢，我就想知道她是如何去唆使人的，難道是爬去大通院的嗎？」說著，又對珠兒的娘道：「說吧，是誰指使妳誣陷本郡屋裡人的？妳今兒不給本郡說個明白清楚，別說是妳身上這層皮，就是妳這把老骨頭，本郡也要拆了去餵狗！」

珠兒的娘聽得一陣哆嗦，趴在地上扭過頭來看擔架上的杜婆子。

杜婆子歪躺在擔架上，一隻手扶著腰，正在那兒哼哼著，見珠兒的娘扭過頭了，眼裡便閃過一絲怨毒，珠兒的娘將頭一縮，又轉了回去。

王妃看著就皺了眉，對珠兒的娘道：「妳可看清楚了？是這個婆子指使妳的嗎？」

珠兒的娘雖然怕，但仍是點點頭道：「回王妃，正是這杜婆子給的奴婢藥粉，奴婢這還餘著一些呢。」說著就從懷裡拿了一個黃紙的小紙包來，碧玉見了便用帕子包了，呈給王妃。

錦娘見了心裡稍安。那毒藥見血封喉，此種烈性毒藥必定不是隨隨便便就能弄到的，珠兒的娘不過只是個守園的婆子，哪裡有本事能弄到如此厲害的毒藥，何況還是用來毒死自己女兒的，有哪個母親會在家裡備了毒藥準備隨時毒死親生骨肉？

那杜婆子雖然歪在地上，但珠兒的娘拿了那包藥給王妃時，她的臉色一變，兩眼瞪得大大的，一副想要撕了珠兒的娘的樣子。

王妃也不看那包藥粉，似笑非笑地看著杜婆子道：「杜嬤嬤，妳可是世子妃的陪房，本妃也只是想請妳來問個話而已，沒想到這麼巧，妳就傷了腰了……珠兒的娘說是妳指使她去殺珠兒的，可有此事？」

杜嬤嬤掙扎著將身子挪正，費力地想要坐起身子，剛一動，似是牽到了痛處，嘴角就抽了抽，卻仍是狠狠地瞪了珠兒的娘一眼，才道：「回王妃，奴婢不認識這婆子，見都沒有見過，又哪裡會送什麼毒藥給她，她在胡說八道。」

珠兒的娘一聽，又轉過身來道：「杜嬤嬤，妳這話可就說得不地道，自世子妃嫁進府裡來後，妳就常去大通院，還特別與我交好，有事沒事拿了酒來與我吃，怎麼這會子又不認得人呢？大通院裡可是有不少人見過妳呢，空口白牙的，就是想要狡賴，也別這麼說吧！」

杜嬤嬤聽了臉微微一紅，便瞇了眼，上下打量了一會子珠兒的娘，像是才將她看清楚了一般，良久才道：「喔，原來是顧婆子，我才沒看清呢，妳這樣子像個瘋婆子，一時半會兒還真難認出來。」

原來珠兒的娘姓顧。錦娘看著杜嬤嬤就覺得她好笑，撒謊也不打下草稿，這話說得也太拙劣了些，明明是想抵賴呢，沒想到顧婆子也不是個吃素的，一下就將她戳穿了。

「妳自是認不出來了，我女兒死了，如今我也只剩了半條命，妳就是想認也不會認出來吧？那藥是妳今兒早上給我的，就算我變化再大，也不過幾個時辰而已，妳就不認得了？妳那記性還真是好啊。」顧婆子眼中含恨，怨念比杜婆子深多了。

那邊上官枚沈不住氣了，指著顧婆子罵道：「妳自己幫人殺了親生女兒，如今又來怨別人，那藥粉妳說是杜婆子給的，誰能作證？」

顧婆子聽了淒然一笑，對上官枚道：「無人作證。世子妃，誰會在做傷天害理之事時，還請一個人去見證的，瘋了嗎？那藥粉便是證明，奴婢一家身分卑微，那藥如此厲害，定然老貴了，奴婢就是藥個耗子，也用不起這一星點的藥粉，何況還是毒死個人。」又轉過頭對王妃道：「王妃，奴婢如今女兒也死了，原是苦主的，卻變成了殺人幫凶，二少奶奶說得對，舉頭三尺有神明，人在做，天在看，奴婢再為了脫罪而言辭狡賴沒意思，奴婢被人當了槍使了，如今奴婢也想讓那真正害人之人受到懲處呢！」

顧婆子滿臉淒楚，眼裡難得有一絲清明和決然，看來也是真正生了悔意，說的話也很有道理。

杜婆子聽了，臉色又是變了一變。

上官枚聽了便對老夫人道：「奶奶，您也聽清楚了吧，這婆子根本就沒有證據，她是在誣陷孫媳的陪房呢，這不是往孫媳臉上打嘴巴子嗎？孫媳這是得罪誰了，要受這樣的窩囊氣啊，孫媳這就回娘家去，找我父王來評評理。相公是庶出又如何，他可是皇上親自點下的世子，這府裡就是有人看不得相公得了世子之位，就想盡法子去害他，奶奶，您可要為我們作主啊……」說著，就嚶嚶地哭了起來。

老夫人聽了一陣心疼，忙安撫她道：「好孩子，快別哭了，別動不動地就說要去找妳父王，在府裡鬧鬧就算了，俗話說家醜不可外揚呢，奶奶也知道妳是受了委屈的。」說著，又冷冷地看著王妃道：「堂兒的世子之位早就定下來的，我看誰敢不服氣？哼，要不服氣也要有那個命不是？那身子殘腦子壞了的，難道也能成世子嗎？這不是要丟了大錦朝的臉？朝堂之上，百官之中，有誰會是坐著個輪椅上朝去的？這不是讓人說咱簡親王府沒人了嗎？」

錦娘這是第一次赤裸裸地聽人如此侮辱冷華庭，一陣氣血直湧上頭，只覺得手腳發木，全身像潑了冰水似地陣陣發寒，一抬頭，憤怒地看著老夫人。

正要說話，手卻被冷華庭一扯，回過頭來，就見他正暗示她稍安。果然，只聽哐噹一聲響，王妃氣得將桌上的茶杯全拂在地上，對老夫人道：「母親，本妃尊您一聲母親也算是給足臉面了，請不要為老不尊，若再污我庭兒，劉婉清今日就是豁了命去，也要給庭兒討個公道！」

老夫人還是第一次見王妃如此發怒，王妃氣勢太過嚴厲，一時嚇到，半天都沒有說話，二太太也發覺老夫人剛才的話說得太過了，忙起來說道：「王嫂，娘年紀大了，說話糊塗，妳千萬不要見氣，消消氣啊，庭兒是好孩子，只是命運不濟而已，大家都心疼著他呢。」

老夫人這會子也回過神來，看王妃那眼神像要吃掉她似的，不由縮了縮脖子，抿著嘴不敢再說。

錦娘見狀也上前去勸王妃。「娘，您別生氣了，相公和兒媳還得您護著呢，這是您身子還好，別人就當著您的面欺負相公了，若是您再氣壞了身子，那相公在這府裡不是更加沒有立足之地嗎？相公十二歲之前可是名正言順的世子，說是得了怪病，可誰又知道呢，保不齊就是有人下藥害的。如今相公已經變成這副模樣了，還要一再被人辱罵，連自己奶奶都瞧他不起，您說，這日子還過得下去嗎？不如您跟父王說了，給咱們一個小莊子，讓兒媳陪著相公在莊子裡自生自滅得了，省得相公這身子污了府裡其他人的眼。」

錦娘這一招正是學上官枚的。她不就是要以示弱來博取同情嗎？正好，老夫人那豬腦子送給了錦娘一個機會，她便有樣學樣地哭訴了一場。

王妃心酸的同時，更是梗得老夫人說不出話來，臉上一陣青一陣白，囁嚅了半天，才小意地說道：「兒媳我……我……」她話還沒說完，那邊冷華庭就自己推了輪椅往外衝，王妃眼尖看到，嚇得就撲了過去，一把攔住。

「庭兒，你……你要做什麼？你千萬別生氣，娘給你作主啊！」

冷華庭兩眼氣得發紅，額頭青筋暴起，一揮手甩開王妃道：「我是那殘了身子、壞了腦子的，是給王府丟人現眼的，別攔我，讓我死了乾淨！」

王妃一聽，心都碎了，死死地拽住他的椅子哭道：「庭兒，庭兒乖，你不是，你不是，父王和娘從來都沒有看輕過你——來人啊，快去請王爺來，今兒娘一定要為庭兒討個說法來。」

那邊老夫人一聽真慌了。王爺不是她的親生，因著王爺生母早死，自己又養過他一陣子，王爺尊崇孝道，才對她尊重有加，加之二老爺又爭氣，與王爺兄弟感情甚篤，才讓老夫人在府裡的地位如正經的老王妃一般的尊崇。

但今日可真是忤了王爺的逆鱗了，這六年來，王爺最在乎的便是冷華庭，不知求了多少名醫醫治他的傷病，對他幾乎是百依百順，所以才養成了冷華庭在府裡為所欲為的性子。剛才自己那一番話確實是說過了，人說打蛇不打七寸，傷人不傷痛腳，自己怎麼就說到小庭的殘疾上去了呢？

那邊二太太也是又氣又急。老夫人如今是越發昏聵了，真是成事不足，敗事有餘，原是枚兒請了她來助陣的，這會子倒好，讓她捅了個大樓子了，這局面可怎麼收場啊！

她不由看向上官枚，上官枚此時也是急得手足無措，埋怨地看著老夫人。二太太一急，對老夫人勸咳了一聲，廣袖急動，對老夫人打了個手勢。

老夫人稍遲疑了下，還是起了身，也不讓人扶，突然就向冷華庭奔了過去。錦娘離得遠，只覺得老夫人像是突然返老還童，跑得比兔子還快，也學著王妃一把抓住冷華庭的輪椅，哭道：「唉啊，庭兒，奶奶心裡其實是疼你的，奶奶剛才說錯話了，你……」

冷華庭詫異地看著老夫人。這個老不死的怎麼會親自來跟自己道歉了？不由鳳眼微瞇，面上仍是哭著，卻不再發瘋似地推輪椅，兩隻手也很規矩地放在腿上，一副像是被老夫人的話打動了似的。

老夫人見了卻不喜反憂，又伸了手去摸冷華庭的臉。錦娘見了，不由皺了眉。冷華庭可是最不喜歡別人碰他的，尤其是他討厭的人，這下只怕……

果然冷華庭很反感地將頭往後一仰，手下意識地就抬起，像是要推老夫人的樣子，錦娘的心就提到了嗓子眼上，正要開口提醒，就見冷華庭的手還沒有碰到老夫人，老夫人就兩眼一翻，順勢往後倒去。

二太太見了，嘴角就勾起一抹笑來，錦娘卻是急得不行。不過，想像的事情並沒有發生，老夫人翻了半天白眼，身子卻沒能如願地倒下去，因為冷華庭皺著眉一把托住老夫人的腰眼，按住那一處穴道，讓老夫人想裝暈都裝不了，身子硬挺著軟不下去。

一邊的王妃也看出了貓膩，忙扶住老夫人，對二太太嗔道：「弟妹，過來扶了她回去坐吧。」王妃連對老夫人的稱呼也省了。老夫人臉上慘白慘白的，剛才明明就是要裝暈的，沒想到被小庭一扶，人就是倒不下去，而且精神也好得很，就是想裝也裝不像，不由越發尷尬，吶吶地自己站直了身子，向一邊走去。

王妃便似是自言自語道：「當人家都是傻子嗎？我的庭兒雖然脾氣不好，卻是純良得很，就算別人對他再如何過分，他還是念著是長輩，及時扶著，只是他卻不知，別人又在耍陰謀來陷害他呢。」

老夫人這下只想找個地洞鑽進去才好。二太太那意思就是讓她假意去勸冷華庭，讓趁他發狂時，故意裝作被他推倒，一會子王爺來了，就算是對老夫人先前那些話生怒，也會看在冷華庭將老夫人打暈的分上，抵銷一些的。

沒想到卻被識破了，這下還真是要羞死人去了，她平日在府裡驕橫慣了的，藉著王爺對她的尊重，王妃的溫婉好欺，以庶母之位在王府裡指手畫腳，如今王妃是半點面子都沒給她留，一下子全兜了出來，教她一時無地自容，腳一跺，瞪了上官枚一眼。「都是些沒用的東西！不行，我頭痛了，我不管妳們了。」甩袖就要走。

上官枚當然不敢再攔她，二太太更是不願，錦娘卻是快跑幾步擋著門口，雙臂一張，哭著對冷華庭道：「相公，你……你說什麼傻話呢，我……我可是才嫁進門月餘呢，你就要尋死去，你要丟下錦娘不管了嗎？不行，我不讓你去……」

冷華庭立即明白了錦娘的意思，剛因老夫人演的那一齣而忘了初衷，於是跟著又鬧了起來。「娘子，妳不要攔我，讓我死去，活著沒意思，身子殘了，連自家奶奶也瞧不起……

娘子，妳、妳要不就跟我一起去死了算了，咱們投湖去，就院子前面那個，娘子，妳怕冷嗎？」

王妃聽了又是傷心，又是好笑。哪有投河還怕冷的啊，只是卻更加心酸了，小庭還是孩子心性，若是……真的哪一天去投湖試水，那可就不得了了。

錦娘卻知道冷華庭是怕被二太太識破自己在裝傻。方才一時氣急，說話很有條理，又及時看破了老太太裝暈的把戲，二太太是個精明透頂之人，如果發現他其實心性正常，怕是又會弄些什麼陰謀出來。

如今錦娘也看穿了，這府裡像是個個都看不得冷華庭好，巴不得他就此又傻又殘下去才好。老夫人也是奇怪得很，要說冷華堂也不是她的親生孫兒，為何就那樣偏袒他呢？若今兒之事發生在冷華軒身上，自己還想得過去，畢竟二老爺才是她親生的，為親生孫兒護住世子之位也在情理之中。

還有二太太也是，冷華庭與冷華堂同樣是王爺的兒子，冷華庭還是正經的嫡子，又得了王爺與王妃的寵愛，為何要為了冷華堂而來得罪王妃呢？真的想不過去啊，難道……真是冷華堂與其他幾府之人都達成了某種利益上的協議嗎？

就算是，冷華庭如今也已經不是世子了，又是個殘疾的半傻子，他們為何還是窮追不捨？是不放心吧，或許只要冷華庭活著一天，冷華堂一天沒有繼承爵位，他們就會一直對他迫害下去？

如今自己也進了門，想著法子再害自己是怕自己生了孩子，對他們的地位有影響吧？啊，越想頭越痛，她不由雙手抱頭，蹲了下去。

老夫人今天犯了大錯，不但沒有幫到上官枚，反而捅了大樓子，原是想快快離開這是非之地的，卻不想錦娘這丫頭擋住了路，自己偏生還不能叫她讓開。

後面的小庭正鬧著要尋死覓活呢，錦娘若是讓開，小庭真衝出去，出了事，她的罪過可就更大了。好不容易才在府裡混到如今的地位，若是為這而惹惱了王爺，王爺再不尊敬於她，那她的地位就會一落千丈，就算二老爺也有官位在身，但到底比不過簡親王府老夫人的地位啊。

一時間，老夫人被堵在門口不能出去，急得汗都出來了，這會子見錦娘突然抱了頭蹲下去，就想乘機鑽出去。這時，就聽王爺在屋外急急道：「庭兒，庭兒怎麼了？」

老夫人這下連死的心都有了，僵在門口，再也抬不起腳來。

王爺狂風一般地急衝進來，剛一跨進門，就見錦娘正抱頭蹲在地上，小庭哭得淚流滿面，好不委屈，王妃正拽著小庭的椅子好生哄勸著，忙先去扶錦娘。「孩子，妳這是怎麼了？有人傷了妳的頭嗎？」

王妃聽王爺這樣說，哭了起來。「王爺，你可算是來了，小庭和錦娘都要去尋死啊……」

王爺聽得一震，氣得雙目圓睜，幾步跨到冷華庭面前，撫著他的頭說道：「小庭，可是有人欺負了你？」說著，對屋裡眾人橫掃了一眼。

二太太以前清冷孤傲的雙眸也瑟縮了下，低了頭沒有說話。老夫人如今可算後悔死了，又有種要暈過去的衝動。

上官枚是這會子更加不敢出頭，心裡雖是氣王爺對兩個兒子太過不公，但王爺盛怒之下，出頭理論就是找死，這一點眼力她還是有的，於是也低了頭，不再說話。

只有冷華庭，眼裡一片死寂，連哀傷都似乎沒有了。「爹爹，奶奶說，庭兒是殘了身子壞了腦子的，是個沒命繼那世子之位的人，庭兒丟了大錦朝的臉面，就是個廢人……你說，庭兒活著還有什麼意思，庭兒要帶著娘子一起去投湖。」

王爺聽得目眥盡裂，心也被兒子的哀傷揉皺成了一團。這原就是他一生最為愧疚之事，以前的小庭聰明乖巧，又俊秀文雅，是他的驕傲啊，若不是自己犯糊塗，總是懷疑婉兒與他人有染，又怎麼會害得庭兒成了這個樣子？

這六年裡，王爺最是聽不得半句旁人說庭兒的殘疾之言，一說他的心便如被碾碎了般痛，府裡上下也知道這是他的忌諱，六年裡，至少沒人敢當著他的面諷刺過庭兒半句，沒想到一直尊敬的庶母竟然會如此辱罵庭兒，還當著庭兒和王妃的面，當自己是死的嗎？這麼些年，怕是對她太好了，讓她忘了自己原有的身分了。

王爺冷冷地看向老夫人，一步步慢慢逼近她。

他的眼神比冰刀還冷厲，老夫人不由嚇得打了個哆嗦，退了一步道：「楓兒……」

「妳只是庶母，沒有資格叫我名字，妳以後還是稱我王爺吧。」王爺一字一頓地說著，語氣像是暗夜鎖魂的無常一樣森冷，讓人聽了連寒毛都豎了起來。

老夫人聽得臉都綠了，驚懼地對王爺應了聲。「是，王爺。」那邊二太太一聽這話也是一臉刷白，眼裡露出無奈又失望之色。

上官枚更沒想到王爺會如此無情。自她嫁進來以後，她便發現王爺是很尊重老夫人的，按說，老夫人只是側妃，在府裡難得有老夫人的身分，但王爺就如對待嫡母一般待她，所以府裡才會對老夫人很是尊崇，王妃對老夫人也是禮讓三分，沒想到就那樣一句話，便冷了王爺的心，竟然又將老夫人降回了庶母的地位了。

王爺又轉回頭，看著王妃道：「娘子，老夫人年紀大了，需要靜養，明兒起，就送她老人家去後院佛堂吧。」

老夫人這下終於癱了下去，一時回過神來，抱了王爺的腿就哭。「王爺，你……你怎麼能這樣對我？別忘了，你娘去了後，就是我養著你的，如今，皇上最重孝道，你不能將我送到佛堂去，你……你這是不孝，是忘恩負義！」

王爺聽了不由冷笑，俯了身將她好生扶起，語氣卻仍是陰冷得很。「老夫人，妳這是怎麼了，如今太后也是天天吃齋唸佛呢，本王請妳去佛堂靜養，原就是想妳能過得清靜自在一些，可以摒棄一些不必要的煩惱，養好身子，也能康健長壽地多活幾年啊，妳怎麼能誤解本王一片好心呢？」

說著，手一揮道：「來人，請老夫人去佛堂住著，什麼時候心靜了，什麼時候再搬回來。」

外面立即進來兩個婆子，連扶帶拖地將老夫人拖了下去。

老夫人一步三回頭地看著屋裡的人，最多的便是向二太太求助，無奈二太太此時也是一籌莫展，半點辦法也想不出，根本不敢去勸王爺，怕火惹到了自己身上。

老夫人走後，王爺心疼地拿了帕子給冷華庭擦臉，柔聲哄道：「庭兒乖，庭兒……不是殘疾，你看，庭兒不是武功練得很好嗎？還很會作詩作畫，文武全才，庭兒是爹爹心裡的寶貝，是誰也替代不了的驕傲。」

冷華庭也終於收了淚。「爹爹……說的是真的嗎？庭兒……庭兒真的不是廢物？庭兒不用死了嗎？」

王爺聽了心一酸，撫著冷華庭的臉龐道：「不是廢物，以後這府裡若還有誰敢再罵你，爹爹幫你割了他舌頭去。你不能死，以後都再不許說死這個字了，聽到了嗎？」

冷華庭聽了嫣然一笑，王爺看了便在心裡感喟，仙人一樣的兒子啊，都是自己沒有護好他，以後，再也不能讓他受丁點委屈了。

「那爹爹，娘子也不用死了喔？娘子說，不讓小庭死，小庭死了她會沒法活的，小庭不死了，娘子也就不用死了。」說著就要去拉錦娘。他不知道錦娘為何會突然抱了頭蹲在地上，是病了嗎？還是……他憂心得很，早就想將她擁進懷裡好好看看，可是戲沒演完，目的沒達到，就只能生生忍著，這會子演得差不多了，便一心想要看看錦娘。

錦娘不過是被事情弄暈了，千絲萬縷如一團亂麻，理了也理不清，這會子見冷華庭一臉擔憂，急忙自己走過來，推了冷華庭往裡走，邊走邊對王爺道：「父王，先前您走了，兒媳發現珠兒的娘也有問題，一查之下，她果然交代了……」說到此處，錦娘頓了下來，並不往下說。

王爺聽了，果然剛舒展的眉頭又皺起來，說道：「她交代了什麼？」

王妃跟了上來，接口說道：「人就在屋裡，王爺不如自己問吧，免得我們問了，又有人說是我們攛掇著她說的。」

王爺倒是見過珠兒的娘。自己去大通院時，顧婆子還正口口聲聲說是錦娘害了她閨女呢，說錦娘與顧婆子串供，也虧得那些人想得出來。

二太太這才上前給王爺行禮，王爺冷冷地看了她一眼，道：「弟妹不留在自己府裡理事，是來看妳王嫂，還是有其他事情？」

二太太聽得一噤，勉強一笑道：「原是找嫂嫂說些家事的，沒想到趕了巧，碰到了這些事，就留下來作個見證了。」

王爺冷哼一聲，坐到了主位上，正要問地上的顧婆子，上官枚終是忍不住，邊哭邊給王爺行了一禮。「父王……這顧氏婆子說……說兒媳的陪房唆使她殺了自己女兒，您看，我屋裡的杜婆子都摔傷了好些天呢，又怎麼會去了大通院去做那傷天害理之事呢？」

王爺聽得一怔，看著地上的杜婆子道：「她是妳的陪房？她怎麼會認識顧婆子呢？」

上官枚聽了眉頭就皺起來。「兒媳也正是不解呢。」

錦娘笑了笑走過來，對王爺道：「父王，杜嬤嬤適才已經承認她常與顧婆子見面，而且顧婆子這裡還有一包藥粉，正是茗烟拿著毒死珠兒的那種，顧婆子當時只倒了一半在茗烟手裡，剩下的留了下來，正好可以請太醫來驗證下毒性。」

王爺聽了便接過那小包藥粉，聞了聞，臉色立變，對杜婆子道：「七毒七蟲散！妳怎會有這毒藥？」

上官枚見王爺不問顧氏而直接問杜嬤嬤，不由又覺不公，剛要上前說道，卻被二太太一記眼刀阻止了。

那杜婆子仍是半躺著，聽王爺說出那毒藥之名，她眼神微黯，卻狡辯道：「王爺，奴婢聽不懂您說什麼？奴婢不知道什麼七蟲散。」

第三十五章

王爺聽了眼睛便眯了起來，對杜婆子道：「顧婆子原就是本王府裡的家生子，她有幾斤幾兩本事，本王還是清楚的。此類江湖黑道上才有的毒粉，她是不可能有的，除非別人給她。說吧，妳這藥是哪裡來的？為何要毒死珠兒？」

杜婆子頭一偏，咬了牙道：「奴婢與珠兒無怨無仇，要害她做甚？奴婢前些日子便摔傷了身子，又怎麼會一早去給她送毒粉？一個連親生骨肉都要殘害之人，她的話，王爺又如何能信？」

顧婆子聽了不由大怒，也不管王爺和王妃都在堂，突然從地上向杜婆子撲了過去，一揪住杜婆子的頭髮就開始撕打起來，長長的指甲向杜婆子的臉抓去，嘴裡罵道：「妳這毒心腸的賤婦！我是鬼迷了心竅聽了妳的唬弄，才拿了藥給茗烟的，妳如今還說這話，妳不是人！」

杜婆子的臉上立即被她抓了幾個印子，吃痛之下，也去揪顧婆子的頭髮，兩人便開始撕打起來。王妃看著秀眉一皺，就要喝止，錦娘忙對王妃搖了搖頭，王妃怔了怔，立即明白了錦娘的意思，也就沈住氣，悠閒地看地上的兩個婆子滾成一團，任她們撕打著。

兩個婆子打得熱火朝天，一身衣服扯得亂七八糟，頭髮散亂，顧婆子身材高大一些，又是做慣粗事的，力氣當然大，杜婆子雖然微胖，卻是養尊處優的，力氣小，打起來就吃虧，她一激動就忘了形，被顧婆子踢了幾腳後氣不過，一個翻身便騎在顧婆子身上，掄起拳頭就往顧婆子頭臉上招呼，打得顧婆子哇哇亂叫。

那邊二太太看著臉都綠了，喝道：「真真太過分了、太沒規矩了！怎麼能讓她們在王爺面前吵鬧呢，王嫂，讓人拉開她們兩個吧！」

顧婆子被打得鼻青臉腫，這會子卻仍是抽了空叫道：「王……王爺，她不是說腰扭了嗎？打起人來可一點也不費力呢。」

錦娘聽得差點笑出聲來，上官枚此時的臉就像鍋底一樣黑，氣得手都發顫了，指著杜婆子道：「妳還不下來？想死不要害了別人，妳跟了我那麼多年，怎麼就沒看出妳這老貨就是隻蠢豬呢！」

王妃覺得看戲也看得差不多了，手一揮，兩個婆子上來，就將杜嬤嬤和顧婆子扯開來。杜嬤嬤這會子也知道自己露了餡，她也懶得再裝，好生生地站在堂中，一雙浮腫的渾眼自臉上搭拉著的髮絲間怨毒地向顧婆子看去，恨不得又撲上前撕爛了正洋洋得意著的顧婆子。

王妃譏笑著問杜嬤嬤。「妳的腰可真是神奇啊，打一架就好了，不如明兒再找十個、八個婆子跟妳打一打，保不齊，妳還能年輕個十幾二十歲呢。」

杜嬤嬤此時也知道再抵賴也無用，扒開自己臉上的頭髮，露出一副死豬不怕開水燙的樣子，對王妃道：「藥確實是奴婢給那傻貨的，她若不是自己心腸太黑，又怎麼會聽了奴婢的慫恿？哼，活該她死了閨女。」

顧婆子不由悲從中來，也不再跟杜婆子對罵了，掩著嘴傷心哭泣著。

王爺看著杜婆子揚了揚眉，問道：「妳倒爽快了，說吧，妳為何要害珠兒，又是受誰的指使？」

杜嬤嬤輕哼一聲道：「沒誰指使，只是看那賤貨不順眼，只要奴婢去了她屋裡，她便成日炫耀自己有個好閨女，說她閨女如何如何地得了二少爺的勢，如何地會孝敬她，奴婢聽著就煩，正好她閨女出了事，就攛掇著她對自己閨女下手了，沒想到，這個黑心腸的還真聽呢。」

王妃聽了氣得眼一瞇，拿起桌上剩餘的一個茶碗蓋就向那杜婆子砸了過去，怒道：「妳當別人都是傻子呢，一再問妳，不過是給妳機會，讓妳從實招來而已，沒想到妳如此狡詐奸猾。前兒辰時，平兒死的時候，妳拿了一壺酒、兩盤點心去了後院亭子裡，將看柴房的婆子迷暈，說，是不是妳殺了平兒？這一切，又是誰主使妳的？」

杜嬤嬤聽得一震，不可置信地看著王妃，臉色也變得更加蒼白起來。

上官枚更是坐不住了，臉色一陣紅一陣白，又很驚恐，一瞬不瞬地盯著杜嬤嬤，像要將杜嬤嬤的身子用眼刀捅穿似的。杜嬤嬤一回眼，看到世子妃正陰狠地看著自己，嘴角不由勾起一抹溫柔的笑，深吸了吸氣，幽幽地對上官枚道：「郡主啊，老奴給您添麻煩了，原想著要暗中幫幫您的，沒想到辦砸了，怕是還要連累了您，老奴對不起您啊！」說著便跪下去，對著上官枚咚咚地磕了幾個響頭。

上官枚目光連閃，眉頭微挑了挑，眼圈很快便紅了。「妳……妳……真是妳做的？為什麼啊，我過得好好的，不要妳這樣去幫啊，妳這不是要害死我嗎？」

她一副傷心沈痛又不可置信的樣子，轉過頭，淒淒哀哀地起了身，很老實地向王爺跪了下來，說道：「父王，兒媳治下不嚴，致使她犯了大錯，請您責罰。」

那杜婆子一聽，便像瘋了一樣爬到上官枚跟前，對上官枚哭道：「郡主，您請什麼罪，這一切都與郡主無關，您根本就不知道奴婢所作所為，奴婢只是在給您出氣。您嫁進府都這麼久了，為什麼一直沒有身孕，太醫請的平安脈早就說明您身子沒半點問題，您與世子爺也夫妻恩愛甜蜜，怎麼就沒懷上呢？哼，還不就是有人不願意看您懷上嘛，既然她們不讓您懷上，奴婢就要讓別的人也懷不上。哼，所以奴婢才會趁著平兒那丫頭心懷怨忿的時候買通她，讓她給二少奶奶換藥，我要讓除您以外的所有王府少奶奶都生不出孩子，哈哈哈——可是，沒想到竟然被個該死的劉醫正給看出來了，奴婢怕被發現，就殺了平兒。」杜婆子全然一副變態瘋狂的樣子，眼裡一片怨毒狠戾之色，只是在看向上官枚時，才會露出少許溫柔和不捨。

錦娘聽了不由嘆了口氣。這杜婆子倒是對上官枚忠心耿耿啊，這下怕是會自己全擔了，不由心裡很不甘，說道：「妳又說謊。其一，我進府不過月餘，妳是如何會知道我的身體狀況，又是如何會將那藥換得如此巧妙的？只是換了一味藥，藥效便完全相反，妳一個廚房裡的下人，又怎麼會有如此見識？其二，以妳的本事，要殺平兒於無知無覺之下根本不可能，妳平日裡太過養尊處優，力氣不大，平兒身段比妳高，到底年輕一些，妳要殺平兒，還要讓她不能掙扎，談何容易？其三，妳既說是妳殺了平兒，我再問妳，妳用何種凶器行凶？」

一番抽絲剝繭，杜嬤嬤被錦娘說得啞口無言，一雙老渾眼滴溜溜轉著，等錦娘問最後一點時，她眼裡露出迷茫來，半晌才道：「平兒與奴婢相熟，她原以為奴婢是去救她的，沒想到奴婢會殺她，奴婢當時是用根繩子勒死平兒的。」

她低了頭作沈思狀。「就是奴婢身上的一條腰帶。」

錦娘聽了不由笑了起來，對那杜婆子說道：「就是妳身上的這一種腰帶嗎？」

杜婆子忙點了點頭，錦娘便對四兒遞了個眼色，四兒便走上前去，取了杜婆子身上的腰帶下來，呈給錦娘。錦娘自袖袋裡又拿出另一根繩子來，對王爺道：「父王，這一根是自平兒脖子上取下來的，上面還有血跡。而這一根，是杜婆子才說的殺人凶器，您看，一根粗，一根細，而且杜婆子身上的腰帶不過摻了一、兩股絲，棉線居多，而這一根腰帶可是純絲編成的。她一個下人，哪裡會有如此精緻又昂貴的腰帶？這殺人者，明明就是個身分清高的人，至少不會是個奴才。」

王爺和王妃，就是二太太對錦娘這一番分析也都很折服，只是王爺和王妃眼裡露出的是欣賞，而二太太那雙清冷的眸子比之先前更為犀利陰寒了。她抿了嘴一言不發，靜靜地坐著，彷彿真是來旁聽看戲似的。

杜嬤嬤沒想到錦娘真會拿了根紅繩來對比，這會子她低了頭去，不再狡辯，眼睛暗暗地往上官枚身上睃。上官枚像是被嚇到了，呆怔地跪坐著，兩眼迷離，似乎不能接受眼前的事實，被打擊得失了心魂一般。

王爺嘴角便勾了一抹狠戾的譏笑，對王妃道：「此婆子太過狡詐，娘子，別跟她多廢話了，直接打，打得她肯說實話為止。」

王妃聽了便點頭，正要下令，上官枚一下子撲到王妃腳邊，哭道：「母妃，您……您要打就打兒媳吧，是兒媳治下不嚴，才讓她闖出了禍事，您……您放過杜嬤嬤吧，她……是兒媳的奶娘，自小在王府裡就是她最心疼兒媳，她……很疼兒媳，只是用錯了法子，求父王母妃放過她吧，至少，留下她一條命也好啊！」

王爺聽了便眯了眼，眼神銳利如刀。「真的不是妳主使她做的嗎？妳也說了，她是妳最親近的僕人，不是妳授意，她又怎麼敢做如此膽大包天之事？」

杜婆子一聽便慌了，先前一派死硬的樣子立即軟了下來，對著王爺死磕道：「王爺，真不是我家郡主下的令。郡主自小膽小心善，連隻雞都沒有殺過，又怎麼會指使奴婢去殺人？這事全是奴婢一人所為啊，真的與郡主無關！」

上官枚聽了王爺的話不由猛地抬頭，一臉驚愕地看著王爺，淚流如注。「父王，您果然是偏心得很……適才在大通院，您也懷疑相公是殺茗烟之人，此時您又懷疑是兒媳使人去害弟妹，原來，兒媳夫妻二人在您眼裡便是殺人越貨、陰險毒辣之人。兒媳也不辯解了，您要不拿了兒媳去大理寺吧。」一副受盡委屈和懷疑後，凜然不懼、坦然赴死的樣子，眼裡有著濃濃的哀痛和悲傷。

王爺聽了身子微微震了震。畢竟都是他的兒子媳婦，先前在大通院時確實錯怪堂兒了，這會子難道也是錯怪枚兒了嗎？

看那杜婆子對兒媳確實忠心耿耿，忠僕瞞著主子做那下作陰毒之事也是有的，那杜婆子看著就是個忠心護主的，她說得也不無道理，枚兒嫁進來後一直也沒有懷孕，會產生懷疑怨恨也是有的。只是，因此就對錦娘下毒實在也太過可恨，錦娘不過嫁進府來月餘，連人都怕是沒有認全，又如何可能去對世子妃下手？

這杜婆子全然是胡亂報復，行止瘋癲，這樣一想，王爺便對上官枚道：「妳起來吧，父王也就問問，並沒真的懷疑妳什麼。不過，這婆子也並未全然說了實話，或許她是受了別人的指使也不一定。再者，殺人償命，她做下此等毒辣之事，為父絕不能輕饒了她。」

上官枚聽了王爺的話臉色才緩了一些，還想再求，那杜婆子便將她往邊上一推，喝道：「總婆婆媽媽哭哭啼啼的做什麼？人是奴婢殺的，殺了奴婢償命就是，不用您再求了。」說著，突然爬了起來，向一邊的立柱撞去。

王爺眼疾手快，手指一彈，也不知道是個什麼東西打在了杜嬤嬤的腿上，杜嬤嬤腿一軟，立即摔在了地上，王妃急忙叫人來拉住她。

上官枚嚇急了眼，又去求王爺。「父王，留她一條命吧！她……也是為了兒媳好的……」

上官枚對杜婆子的情義倒是讓王爺微微動容，也怪不得杜婆子對她如此忠心，她也還算是個有情有義的孩子，能在被人懷疑的情況下一力求保犯了錯的杜婆子，就不是那泯滅良心之人……

「王爺，這婆子好凶悍，妾身看，她定然還有事情沒有交代。」王妃看王爺臉上露出猶疑之色，不由及時說道：「既然不是枚兒指使的，那便是另有他人。她一個深院裡的管事婆子，又是如何會有那江湖上的毒藥？王爺不覺得這一點太過可疑了嗎？」

王爺聽了這才回神。差一點忘了這茬，那七蟲散可不是一般之人能到手的，原是江湖上某個幫派之物，杜婆子怎麼會有那種東西？王妃說得沒錯，她身後必定有高人指派，何況錦娘才說了，那殺死平兒的凶器原只會是個有身分之人所有之物，那杜婆子身後之人定是不簡單。

想到這裡，王爺不再遲疑，一揮手道：「來人，將這婆子拖出去打，打得她肯說實話了為止。」

上官枚一聽，哭泣的眼裡露出驚惶，想要再求，也知道無用，便哀哀地轉頭去看二太太，二太太此時卻像老僧入定似地盯著腳下光滑的地板，像屋裡的一切與她無關。上官枚這下全然沒有了主意，只能眼睜睜地看著杜嬤嬤被拖了出去。

很快，屋外傳來杜嬤嬤痛苦的悶哼和板子聲響，一下一下，就如敲在上官枚的心上，她聽得心驚肉顫、面如死灰，兩眼無助又驚恐，坐在椅子上便像要癱下去一般。

那杜嬤嬤也是慓悍，十幾板子下去，仍沒有慘叫一聲。錦娘開始以為是堵住了嘴，後來一想，是在審問，當然不會堵嘴了，不由在心裡暗暗慶幸，幸虧先前抓住了顧婆子這根線，才把杜嬤嬤這條魚給引出來，不然，如此惡毒又凶悍的一個敵人虎視眈眈地埋伏在暗處，自己和冷華庭不是防不勝防嗎？

沒多久，行刑的婆子來報。「杜嬤嬤暈過去了。」

王爺問：「可說了什麼？」

那婆子躬身回答：「回王爺的話，什麼也沒說。」

「那用水潑醒後拖進來。」王爺冷冷地說道。

一旁的上官枚聽得差點便暈過去，手心冷汗涔涔。

那婆子出去將杜嬤嬤拖了進來。一股血腥味撲鼻而來，錦娘抬眼看去，只見杜嬤嬤後背下半身鮮血淋漓，那血都滲出了厚厚的棉袍，兩個婆子將杜嬤嬤往堂中地上一扔，上官枚見了身子一抽，想要撲上前去，卻又生生忍住，雙手死死抓住酸梨木椅的扶手，長長的指甲將木椅上的油漆刮出了幾道印痕。

杜嬤嬤被冰冷的水澆醒，痛得緊咬著嘴唇，無力地趴在地上。

上官枚忍不住痛呼了聲：「嬤嬤……」

王爺對杜婆子道：「說吧，那毒藥是誰給妳的？又是誰指使妳做這些事的？」

杜嬤嬤閉著眼睛一動也不動地趴著，王爺不耐地看了她一眼道：「沒想到妳還有把硬骨頭。妳可能忘了，這裡是簡親王府，本王可是管著刑部的，什麼樣的刑罰沒有見過？妳是不是也想試上一試？」

杜嬤嬤微微抬了下眼皮，虛弱地動了動血肉模糊的身子，眼裡露了一絲輕蔑的神色。

這無疑惹惱了王爺，他對一旁的婆子道：「去，拿蜜糖來，將她澆透了丟到樹林子裡去，本王看她有多硬。」

全身澆透蜜糖，再丟進樹林裡，就算現在是冬天，很多蟲子都躲起來了，但還是會有很多螞蟻之類的小蟲子，一個渾身澆了蜜、又傷痕累累的人躺在樹林裡，那會是個什麼樣的恐怖景象？錦娘想一想都打了個寒噤。王爺果然是個有手段的人啊。

杜嬤嬤聽了眼裡立即布滿驚懼。渾身爬滿蟲子，千蟲萬蟻啃咬傷口會是什麼樣的痛苦？杜嬤嬤便是再強悍也終於害怕起來，不等那婆子下去，她嘶啞地張口道：「奴婢……奴婢說。」

王爺嘴角勾起一抹滿意的笑來，手一揮，那個婆子便退了下去。

二太太聽杜嬤嬤鬆了口，臉色瞬變，盯著地板的眼睛也終於移到了杜嬤嬤臉上。杜嬤嬤虛弱地看眼二太太，閉了閉眼，再張開時，眼裡仍是一片堅定之色。

而上官枚卻是聽到杜嬤嬤鬆口時，整個人似乎都鬆懈了下來，眼淚無聲地流著，似乎她的心終於得到了救贖一般。

「那藥是……是舅老爺給奴婢的，平兒……也是舅老爺殺的，奴婢沒有動手，只是幫他打點一些事情而已，求王爺……放過奴婢吧。」杜嬤嬤忍著痛，斷斷續續地說道。

「舅老爺？」王妃聽得秀眉一挑，問了一句。

王爺也是一臉疑惑，看了王妃一眼。

那邊上官枚聽了倒是眼睛一亮，像是突然被注入力氣一般，立即坐正了身子，聲音卻仍是微顫。「嬤嬤，妳……妳快說清楚，是哪個舅老爺，妳都成這樣了，可不興再亂咬人啊，不然，父王又得……」

杜嬤嬤聽了急急張口，卻是被一口血水嗆到，噴得自己滿臉都是血水，樣子更加可怖了。錦娘腦子裡立即浮現出在上官枚院子裡見到的那個男子。杜嬤嬤口裡所說的舅老爺應該就是劉姨娘的哥哥吧？

果然，杜嬤嬤咳了好一陣，停下來後便對上官枚道：「世子妃，奴婢錯了，舅老爺是劉姨娘……劉姨娘的兄長。」

此話一出，王爺不由怔住了，而王妃卻是震得差點從椅子上站了起來，只有二太太，像是終於鬆了一口氣，神色也變得輕鬆起來，眼裡卻閃過一絲幸災樂禍之色，又如以往一樣，恢復了清冷優雅的模樣。

王妃眼神變得悠長，靜靜坐著，半晌沒有說話。錦娘卻總覺得這事不那麼簡單，就想起前些日子讓冷謙去跟蹤劉姨娘兄長的事情來。這兩天忙，也不知冷謙有沒有收穫呢……

「王爺，還是先請劉姨娘來了再說吧。」王妃想了想，微福了福身子對王爺道。

王爺劍眉緊皺，心裡像是悶了一塊大石一般的沈重鬱悶，對王妃點了點頭。

王妃便使了青石去請劉姨娘，王爺不等青石出門，對外面站著的長隨一招手道：「帶幾個得力些的人去，將劉氏的兄長先請過來吧。」

外面候著的長隨人影一閃便走了。

錦娘看著一直跪在地上的顧婆子，想了想便對王妃道：「母妃，雖說這顧婆子實是該死，不過也是被奸人迷了心竅，不小心給人當了槍使，做了幫凶，卻又實在是個可憐之人，念在她尚能悔過，才又有心立功，不如……」

王妃聽了心中一暖。錦娘這孩子還是心善啊，對曾經陷害過她的人也肯放手，雖說心善是好，但在這處處陰謀、步步陷阱的王府，心善就會被人欺……唉，好在她聰慧機敏過人，還是個不肯吃虧的主，能及時發現揭穿別人的陰謀，也能保護自己，心善……就心善吧，好心總該會有好報吧。這樣一想，便對錦娘道：「就依妳吧，原是想趕她一家出府的，如今她也知錯，也遭到報應了，就讓留了他們一家子，希望她能改過自新，以後好生辦差就是。」

顧婆子沒想到錦娘會為她求情，更沒想到王妃會留下他們一家且並不再責罰於她，一時驚喜萬分，也很是感動，對著錦娘和王妃納頭就拜。「謝王妃，謝二少奶奶！二少奶奶，您的大恩大德奴婢永生不忘，奴婢以後就是您的狗，您要奴婢做什麼，奴婢絕無二話。」

錦娘嘆口氣，對她揮了揮手，道：「起來吧，顧嬤嬤，以後好生辦差，再也別起那壞心思去害人了，害人終會害己的。如今，妳應該是體會最深的，對吧？」

王爺看著錦娘對顧婆子的處置，倒是很贊同，不覺又高看了錦娘一眼。她剛才這一手可比王妃平日裡治下強多了，治下既要施威，更要懂得施恩，顧婆子犯了大錯，但好在及時能改，但若不是錦娘求情，按王府裡的規矩，她必定會受罰的，趕出去事小，怕是得打上幾十板子，殘了身去了命也不一定。錦娘一求，不但保了她一條老命，更是解決了她心底最大的隱憂，顧婆子疼愛兒子，為了兒子不惜去毒害女兒，如今她一家不用被趕出府，以後生活也有了著落，自是不必再做那傷天害理之事了，對錦娘只會感恩戴德，錦娘有什麼事，自然是可以差遣於她的。錦娘這幾句話，收服的不僅只是顧婆子的心，這院裡的下人們可是全看到了的，人心都是肉長的，誰好誰壞總有個評斷，善良……也不一定就是壞事。

二太太聽到錦娘為顧婆子求情時有些意外，不過，很快她便勾起了唇角，露出一絲譏誚的笑來。屋裡這事也鬧得差不多了，一會子劉姨娘來又是一齣好戲，不過，自己倒是沒必要再留下去了。待得太久，怕是會引得王爺多心。

二太太便起身要告辭，卻見外面進來了個小丫頭，二太太定睛一看，竟是自家府裡頭的。

那小丫頭一進門，先是給在座的主子們草草行了一禮，便對二太太道：「二太太，不好了，素琴上吊了。」

二太太聽得一怔，臉色陰沈著問：「什麼時候的事？可還有口氣在？」

那丫頭眼裡盡是驚惶，低了頭回道：「就是方才的事情，也不過一刻的時間，還好，發現得及時，救是救下了，只是還昏著呢。」

二太太聽了倒是也不急，乘機起身向王爺和王妃告辭。王妃嘴角就噙了笑道：「咱這府裡還真是多事之秋啊，怎地王府剛出個事，東府裡頭也不安寧了呢？弟妹還是快快回去處理了吧。」

王妃這報復還得可真快，先前二太太諷刺過王府治下的院子裡亂子太多了，王妃這是又把那話還回來了。二太太臉色微僵了僵，卻也不氣，仍是清清冷冷地行禮轉身，行得不疾不徐，見不到半點憂心的樣子。

錦娘看了就嘆氣。王妃還是比不過二太太的心機和城府啊，看二太太那樣子，怕是什麼事也不能讓她亂了陣腳吧？不過她又開始猜測，那上吊的人是誰？看二太太的樣子，那個人應該也是個有分量的人吧，不然報信的小丫頭也不會那樣惶急了。

看著二太太離開的背影，上官枚反倒覺得輕鬆了許多，只是仍是憂心趴在地上的杜嬤嬤。今天這事怕是揭不過去了，一會子劉姨娘來，還不知道又會鬧出什麼事，終歸杜嬤嬤這條老命怕是難救了……她不由又傷心起來，看著杜嬤嬤流淚。

沒多久，劉姨娘一身華麗妝扮，裊裊婷婷地來了，一進門，那雙大而媚的眸子就鎖在王爺俊臉上有些錯不開眼。王妃見了嘴角就噙了絲冷笑，王爺卻是視而不見，一副習以為常的樣子。劉姨娘上前行了禮，王爺也不叫坐，就直接問她。「地上這婆子妳可是認識的？」

劉姨娘低頭去看，這會子杜嬤嬤滿臉是血，又被顧婆子抓壞了臉，她看了好一會兒才認出人來，不由倒抽一口冷氣，失口說道：「杜嬤嬤，妳怎麼會……」

杜嬤嬤艱難地抬眸，見是她來了，臉色立變，卻沒有說什麼。

「劉氏，這杜婆子說，是妳那兄弟指使她給珠兒下藥，又害了平兒的，妳那兄弟乃是府外之人，他怎麼會對府裡之事如此熟悉？妳倒給本王解釋解釋。」

劉姨娘聽得莫名。平兒和珠兒的死，在這府裡也算是鬧得沸沸揚揚了，她當然也是聽說的了，只是這事怎麼會扯到自己兄長頭上去了？

看王爺那意思，像是在說……是自己指使的？她不由又氣又急，嬌聲哭了起來。「王爺，您這話可是說得沒頭沒腦了，您要妾身作何解釋？妾身對這些事情一概不知，哪裡知道這婆子亂咬什麼？我那兄長也不常進府裡，而且又是個討人嫌，被人瞧不起的主，這府裡上下又有誰是他能指使得動的？這婆子的話您也信？」

劉姨娘這一番話倒也是句句在理，那劉家大舅平日裡確實不招王府上下待見，每次來雖不說是趕出府去，但也常鬧了個灰頭土臉，若說他能支使杜婆子去害人，或真親自動手在府裡殺人，確實有些說不過去。不過，他原就是個混混，吃喝嫖賭游手好閒，三教九流倒是混了爛熟，說他有那毒藥還是有可能的。所以，王爺懷疑的倒不是那舅兄能做什麼，而是劉姨娘一起摻和了，不然還真難做出那一番事。

「妳也莫急，一會子抓了妳哥哥來，自然要問清楚的。妳說得也沒錯，以妳那哥哥的本事想在府裡鬧么蛾子確實不太可能，但是，若是妳也幫了一手，那就難說了。」王爺眼裡挾了冰寒，說話句句椎心，聽得劉姨娘更是傷心難過，妖媚的眸子幽怨地看著王爺。「王爺，妾身在您眼裡就是如此的不堪嗎？您……說這話，有何憑證？難道又是姊姊受了委屈，您就要傷了妾身，哄姊姊開心嗎？」

王爺被她這話說得一滯。這女人還真麻煩，什麼事都能沾上醋酸味來，不由怒道：「妳胡扯什麼？如今說的是正經事情，原是這杜婆子供了妳兄長出來，又關王妃何事？」

劉姨娘聽了不由冷笑，指著杜婆子道：「她又不是我的人，平日裡就沒拿正眼瞧過妾身，試問妾身就算想要弄那么蛾子，自己手下又不是沒那貼心好用的，為何要指使她去？好讓她來咬妾身嗎？真真是笑話，這屋裡誰做了虧心事誰清楚，王爺您要一碗水端平了，誰知道會不會是演一齣苦肉計，然後再賊喊捉賊，來誣陷妾身和堂兒呢！」

王妃聽出她話裡的意思，不由被她的胡攪蠻纏氣得臉都白了，她也不罵劉姨娘，只是轉過頭，冷冷地看著王爺，如水的雙眸裡含著控訴和委屈。王爺看得心頭一顫，對著劉姨娘就吼：「妳若再胡說八道，本王便要——」

劉姨娘淒然一笑，截口道：「便要如何？王爺，六年了，您半步也沒踏進妾身房間過，對姊姊是寵愛有加，妾身不過是個有名分的擺件罷了，妾身如今除了堂兒再無所依求，偏人家還不放過妾身和堂兒，想著法子來陷害。這杜婆子可是郡主的人，平日裡郡主眼裡的婆母可不是奴婢，她們要做什麼事情，妾身哪有資格管得著？妾身那兄長不過是個渾人，就算摻和了，也不過是為了錢財，王爺要拿他，拿了便是，不要扯到妾身身上來。」說著又淒淒哀哀地哭了起來。

錦娘真是對劉姨娘佩服得五體投地了，明明滿身嫌疑的就是她，她卻有本事說得哀怨幽深，表現得比竇娥還冤的同時，反倒指責他人陷害於她，嫌疑人倒變成苦主了，怪不得她一個側室能在這步步危機的王府裡混得風生水起，硬是將自己的兒子扶上了世子之位。她那柔弱的外表下面，怕也是有一顆心機深沈的心，而最可怕的，是她平日裡總是時不時地表現出自己的淺薄尖刻和無知，讓人對她失了防備，到了關鍵時刻，卻是精明狡詐得很。

王爺被劉姨娘說得無言以對，明知她在嚴詞狡賴，卻不知如何反駁，只好瞪劉姨娘。

劉姨娘卻是不依不撓，繼續哭道：「堂兒如今雖是世子身分，王爺您平日裡又何曾對他用過心思？就算堂兒加倍努力去做您想讓他做的，做得再好，在您眼裡也是一錢不值。原是我這個娘害了他啊，多麼優秀的孩子，可惜從小父親就不疼他，可憐他不過是想幫著理理府裡的事，王爺不信他也就罷了，還對他下狠手。人說虎毒不食子，王爺，您下那手時，心裡可曾痛過？難道，小庭是您兒子，堂兒就不是？如今還為幾個奴才來冤枉妾身，您……您不如趕了我們母子出去了乾淨呢。」

王爺被她說得臉上有些掛不住，想著自己對冷華堂用的那一手，確實心中有愧，如今她說得也句句在理。平日裡，世子妃也真是從沒將她看在眼裡過，世子妃手下的人哪裡就是她能指使得動的？只怕這事真的不是表面那樣簡單呢……正想著，劉姨娘又指了世子妃鼻子罵道：「這是妳自己養的狗，她平日裡就像瘋子一樣，自以為是奶了妳的，在院裡就為所欲為，拿自己當半個主子看呢，她瞞著妳做了多少虧心事，妳可知道？諒妳平日自以為聰明，任著她在府裡胡作非為而不自知，這下好了吧，她闖出禍事來了，我看妳要如何收場？哼，我倒管不著妳，妳也不服我管，只是，別連累了我那可憐的兒子才是。」

上官枚被劉姨娘罵得灰頭土臉，若是平日，她怕早就跳起來回罵了，不過，這會子她卻眼睛一亮，撇了嘴就哭起來。「妳……妳這樣罵我做甚，她平日裡對我是最好的，我自然是最信她的，哪知她做事如此過分，竟然……竟然背著我找了舅爺去幹那傷天害理的事，我、我——」

「妳什麼妳？妳平日不是只將姊姊當正經婆婆的嗎？如今妳做錯了事，自然是要求妳正經婆婆的，哼，我懶得管妳了。」劉姨娘打斷上官枚的話，輕蔑地看著她說道。

這時，冷華堂自外面走了進來，手還扶著肩，臉上有隱忍的痛色，冷冷地給王爺王妃行了一禮後，也不對王爺說什麼，只是拉了劉姨娘的手道：「走吧，娘，咱們回去，這裡……沒人待見兒子。」

上官枚一聽急了，淒淒哀哀地又哭了起來，在後面追著冷華堂。「相公，相公……」

冷華堂牙一咬，一轉身，直直地跪在王爺面前。「父王，枚兒不懂事，求您饒了她吧，她單純得很，就是被人利用了也不自知，您……您若是真的看堂兒不順眼，就拿了堂兒世子之位罷了，沒了這世子之位，堂兒也就不用再受這窩囊氣了。」

這一跪，將王爺原就有愧的心愧得更是心酸了，如今庭兒已經成了這樣，再傷了堂兒……那自己豈不後繼無人？

不由長嘆一口氣。罷了吧，只要錦娘沒有真的被害，這事……就算了吧！

王爺站起身來去扶冷華堂，柔聲道：「肩膀可還疼？一會兒讓太醫看看吧，你……帶著枚兒回去吧，以後要看嚴實了，讓她把院裡的人都管好了，別再鬧出什麼事來。」

第三十六章

錦娘見此，心知這事怕會就此揭過了。殺害平兒、珠兒之事，就算真與冷華堂夫婦有關，王爺怕也不會將他們怎麼樣吧，畢竟，王爺身體完好的兒子就只有冷華堂一個，虎毒不食子……對，父母總是容易原諒自己的兒子的，何況，只是死了幾個奴婢而已……

如此一想，她便覺得好無力，轉頭默默地看著冷華庭，只見他眼神微凝，不知在想什麼，濃長的秀眉攏聚成峰，錦娘不由心酸起來。曾經，他也努力揭穿過那些人的把戲，只是……也被含糊帶過去了，所以才會連王爺王妃都不信任了。

她走過去，牽起冷華庭的手，柔聲說道：「相公，咱們回去吧。」

冷華庭猛然抬頭，觸到錦娘殷殷關切的雙眸，嘴角勾起一抹苦笑，拍了拍她的手道：「好，咱們回去。」

說著，也不跟王爺和王妃告辭，自己推著輪椅就往外走。

王爺正在跟冷華堂說著什麼，見冷華庭要走，心中微酸，過來撫了他的頭道：「庭兒要走嗎？怎麼也不跟你娘親打個招呼。」

冷華庭冷冷地看了王爺一眼，一言不發地繼續往外推，冷華堂俊眉微挑，一改剛才的悲傷之態，溫和地對冷華庭笑了笑，過來說道：「小庭，這事不怪你嫂嫂的。惡奴害主，明兒大哥一準兒將親舅提來給你出氣，好不好？」

冷華庭厭惡地撇過頭去不再看他，錦娘也實在不想在這屋裡待下去了，她草草與王爺和王妃行了個禮，默默無言地推著冷華庭往外走。

還沒出門檻子，冷華庭突然渾身一陣抽搐，頭上大汗淋漓，額上青筋也暴了起來。錦娘嚇了一跳，低頭看他。「相公，你──」

冷華庭一臉痛苦，整個身子癱在輪椅上，錦娘大急，回頭就喊：「父王，相公他──」

兩個身影齊齊掠出，冷華堂竟是還衝在了王爺的前面，一手就向冷華庭搭了過來，錦娘下意識地抬手去擋。她知道，冷華庭不喜歡冷華堂碰他。

冷華堂沒想到錦娘會攔他，星眸微瞇，眼裡閃過一絲戾色。王爺後腳趕了過來，看到小兒子渾身是汗，觸手灼燙，忙將他自椅上抱起，奔進屋裡去，對正驚慌趕來的王妃說道：「快，小庭又發作了。」

冷華堂聽得一怔，眼裡一絲冷笑一閃而過，也跟了進去。

王爺將冷華庭抱進了內室，王妃慌了神，哭著不知道如何是好，錦娘是見過冷華庭毒發狀況的，忙對王妃道：「娘，有酒嗎？多拿些酒來。」說著自己要進屋。

一瞥眼，看到冷華堂也一副心急火燎的樣子要跟進去，便攔在了門前，對他福了一福道：「大哥，相公他……他性子拗，生病時不喜旁人在邊上看著。」

冷華庭為何會突然發病？是真病還是假裝？病情如何？吃過的藥會不會減輕毒性？錦娘

都不想讓冷華堂看到，也顧不得那許多了，能擋一陣是一陣。

冷華堂一怔，皺了眉道：「弟妹，我只是關心小庭的身體，請讓我進去看看，我們可是親兄弟。」

說得好，親兄弟。錦娘不由冷哼一聲，抬起清亮的眸子，似笑非笑地看著冷華堂道：「錦娘只是依著相公的性子而已，大哥請諒解，相公他……似乎不喜歡看到大哥你。」真是厚臉皮，非要人將醜話說出來嗎？

站在堂裡冷冷看著的上官枚此時聽了很是不耐，走過來拽了冷華堂一把。「相公，走啦，人家不領情呢，你就是做得再好，人家也當你是驢肝肺，還嫌咱們的事不多嗎？別一會子出了什麼岔子又怪到咱們的頭上去。」

王妃正好讓人拿了酒來，聽了這話臉一沈，喝道：「說話仔細些，什麼叫出了岔子？小庭能出什麼岔子，你們是巴不得小庭再出些岔子吧！」

那邊的劉姨娘聽了不樂意了，慢條斯理地走過來笑道：「哪能呢，我們可是盼著二少爺長命百歲呢。姊姊心情可以理解，兒子又病了嘛，唉，好好一個兒子，自己不好好看著，沒事就扯三扯四，到了如今也只有生氣傷心的分，還好啊，我的堂兒身體康健。堂兒，咱走吧，也沒啥好看的。」說著，笑吟吟地拉了冷華堂就走。

王妃氣得渾身直顫，眼圈一紅，就哭了起來。劉姨娘的話正好戳到了她心裡的痛處。劉姨娘說得沒錯，當年確實是自己沒有看好兒子，才導致了如今的後果，王妃的心痛得無以復加。

今兒這事明明就與世子夫妻有莫大關係，王爺竟然又和稀泥，明明就要抓住幕後主使了，王爺又心軟了，若是庭兒身子好了，又何須忍那一對母子？她是越發懷疑，當年就是劉姨娘對庭兒下的手，只是苦於沒有證據。

錦娘進了屋裡，冷華庭躺在床上，一張俊臉因為高燒而呈現妖豔的紅，雙眼緊閉，身子又蜷縮在一起，心一急，撲到床邊去摸他的額頭。

迷糊中的冷華庭聞到熟悉的氣息，虛弱的睜開眼，對錦娘道：「讓……讓他們都走，我不……給別人……看。」

王爺正在給他探脈，一聽此話，心頭一顫，哽了聲道：「庭兒，我是爹爹啊！」站在床邊的王妃又擔憂又傷心。庭兒終是對父母有怨吧，病成如此模樣，竟然不願意雙親在一旁看著……

「你們走，快走！除了娘子，誰也不要留在這裡，我討厭你們……」冷華庭見王爺和王妃不肯走，突然費力對他們吼了起來，拚命甩開王爺的手，狀似瘋狂。錦娘心裡一急，對王爺和王妃道：「父王、娘親，小庭的脾氣您們還不知道嗎？他……他是不忍心您們看到他痛苦的樣子……」

王爺聽得怔了怔，心裡稍稍好過了些。小庭還是孝順的呢，不過錦娘說得也沒錯，小庭最是彆扭，他發病時，背後那青紋他們早看到過好幾次了，他次次都不自在。唉，若不是那青龍紋印，當年……當年小庭怕是早就沒命了。

這樣一想，強烈的愧疚感又湧上了王爺的心頭。他無奈地去拉王妃，王妃卻是廣袖一拂，冷冷地掩面而去，王爺的手怔在半空，一臉羞愧。錦娘的話觸痛了婉兒的心病呢，她……還是怨恨著自己吧？

王爺急急地跟著也出了門。

等人一走，錦娘就去抱了一罈子酒往床上去，伸手去扯冷華庭的領子，卻見他兩眼清明，似笑非笑地看著自己，不由愣住。「相公你……」

「笨蛋，妳又想弄我一身酒味嗎？也不知道換個法子，笨死了。」冷華庭仍是一臉冷汗涔涔，聲音雖是虛弱，卻比上次好了許多，至少人是清明的，也沒有再抽筋了，剛才那嚇人的樣子估計又是裝給王爺和王妃看的。

「你在發燒呢，酒精能退燒。原就彆扭得很，再要燒壞了腦子，我下半輩子可怎麼過啊？」錦娘拿了帕子給他拭汗，觸摸之下，發現他燒得也不很厲害，心裡一鬆，想來汗水散了不少熱，他上次可是只發燒並沒有流汗的，看來，確實不用再抹酒退燒了。

「妳說誰彆扭呢？」冷華庭趁勢捉住她的手，一把將她扯進自己懷裡。錦娘不由大窘。這廝正大病著呢，腦子裡在想啥？

她雙手撐在他胸前嗔道：「你在發汗呢，別把衣服都滲濕了，一會子又著了涼可不好。」

她眼睛一瞥，卻看到手裡的帕子染成了黑色，一陣狂喜湧上心頭。「相公，汗裡排毒出來了呢！你看，帕子黑了。」說著又去幫他拭汗。

冷華庭抬手就在她頭上一敲，罵道：「叫那麼大聲做甚？想讓別人都知道嗎？這院裡的耳朵可多著呢。」可眼裡的喜悅卻是掩不住，看著錦娘就錯不開眼，這樣直白又大膽的注視讓錦娘呼吸一窒，心也開始怦跳起來，不自在地低了頭，含羞帶怯道：「相公，你……你會不會中邪了？」

冷華庭被她說得一窒，恍如被兜頭澆了一盆冰水，滿腔柔情被她澆沒了。這丫頭還真會破壞人情緒。他長臂一勾，拉近她的頭，大掌在她臉上一頓亂揉。「醜丫頭，妳才中邪了呢。」

錦娘在他掌下哇哇大叫。「別揉了，我流鼻涕了！」

冷華庭聽了立即收回手，無語看天。這丫頭太沒情趣了。

錦娘脫出了他的桎梏，忙動手繼續解他的衣。「若是不想讓娘和父王知道，就得把你弄乾淨了，這帕子全是黑的……要不，洗個澡吧。唉，你怎麼不晚些發病啊，在自己院子裡可方便多了。」

她頭上立即又挨了一記鐵砂掌。「那不就是為了給某些人看的嗎？這會子他應該放心了，在他看來，我的病怕是不會好了，他可有年份沒看到我發作了，今兒也算是遂了他的心願。」

錦娘聽了心裡便發酸。發病也要作為保護自己的籌碼，他過的是什麼日子……洗澡是不成的，沒有那麼多熱水，加之又怕王妃發現。倒不是王妃發現了會對冷華庭怎麼樣，主要是王妃院子裡也不見得乾淨，錦娘總認為四周都是監視，讓他們小夫妻兩個無所遁形，半點秘密也難掩藏得住。

又過了一會子，冷華庭總算不再出汗了，錦娘也就將他臉上、脖子露出外面的地方全擦乾淨了，又在耳房裡打了水，洗了帕子，才打開門讓王爺和王妃進來。

冷華庭又是一副大病初癒的模樣，虛弱地閉著眼，雙頰上的紅暈褪去，顯出蒼白的容顏。王妃一見心便揪了起來，撲過來哭道：「庭兒，你……你怎麼樣了？」

王爺先是探住冷華庭的脈搏，發現脈跳平和，總算是鬆了一口氣，感激地看著錦娘道：「辛苦妳了，只是……庭兒每次發作必會全身大痛，狀若昏迷，發作時間也要長很多，妳……是用了什麼法子，他似乎比先前好了許多呢？」

錦娘聽得微震，看了眼床上的冷華庭，那廝卻是閉著眼正在裝虛弱。王爺可是身負武功之人，就算錦娘想要扯些七八來搪塞，怕也難唬弄過去，轉念一想，王爺之所以一再地對冷華堂寬容，不就是因為冷華庭身殘，簡親王爵位又不得不有一個親生兒子繼承嗎？若他知道冷華庭的病是能治好的，會不會……

「相公身子確實比以前好了許多，他的腿也不是沒有醫好的可能，只是……兒媳還正在找更好的方子呢。」

王爺一聽，欣喜若狂，忙問道：「妳……妳說的可是真的？」

冷華庭就在床上輕吟了一聲，睜了眼對錦娘罵道：「瞎心軟。」又瞪了王爺一眼，聳了聳鼻子道：「不過是將毒壓到腿上去了而已，哪裡就能好了？」

王妃聽了錦娘的話還沒來得及高興，又被冷華庭的話打回了原形，苦了臉對王爺道：「庭兒這病，就真的沒法子醫嗎？」

王爺也是被潑了好一盆冷水，失望地看著床上的兒子，既心痛又無奈。「整個大錦朝的醫者我都尋遍了，沒有適用的法子啊。」

王妃聽了悲從中來，嗔怒地看著王爺道：「當年，若不是你胡亂猜忌，庭兒又……」

「娘子……」王爺聽了很不自在，瞟了眼床上的冷華庭，眼中有著乞求之色，王妃這才閉了嘴，沒有再說。

冷華庭煩躁地要從床上起來，嘴裡嚷嚷道：「你們兩個吵死了，我要回自己院裡去。娘子，我要回去。」

王爺無奈地嘆口氣，知道勸他也沒用，只好將他自床上抱下來，又拿了件錦披將他裹得嚴實了，才親自送他出了門。這時，去捉拿劉氏之兄的人回稟，適才去了那人常去的幾個地方，全然沒有找到，估計是聞風而逃了。

錦娘聽了就看了王爺一眼，嘴角噙了絲冷笑道：「父王，兒媳有話不得不說。以前兒媳曾聽說過一句話，對敵人姑息便是對自己殘忍。這個人，不管是不是主謀，若不拿他回來，以後兒媳和相公一定還會受害。還有那杜婆子，兒媳是容不得她再活在這個世上的。」說完，也不管王爺的臉色如何難看，推著冷華庭就走了。

王爺怔在堂中，半晌沒有作聲。他沒想到錦娘竟然看穿了自己的心思，確實，劉姨娘就那麼一個兄長，劉姨娘嘴裡雖是那樣說，但真要拿了她的哥哥，又處置了，她非鬧得他不得安寧不可。總是堂兒的親娘舅，做得太絕了也不大好，所以，王爺只是著人將那大舅爺教訓了一頓，並沒真往死裡打。

杜婆子也是，上官枚的姊姊可是當今的太子妃，真要做得太過，上官枚找太子妃一哭，太子妃臉上也不好看。可是不處死，錦娘和庭兒那兒又說不過去，這事還真是難辦——

一回到自己屋裡，玉兒殷勤地上來要服侍冷華庭更衣，錦娘抬手示意她道：「妳去燒水，二少爺出了汗，要洗澡。」說著自己推了冷華庭進了內屋。

「相公，阿謙那兒有多少個人手？」錦娘進屋後便關了內屋的門，開口問道。

冷華庭聽了左眉一揚，笑了。「怎麼？有長進了，想動手？」

錦娘抿了抿嘴，眼中閃過一絲狠戾，撫著他的臉認真地說道：「我如今可是看清楚了，怪不得你在府裡誰也不信，原來真沒有人能真正幫到咱們，那咱們就得自己厲害點，總不能老讓人家欺負到頭上來吧？

「那兩個，我估計父王並不想處死他們呢，既然如此，咱們不如自己動手了。雖然查不出那個幕後之人，但這兩個人定然也是他們的幫凶，除了這兩個，也算是斷了他們的羽翼，給那人一個小小的警告，對吧？」

冷華庭輕輕捉住她撫在臉上的手，俊逸的臉上露出欣喜的笑容，拍了拍她的小臉道：「這才對了，妳得學得厲害一些，再不能和母妃那樣，自以為精明，其實糊塗得緊，所以才讓個姨娘踩到頭上去了而不自知。」

錦娘聽了，不由歪了頭斜眼看他，嘟了嘴道：「你不會給我娶個姨娘進門吧？相公。」

冷華庭聽了眉毛一揚，勾了唇道：「若是娶了呢？」

錦娘嘴一撇，五指併成手刀，惡形惡狀地對他道：「殺、無、赦！」

冷華庭聽了哈哈大笑起來，一把將她拉進懷裡。「那就要看妳的表現了。」嬌軟溫熱的身子抱在懷裡，鼻間聞到她幽幽的蘭草香氣，看著她俏皮嬌笑的臉，他不由心神一蕩，輕咬她的耳垂，熱氣暖暖地噴在她的頸間，聲音醇厚美妙。

「娘子，過不了多久……我們就可以圓房了。」

錦娘被他弄得臉紅腦熱，身子輕軟無力，腰一扭，自他身上起來，眼神閃爍著不敢看他，嘴裡卻咕噥道：「前兒不是還說……我……太小了嗎？怎麼……」

冷華庭不由凝了眼，揪住她的手就開始掐她的腰，嘴裡罵道：「哼，這事由不得妳，妳若不肯，我去收通房，娶小妾，找姨娘去。」

錦娘聽得大怒，也顧不得腰間酸軟，手一張就揪住他耳朵。「好啊，你去收通房，找小妾，娶姨娘，明兒我就休夫另嫁去！哼。」

冷華庭見她臉都脹紅了，也不再逗她，捉住她的手道：「醜都醜死了，還休夫另嫁呢，除了我，再沒人會娶妳的。唉呀，身上臭死了，好娘子，我要洗澡。」

錦娘服侍他洗完澡，自己去了小廚房。鬧了一天，肚子也餓了，冷華庭坐在輪椅上伸展著自己的腿，發現腿上的青筋越發淡軟，看來，離毒淨之日不遠了。

錦娘說得沒錯，有些事情，也該自己動手了。

他做了個手勢，冷謙便如影子一樣閃了進來。

「按少奶奶說的，將那兩個人殺了。」

冷謙聽了，半句也沒多說，閃身走了。

錦娘推著冷華庭出來用飯，玉兒又殷勤地上來服侍，盛了一碗金絲燕窩給冷華庭，笑著說道：「二少爺，這可是二少奶奶陪嫁過來的好燕窩呢，您多吃些，好好養養身子。」

錦娘聽得一怔。自己嫁妝裡有燕窩嗎？不由看向秀姑，秀姑便笑道：「少奶奶有所不知，是老太太臨來時塞在嫁妝裡的，說是少奶奶身子不好，要多養養的，奴婢吩咐廚子燉了兩碗，少奶奶和二少爺一塊兒吃吧。」

說著拿了碗去盛，玉兒的眼神就閃爍了起來，本是盛飯的手稍頓了一下，見錦娘看過來，忙訕訕一笑，隨意地問道：「少奶奶今兒去看珠兒，也不知道她現在怎麼樣了？」

錦娘一陣錯愕，盯著她的眼睛說道：「珠兒死了。」

玉兒手裡的飯杓掉在地上，臉色煞白，喃喃道：「死……死了？」

錦娘看了眼地上的飯杓，不緊不慢地說道：「是啊，被她最信任的人害死了。」

玉兒身子又是一震，嘴角抽搐了一下，目光閃爍著亂飄。錦娘不由瞇了眼，見冷華庭正端了燕窩在喝，忙一把奪了過來，笑道：「相公，燕窩這東西雖然補，但不適合男子吃呢，一會子我親自給你燉點蟲草吧，對你的傷腿也好一些。」

冷華庭被她弄得莫名其妙。燕窩很好吃呀，嫩滑濃郁，稠而不膩，這丫頭不是想一個人獨吞吧？一抬眼，見她眼神嚴厲，倒是難得地沒罵她，老實說了聲：「好。」眼睛卻跟著她手裡的燕窩在轉。

玉兒見少奶奶搶了少爺的燕窩，臉色更加難看，再見少爺那饞樣，忙求情道：「少奶奶，少爺想吃呢，也不是說天天吃，就是有啥不好的，也不在這一碗吧。」

錦娘冷笑一聲道：「不能太寵著他了，他身子不好呢。秀姑，去給少爺燉銀耳吧。」

秀姑雖不知道少奶奶這是唱的哪一齣，不過來了一月餘，也知道王府裡比之孫家更加複雜凶險，不由依言退下了。

屋裡就玉兒一人在服侍著，錦娘一臉親和的笑。「玉兒啊，如今珠兒也不在了，兩個人的事就妳一個人扛著，真辛苦妳了，爺這碗燕窩就賞妳吧。」

玉兒臉上的笑就僵住了。珠兒的死，對她打擊很大，這會子聽說錦娘要賞她燕窩，按說她應該高興謝恩才對，但她卻怔怔地看著錦娘遞過來的碗，半晌沒有作聲。

冷華庭不由也微縮了瞳，對玉兒道：「很好吃呀，還不快快謝謝少奶奶？」

玉兒猶豫著接過碗，對錦娘行了個屈膝禮，雙手捧著這小碗燕窩，如有千斤重一般。

錦娘心裡更加疑慮了，也不給冷華庭盛飯，只靜靜地盯著玉兒，玉兒在錦娘與冷華庭的目視下，慢慢地喝了那碗燕窩。

見她真將燕窩吃了，錦娘越發不解，不過臉上並未流露半點，笑咪咪地說道：「唉呀，這樣才對嘛，妳和珠兒也是服侍相公多年的老人了，珠兒……命苦，被人陷害致死了，這屋裡，也就妳一個老人，好生辦差，我和少爺不會虧待妳的。」說著，自己開始給冷華庭布菜，每樣一點，每挾一樣，都用眼角餘光觀察玉兒的表情。

她把玉兒的事全做了，玉兒便顯得無所事事，有些不自在，卻也還算坦然，只是眼睛總不肯與錦娘對視。

一會子，秀姑親自燉了銀耳來，錦娘便不再管冷華庭，自己吃了起來。玉兒一直陪侍在一邊，一碗燕窩吃下去，也並未見她有半點異樣，錦娘於是暫時收了疑慮的心。

下午，冷華庭在床上午睡，錦娘在屋裡繡著給他新做的冬袍，伴在床邊坐著。看著床上之人秀美嬌豔的俊臉，她嘴角不由勾起一抹安詳的笑。睡著的他，更像個單純無邪的孩子，菱形的唇微微抿著，錦娘腦子裡不由浮現出他親吻自己時的情景來，一時心神蕩漾，忙垂了頭，繼續繡衣邊。

秀姑打了簾子進來，小心走近，錦娘指了指床頭的八寶格，道：「我留了些放在第二格子裡，一會子妳用東西包了驗驗去。如今我也是草木皆兵了，最好她是個老實的，不然，我絕不再手軟。」

秀姑點了頭，輕輕在八寶格裡拿了錦娘留的小半碗燕窩，用布包了帶走。

秀姑走了沒多久，四兒又來了，附在她耳邊道：「二太太使了人來請您過府呢，說是大姑奶奶帶了寧王郡主來了，讓您去見見。」

錦娘實在不想再見二太太，二太太那人太過銳利，有時很難摸清她在想什麼，有何意圖。不過，這事她知道，原是前兒跟孫芸娘約好了的，原以為自己把大夫人氣病了，芸娘怎麼著也會過陣子才來找自己，看來，錢這東西還是比親情更有誘惑力。

她起身將手中的冬袍放下，又幫冷華庭掖一掖被子，悄悄地跟著四兒出了屋。

來過一次東府，也算是輕車熟路，但只進了二門，便有丫頭在二門處迎著，正是前次看見的烟兒。

「二少奶奶可來了，我家二太太正等著您了，說是找到一幅古畫約了您去鑑賞呢。」烟兒還是和上回一樣，活潑單純，一見到錦娘便嘰嘰喳喳地說了起來。

錦娘聽得眉頭一皺。自己可是對國畫一點也不懂，無端端地又要鑑賞什麼古畫？是叫自己來出醜的還是……只是單純地附庸風雅？轉念一想，郡主冷婉可不就是喜歡詩畫嗎？不過是讓自己來當個陪客而已，這樣一想，她又將心放回肚子裡，跟著烟兒後頭走。

錦娘看烟兒話多，便很隨意地問了句。「素琴姑娘可是妳們院裡的？」

烟兒聽得一震，靈動的大眼立即黯淡了，撇了嘴道：「她……她今兒差一點就死了，好在還救得及時。」說著又轉頭看著錦娘，眼裡露出期期艾艾之色。「二少奶奶，她們都說您是個心善的呢，您能……幫幫素琴嗎？」

錦娘聽著來了興趣，問道：「素琴是什麼人？妳這丫頭才是個心善的，想著要幫她呢。」

烟兒聽著眼圈就紅了，小聲說道：「素琴是奴婢的家姊呀，她……原是三少爺屋裡的大丫鬟，可是……如今……唉，二少奶奶，她做事很能幹的，不如您討了她去吧，聽說您院子裡也缺人手，上回三太太、四太太便都送過人給您的，您若是去開這個口，二太太保不齊就應了呢。」

錦娘聽得一個頭有兩個大。素琴為何要上吊？若她就是上次與芸娘在小竹林裡見到的那個丫頭，那還不等於要個定時炸彈回去？自己傻了才去蹚這渾水。

錦娘聽了沒再說話，烟兒雖微微有些失望，卻仍是笑著在前面引路。

二太太屋裡果然坐著孫芸娘和冷婉。錦娘提了裙，從容地走進去，孫芸娘乍看到錦娘時，眼裡閃過一絲怨毒，但很快便是滿臉笑地說道：「唉呀，四妹妹，妳看看，我又把婉兒帶來了，妳們可是難得的手帕交，婉兒上次回去後就不住地說沒能看到妳的新詩，很是惋惜，今兒妳可不能再躲了，怎麼著也要作上兩首給咱們瞧瞧，也好在二太太這位前輩才女跟前，展示下咱孫家姑娘的才氣。」

一番話說得親熱又順溜，彷彿她們原就是一對親密無間的姊妹一般，前日在孫家發生的事情在孫芸娘臉上看不到半點痕跡。

「大姊，哪有自家姊姊如此誇妹妹的，當著二嬸子的面，妳也不給妹妹留條後路，一會子我作不出詩來，還不羞死？」既然芸娘要裝，自己也就配合她好了，反正在孫家的事情也沒必要鬧到王府裡給別人看笑話。

冷婉笑著打趣道：「二太太，您看她們這兩姊妹，一見面就親熱得不得了，眼裡哪挾了咱們進去？四姊姊，我可是專程來看妳的，妳睃我一眼也好呀。」

二太太聽了也笑道：「咱們二少奶奶如今可是府裡的紅人，王爺王妃可是捧在手心裡疼著呢，挾不進人去當然是有的，就是我呀，也就喜歡她這樣的，聰慧又有才，還會幫著王妃掌家呢，也不知道什麼時候我也有這好福氣，也得這麼一個好媳婦回來幫我，那我就真可以坐著享清福了。」

冷婉聽了這話耳根就紅了，嬌羞地看了門外一眼，似乎有些微微失望。芸娘就笑著說道：「二太太，三少爺那樣人品的人，自然會配一個好姑娘的，您呀，一定會找個比錦娘更好的媳婦呢！不過，若說好女子，整個京城裡數得上數的，第一個當然就是咱們婉郡主啦，婉妹可也算是琴棋書畫樣樣精通呢，哪像錦娘啊，雖有些歪才，不過也是個半吊子。」

錦娘聽了忙連聲附和，一時主歡賓喜，聊得很是融洽，二太太便漸漸轉入了正題。「錦娘，叫妳來原是有一幅畫要讓妳和郡主一起鑑賞鑑賞呢。」

錦娘聽了忙道：「二嬸子快別說這個，姪媳對於畫可是一竅不通呢，不過郡主在，錦娘陪著郡主觀摩觀摩倒是可以的。」

二太太淡笑不語，逕自起了身向內堂走去，孫芸娘就向錦娘眨了眨眼睛，示意她一會子有事要聊。錦娘當然知道她要聊的是什麼，便點了點頭，說道：「姊姊今兒來了可不能就走吧，總要去妹妹那兒坐坐才是呢，不然，每次來只在二太太處，人家還會說我這個妹妹不會做人，連親姊姊也瞧不上眼，不肯來屋裡坐。」

冷婉聽了忙對孫芸娘道：「四姊姊說得也對，嫂嫂一會子大可不必管我，自去四姊姊屋裡坐坐去，只是回去時再來約我便是。」

芸娘聽了就謝了冷婉，一會子二太太拿了畫卷出來，親自在案桌上鋪開，對錦娘和冷婉三人招了招手。

三人走近去看，那畫果然古得很，之所以說它古，是因為畫軸磨得光滑，而畫紙已經泛黃起毛邊了，只是內容卻讓錦娘看得一頭霧水，既不是一幅水墨山水，也不是人物景致，畫的是近似八卦圖似的畫，八卦的外圍又畫了類似祥雲的圖案。錦娘看著有些眼熟，卻怎麼也想不起來在哪裡見過，不由皺了眉努力回憶著。

芸娘自然和錦娘一樣看不懂畫裡的玄機，只有冷婉，一看見那圖時，面色便變了，兩眼露出奇異之色。錦娘一抬眸，便觸到二太太投來的探詢目光，她聳聳肩，對二太太作了個愛莫能助的神情。「還真是看不懂呢，二嬸子您可真是高看錦娘了。」

冷婉聽了便掩嘴笑了起來，卻是對二太太行了一禮道：「多謝二太太如此大方，今兒真是讓婉兒大開眼界了。這圖，應該就是祥雲八卦圖吧，聽說原是刻在一塊墨玉上的，是簡親王府世代家傳之寶呢，二太太竟肯給冷婉和家嫂兩個外人觀摩，冷婉真是受之不起。」

二太太聽了，便含笑看著她道：「這圖原是我家老爺留著的，老太爺在時，將這畫傳給了我家老爺……」說到此處，二太太故意頓住了，冷婉的眼睛越發亮了起來。雖然也知道二太太在賣關子，但她是聰明人，人家點到這裡也算是透了，要傳達的信息也傳達了，她也就不再往下問。

倒是芸娘聽得一頭霧水，便抬了頭看錦娘，錦娘如今若真是得了王爺和王妃的心，那家傳之寶傳給她的可能性也很大呢，簡親王府可是大錦朝裡富了不知道多少代的貴族，光那頂鐵帽子王就能讓好多世家女子青睞，聽說，簡親王府還掌著另一種秘密的生財之道，京裡很多貴族都羨慕得很的，每年都要為大錦朝賺了上萬萬兩的金銀，但皇上只讓簡親王一家掌著，莫說其他王爺，就是皇子皇孫想要插手，也是難如登天。

這事，她也是最近才聽冷婉說的，瞧冷婉那意思是很想嫁進簡親王府來，只是最好的兩個都已經成婚，而她又對三少爺有情，所以，這樁婚事很可能能成。

不為別的，就為那條生財之路，冷婉也值得試上一試。這圖在二太太這裡……怕是能成……若真成了，那好處可是很難估量的。

不過，芸娘最希望的仍是錦娘能得了，畢竟她是自己的妹妹，又是個心軟的，只要自己用些心機，還怕在她跟前討不到好處？

聽冷婉這一說，錦娘算是明白了，果然二太太醉翁之意不在酒，那塊墨玉王爺可是當著全府親族的面給自己的，可謂是全府皆知的事情，不過，自己也就拿著了，什麼也不知道，看來王爺只是決定了將那繼承權給自己，什麼時候接手，得看自己的能力，怪不得王妃一再地試探自己看帳理家的能力。

今天二太太拿這畫出來的意思……可真是費思量呢。

錦娘裝作聽不懂二太太和冷婉的話，只是傻傻地站在一邊看了一會子，便道：「冷家妹妹可真是博學得很，於我，看這畫便是一張看不懂的圖。唉，我還是別丟人現眼了。」說著，便悠悠然地走開了。

二太太抬眸似笑非笑地看著錦娘。「姪媳倒是個實誠的，妳這才嫁進來多久，自然是看不懂這畫的。」說著，二太太也慢慢將那畫收起，並不點明這畫上的墨玉已經在錦娘手裡，留給冷婉和孫錦娘無限遐想。

錦娘倒是也明白二太太心裡一點意思了，一是在試探自己，看自己對那墨玉瞭解幾成，二嘛，便是引誘冷婉。

她想與寧王府結親，三少爺冷華軒的身分不夠重量，她剛才故意說那圖是老太爺傳給二老爺的，就是傳遞一個錯誤信息給冷婉。怪不得總是針對自己，原來，世子之位她們是得不到的，於是便想來奪自己手裡這點東西，哼，想都別想，沒門兒！

小丫頭沏了茶上來，錦娘悠閒地喝了一口後，隨意問二太太。「二嬸子，先前您急急地回來，那素琴姑娘可還好？」

二太太聽得一怔，清冷的眸子裡泛出一絲霜寒之氣，如刀般看向錦娘。那原是府裡的醜事，她沒想到錦娘如個二愣子似的，竟在外人面前提出來。

錦娘一見，故作恍然，臉上露出訕笑來，聲音卻小了。「唉，那個……適才小丫頭烟兒說，那素琴原也是不錯的，想讓姪媳討了去呢，姪媳屋裡不是才少了兩個人嗎？」

這話聽著像在回還，實際卻是在逼二太太回話，讓她不得不在冷婉面前說出素琴的一二來。

果然，二太太皺了皺眉，臉色微沈地說道：「原是這樣啊，也是，先前她們幾個都送過人給妳了，倒是二嬸我小氣，沒想到這一茬呢，一會子我挑兩個好的給妳。素琴不行，她……身子不好。」

「先前上吊了，沒救轉過來嗎？」錦娘立即萬分關心地接口道。虧得她與冷華庭待得久了，也學得一臉的純真和無辜，讓二太太心中一滯的同時，卻又發作不得，只能在心裡罵她。

「倒是……救過來了，如今正養著呢，唉，妳們幾個小的，這茶可是特地用雪泉沏出來的，怎麼也沒見妳們說個好呢？」二太太很生硬地轉了話題。

錦娘於是也不再緊捉素琴的事說了。她原就不是真心討素琴的，這事點到這裡，想聽的人放進心裡去了就成。

一轉眸，果然看見冷婉若有所思的樣子，眼眸不時地往外瞟，可惜，某位男子一直沒有及時出現。

喝了一會子茶，孫芸娘就有些坐不住了，她還想著城東鋪子裡的事呢，不時地對錦娘眨著眼睛，錦娘便笑著對二太太道：「二嬸子，我大姊來了幾回，一直沒去我那邊走走的，這回我可不能讓她們兩個就這麼走了，怎麼著也得請她們過去玩。」

冷婉聽了忙道：「嫂嫂過去吧，我……我不太舒服，就在二太太這裡等嫂嫂就是。」

二太太也正想與冷婉拉近些感情，忙笑道：「那就這麼著吧，姪媳妳帶著世子妃過去給大嫂見個禮去，一會子回我這裡用晚飯如何？」

錦娘聽了笑得眼都瞇了。「二嬸子真是個可心人，知道我不會招待客人呢，我可正想在二嬸子這裡蹭頓飯吃。」

二太太聽了便作勢要打她。「妳個貧嘴的，哪個說妳不會招待客了，不過是讓妳陪陪郡主罷了。」

錦娘忙笑著討饒，也躬身行禮，拉著芸娘出了屋。

一出門，錦娘故意將步子走慢了些，尋找烟兒。烟兒不在，錦娘微微有些失望，這時，便聽到一聲淒厲的哭聲傳來。「姊，妳……妳不能再做傻事了，妳不能狠心丟下烟兒啊！」

錦娘聽了，眼裡便閃過一絲笑意。看來，那個素琴也不是個吃素的，很會找時機鬧呢，這麼大聲，屋裡的冷婉聽不見才怪。

於是她故意拉著芸娘向那哭聲處走去。芸娘不解。「東府裡的丫頭鬧，妳這是摻和個什麼勁啊？」

錦娘回頭一笑，附了耳對芸娘道：「大姊還記得上回在小竹林子裡聽到的那一齣嗎？妳不覺得很有趣嗎？」

芸娘一聽，果然來了興致，卻是拖了她的手道：「糊塗，出了事當然要去告訴主母了，妳去看苦主算個什麼事？」

錦娘一想也是，看這院裡並沒有一個丫鬟婆子去稟報二太太，想來也是得了嚴令，不得拿這事去叨擾的，於是便牽了芸娘的手，慌慌張張地回了二太太屋裡，一進門，便大驚失色道：「唉呀，二嬸子，那素琴好像又在尋死呢，您快去瞧瞧吧！怎麼著也是條人命呢，聽說她原是三少爺跟前最貼心的，三少爺這會子不在，可別真出了事，三少爺回來就不好了。」

二太太再沒見過有這麼討嫌的人，清冷的臉上忍不住顯出煩躁之色。冷婉一聽三少爺的名字已經驚得起了身，心裡露出疑惑、氣忿，二太太沒法子，只好對錦娘道：「妳在這裡先陪陪婉兒和世子妃，我去看看便來。」

話音未落，外面吵鬧聲又起，有人尖叫，有人喝斥，錦娘伸長了脖子一副好奇樣，喃喃道：「唉，看三弟一派雲淡風輕、謫仙模樣，沒想到也是個多情之人呢，大姊，好像那素琴是大了肚子呢。」

芸娘一聽，轉頭看冷婉的臉色，心裡便湧起一股幸災樂禍來。冷婉的哥哥可不就是那外表俊逸、內裡荒唐無形之人嗎？也好，讓他妹妹也嫁這麼一個人，也受受自己的苦楚。忙應道：「是上次咱們在小竹林裡見到的那個？那時就說是有了呢，好像在求少爺收了她，可憐見的……呃……不會是她勾引了主子吧？」後半句是看著冷婉的臉色改口。

錦娘也不再多說，提了裙就往外走。冷婉哪裡還坐得下去，也跟了出去想看個究竟。院子裡，兩個粗使婆子正拖著一個年輕女子往後院走，二太太正冷著臉站在院子裡看著。

「別給臉不要臉，妳若再鬧，喊了人牙子賣了妳去！」

錦娘眼尖，一眼看出那哭鬧的女子正是上次見過的，不由與芸娘對視一眼，裝作不好意思地拉冷婉進屋去，像是這會子才想起要為二太太遮掩似的。

但那女子也看到了冷婉幾個，瘋了一樣掙扎著往這邊衝，兩個粗使婆子似乎心有顧及，不好下手太重，可能是怕傷了她腹裡的胎兒吧，一時脫了手，讓素琴衝了過來。

二太太臉色一寒，攔住素琴道：「妳還想做什麼？」

那素琴卻是撲到錦娘腳下，哭求起來。「二少奶奶，都說您是個心善心軟之人，求您幫幫奴婢吧，奴婢肚子裡有了孩子，奴婢不想死啊……」

第三十七章

錦娘聽得一陣錯愕。原以為她會撲過來找冷婉求助的，她若是聰明，就應該知道，冷婉才是她將來的主母，一個懷了孕的丫頭想要活下來，不去求二太太，不去求未來的主母，卻過來求一個別府的主子，不是太不合理了嗎？

想到此處，錦娘不由微抬了眼看二太太，只見二太太雖然面容嚴峻，但眼中凌厲之色過盛。上午，她便知道素琴自殺之事，如她那樣精明強悍之人，處理一個小小的通房丫頭，不是小菜一碟嗎？剛才的紕漏出得也太輕易了些，莫非……這個人又是她的一顆棋？

錦娘於是裝作慌亂地往二太太那邊躲，指著素琴道：「妳這丫頭好沒道理，正經主子站在這裡呢，妳求我做什麼？」

那素琴聽了淚如雨下，一臉悽惶無助。「二少奶奶，奴婢……若是還有路走，又何必……求您了，行行好，救奴婢一命吧！」

錦娘聽了便輕嘆一聲，對二太太道：「她……肚裡的孩子是……」

二太太眼睛閉了閉，臉上露出些微的不自在，好半晌才道：「原是軒兒屋裡的大丫頭，做事也還上心，本想著等軒兒娶了正妻，再讓軒兒收了的，沒想到，她卻突然有了身子……」說到此處，二太太又頓了頓，微帶赧色地看了下冷婉，果然冷婉臉色一變，眼中閃過一絲怒氣。

接著又道：「誰知……軒兒死都不認，說碰都沒有碰過她，哪裡會有孩子，如今再問她，她卻不肯交出人來，還……尋死覓活地鬧著。唉，若不是看她腹中懷著的總是一條命，我又做不出那心狠下作的事來，真恨不得賣了她才好。」

冷婉聽了這話臉色才一緩，眼裡露出欣喜之色，對二太太道：「二太太您可真是個心善的，如這等煙視媚行、行止無端之人，還留著做什麼？沒得污了您府裡的名聲。若是我，管她懷的是哪個的野種，一併打將出去就是。」

錦娘聽得一震，素來優雅可愛的冷婉原來也是個心狠之人，這一番話真說得她心驚肉跳，看來，自己的心臟還是不夠剛強，不夠硬。冷婉是在大宅院裡鬥慣了的，自小怕就是接受此等教育吧，這等處置人的手段，真是信手拈來。

素琴聽得二太太的話，臉色更加淒楚無助，眼中閃過一片恨色，卻無力反駁，只好埋頭痛哭。錦娘見了，便索然無味地去拉芸娘。這事自己還是別惹的好，且不管素琴腹中的胎兒是誰的，看這架勢，就像又在做套子讓自己鑽呢，她才不要那麼傻，一個平兒還不夠嗎？東府裡的事，與她無關。

「大姊，咱們走吧，瞧這天色也不早了，一會子還得趕過來蹭二太太的晚飯呢。」說著，錦娘施施然就往院外走。

二太太見了眉頭微皺，急急地對錦娘道：「姪媳，妳原不是說，要討了素琴去嗎？唉，妳看她這鬧得我頭都疼了，不如就給了妳吧，那肚裡的孩子管他是誰的，生不生得下來還是兩說，以後做個管事婆子還是不錯的。」

錦娘聽了唇角一勾，苦著臉回了頭，一副不好意思的樣子。「二嬸子您饒了我吧，我屋裡的事都沒理清楚呢，再來這麼一個人，不是要攪暈我嗎？先前可不知道她是個品行不端的，如今可再不敢說那討要她的話了。」說著，給二太太作揖，一副害怕的樣子。

二太太聽了便瞪了素琴一眼，素琴便從地上爬了起來，直直地往一旁的大樹上撞去，虧得兩旁的婆子拉得快，不然她一天倒是死了三回了。

此時一直躲在屋裡的烟兒跑了出來，又是撲到錦娘腳下跪了。「二少奶奶，求您救救家姊吧，她在這府裡實在是……實在是過不下去了啊！整個院裡都罵她是偷人養漢、德行虧敗的壞女子，家姊……家姊不是那樣的人啊，求您讓她離了這府裡吧，或者還能撿條命回來，不然，光唾沫水也能淹死她啊！」

這話說得倒還合了情理，不過，那又如何，越是想讓她收了，越是有貓膩。

錦娘苦著臉將烟兒扶起，好聲勸道：「人啊，做錯事就得負責的，妳姊姊是真做錯了，妳還是求二太太給她配個小廝算了吧，也算圓了她的名聲。妳起來，我幫妳求求去。」

二太太早聽到了她的話，臉都綠了，不等她開口便道：「就是小廝也不會要個懷了肚子的啊，哪個男人願意替人家養兒子的，提都別提了。」

錦娘聽了很無奈地上下打量著素琴，半晌才對二太太道：「我看她長得也眉清目秀呢，要不……送給三嬸子吧，三嬸子那邊也缺人，那裡離東府更遠一些，而且三嬸子又是個心善溫順的脾氣，對下人也好——」

話還沒說完，素琴眼裡便露出絕望之色，看著二太太大喊起來。「不——太太，不要送奴婢去西府啊！不要——」

是怕三老爺吧？哼。

芸娘一聽笑了，插嘴道：「那倒是個好主意，保不齊三老爺會收了她入房，這樣還得了個好結果，總好過一直做下人強吧。」

冷婉也接口道：「嗯，這也算是救她一命了，也算是行善積德之舉。二太太，不若就這樣吧，也省得一個卑賤的下人弄得闔府不安寧。」

二太太怔在院中，目光閃爍著，不知如何是好，心裡氣得差點沒吐出血來。沒想到錦娘會出這麼個餿主意，正想著怎麼改口，冷華軒卻自外面走了進來，仍是一派雲淡風輕的樣子，氣質如竹似月。他的出現，讓人眼前一亮，錦娘忍不住又多看了兩眼。帥哥就是帥哥啊，看著就是養眼。

冷婉含羞帶怯地看著冷華軒，嬌俏的臉上升起一抹紅暈，如水般的杏眼偷偷睨了眼冷華軒後，又垂了眸低下頭去，一副賢淑嬌小姐模樣。

冷華軒走近二太太，規矩地給二太太行了一禮，又溫雅地給芸娘和錦娘見了禮，抬了眸，笑看著冷婉道：「二妹妹今兒怎麼得空來了？多日不見，二妹妹越發明麗可人了。」

冷婉嬌羞地抬了眼，一觸到冷華軒清亮溫潤的眸子，便如黏上了一般，想收也收不回來。錦娘看著就好笑，明明就是一副郎情妾意的樣子嘛，看來這婚事十有八九得成。

哼，就是能成，也得弄點子東西膈應二太太才好，不然這日子過得可就太無趣了。

「三弟，你來得正好，那可是你屋裡的人呢，如今正尋死覓活著，方才我們都請二太太將她送給三嬸子得了，省得鬧得你們院裡不清靜。」錦娘似笑非笑地看著冷華軒道。她隱隱感覺這個冷華軒不似表面的溫雅脫俗，素琴的事，就算真與他無關，怕也是知道一二的。

冷華軒聽了，果然臉色很不好看，眼中露出不忍之色，對二太太道：「娘，素琴……雖然犯了錯，但畢竟是打小服侍過兒子的，您就放她一馬吧，三叔那個人您也知道的……她去了，怕只會一個死字等著呢。要不，您送她去佛堂算了，奶奶那裡正缺人服侍呢，也算是您盡了孝心呢。」

不貞不潔之人也送去佛堂？這冷華軒明明就是欲蓋彌彰。錦娘冷笑著看向冷婉，果然冷婉的臉色很不好看，她也是聰穎過人，只這幾句話便會讓她產生許多的遐想吧？

錦娘笑看著事態的發展，老神在在地悠著，一點也不急著離去。

二太太無奈地看了眼冷華軒，點了點頭道：「就依你吧。唉，你呀，就是待人太過溫和，才會讓下面的人行那齷齪之事，不得還連累了自己的名聲。」

冷華軒聽了忙低頭作揖認錯。錦娘心裡更加篤定，素琴肚裡的孩子就算不是冷華軒的，也會是某個主子的。先前那番做派不過就是在唬弄自己，想弄個自己不太防備的人塞到自己院裡去。

轉頭一想，若那孩子真是二太太的孫子，自己又要將她送給三老爺，那……不是孫子要變成姪子了嗎？如此一想，怪不得冷華軒出來得那樣及時，明知求情會惹冷婉不開心，還是被逼著出來演了一齣善心救奴的戲碼來。

戲看得差不多了，錦娘便拉了芸娘告辭，冷華軒趕緊一步走了過來。「二嫂，上回那藥……二哥可是用了？也不知管用不？」

錦娘頓住腳回頭看他，清澈明亮的眼睛含了一絲探究。「用了呢，我也沒跟你二哥明說，只說是自己尋了個方子讓他試，試了倒確實好了一些，不過……」說到此處，她故意頓了頓，眼色又黯淡下來。

冷華軒果然急急地問道：「不過怎樣？不會……有別的壞處吧？」那聲音急切又憂心，彷彿真的很替冷華庭擔憂的樣子。

錦娘苦著臉，一副心疼傷心的模樣。「嗯，如今也不知道是不是藥不對症，今兒上午，相公才發作過一次，如今還躺在床上沒醒呢。」

冷華軒一聽，劍眉微皺，神情憂懼，聲音都顫了起來。「又……發作了？怎麼會……那藥明明就是——」

「軒兒，小庭的病也不是一天、兩天的了，你也盡心了。」二太太突然打斷了冷華軒的話，安慰他道。

錦娘不由迷惑了。看冷華軒的樣子，像是真的很關心冷華庭，他沒說完的話是什麼意思？

「你要不要去看看相公呢？三弟。」錦娘決定試探一下。

冷華軒看了眼二太太，有些無助地嘆了口氣，對錦娘道：「二哥怕是不想見我呢。」這倒是真的，只怕他去了，冷華庭也沒好臉子給他瞧，不過……

「你多去幾次不就好了？相公只是小孩子脾氣，哪裡就能總記著過去的事了，你是好心，他總能分辨得出來的。」

冷華軒聽了猛一抬頭，眼中露出欣喜之色，有些不自信地問道：「真的嗎？二哥……他不會再討厭我了嗎？」

「軒兒……你二哥如今正在養病，你少去叨擾他。」二太太臉色陰沈地喝斥冷華軒，冷華軒看了眼二太太，黯然低頭，對錦娘露出一絲苦笑，行了禮後，也不理院裡的冷婉，竟逕自走了。

錦娘被他那樣子弄得有些摸不著頭腦，腦子裡一團亂麻，理也理不清。二太太竟然當著自己的面不許冷華軒去看冷華庭，這裡面必定有原因，看冷華軒那神情，也不像裝的，眼神溫暖乾淨，有那樣乾淨眼眸之人，會是那腹黑陰險的小人嗎？或者，自己錯怪他了？

冷婉怔怔地看著冷華軒遠去的背影，二太太叫了她一聲，她也沒回神。芸娘看著就笑，戳了她一下道：「都走遠了，二妹妹。」

冷婉這才羞澀地垂了眼眸，跟著二太太進了屋去。

芸娘急急地拉了錦娘出來，好奇問道：「四妹妹，那圖妳真沒看懂嗎？聽說是簡親王府的傳家寶呢，妹夫可是嫡子，如今又沒了世子之位，王爺應該將那墨玉傳給你們了吧？」

錦娘聽著就頭痛，婉然一笑道：「我才過門月餘呢，哪裡知道什麼傳家之寶，妳沒聽二太太說那畫是老太爺在時傳給二老爺的嗎？保不齊就是在二房呢，不然，以婉兒的身分怎麼會想著要與三少爺結親，不是太委屈了嗎？」

芸娘聽著，眼裡就露出失望之色來，轉念一想，又拿手去戳錦娘的腦門子。「妳可得乖巧些，你們已經沒了爵位了，再不將那件寶物弄到手裡，以後可就有得妳悔的。」

錦娘摸著頭苦笑道：「好啦，我聽大姊的，我領妳去見王妃吧，來了兩次了，總不能一次也不去吧。」

芸娘臉上露出尷尬之色，偷瞟了眼錦娘道：「空手去嗎？我今兒來也沒帶什麼東西，怪不好意思的。」

錦娘聽了便在心中腹誹。自然是不帶的，連我的嫁妝也要搶的人，小氣摳門到家了。

「王妃什麼東西沒見過？妳只要心到就成了。走吧，不是還要辦正事嗎？」錦娘拖著芸娘就回了自己屋裡。

冷華庭已經起來了，正歪在屋裡看書，見錦娘帶了芸娘進來，他秀眉微緊了緊，還是很客氣地叫了聲：「大姊。」算是打了聲招呼，然後眼睛又看向書本。

芸娘便感覺有點不自在，錦娘拉了她坐下，讓四兒斟了茶過來。豐兒和滿兒原也是認得芸娘的，忙過來見了禮，大家說笑了幾句，才算是解了芸娘的尷尬。

芸娘就打量起錦娘屋裡的擺設來，見屋裡擺放的各種物件無一不是名貴珍品，就是桌上常用的茶具也是宮制的青窯瓷，壁上所掛壁畫，且不說是否名家稀品，就那鑲金的畫軸就讓芸娘嘖嘖稱奇，身後的八展繡屏，宮紗上正反雙面描金繡著百年好合的花樣，那鴛鴦栩栩如生，原以為寧王府已經夠富裕奢華，但比起簡親王府來真是差了不止一點、兩點了，芸娘眼裡的羨慕之色就越發明顯。

就連一向老實的豐兒看了大姑娘那眼光也感到羞愧。都是孫家出來的，大姑娘還是個正經的嫡女，用得著露出那樣貪婪的眼神嗎？姑爺還在座呢。

「大姊，人妳準備好了沒有？什麼時候去見三老爺？我讓冷謙幫妳去引路。」錦娘對這個大姊真的無語，她怎麼著也是個世子妃，能不能將那眼光收斂一點啊？

「喔，備好了，明兒妳幫我約了三老爺去，人嘛，還是送到三太太那裡好了，我一個婦道人家，也不適合在外面拋頭露面，三太太收了人，妳再幫我說合說合，應該能成了吧。」芸娘總算將目光收了回來，擺了個端莊的模樣。

「大姊也真是的，這事我去說倒是不好了，人是妳自己的，去了三老爺那兒，讓她們說，妳再派個得力點的管事請了三老爺到外面玩一玩，說明意圖就成了。三老爺也是個爽快人，一準會答應的。」錦娘笑著給芸娘出主意道。

芸娘聽這法子不錯，心裡也興奮起來，想著自己終於也能賺上大錢了，不由眼都笑瞇了，一轉眸，看到冷華庭正皺著眉頭冷冷地看過來，她不由一噤，訕訕一笑道：「妹夫倒是個愛看書的。說起來，我家幾個姊妹裡也就玉娘愛看書一點，她是幾個姊妹裡的才女呢。」

錦娘一聽這話，眉頭就皺了起來。沒事提玉娘做什麼，正疑惑著，又聽芸娘繼續道：「你們那屏風可是正反雙面繡？唉呀，咱姊妹裡，可只有玉娘會這一手絕活呢，就是當年的雲師傅也對她的聰慧讚不絕口，錦娘，妳的繡功雖好，比起玉娘來，還是差了一點呀。」

這倒是實話，只是她不住地誇玉娘，還是在冷華庭的面前，難道是……想作大媒不成？錦娘被自己的想法嗆到，一口茶差點全噴了出去。

一旁的冷華庭黑著臉推了輪椅過來，伸手幫她撫背，罵道：「喝個茶也不小心些，無聊的事情用得著仔細聽嗎？」說著，又拿了帕子來幫錦娘擦嘴角，動作輕柔又細心。

芸娘聽得臉色一僵，再看錦娘夫妻感情甜蜜，羨慕的同時不由喟嘆。玉娘啊，我可是將臉皮掛起了來幫妳說合，可人家根本沒那意思，且夫妻感情好得很，妳能插得進腳嗎？

又閒扯了幾句後，芸娘便提出要去拜見王妃，錦娘正要親自引著她去，冷華庭一把扯住她的手，道：「讓秀姑帶了大姊去就是，我頭痛，妳幫我揉揉。」

錦娘一聽，也有些不好意思，芸娘這回可有眼力多了，自己起了身說：「秀姑帶我去也是一樣的，都是家裡的老人呢，熟得很。」

芸娘一出門，冷華庭扯了錦娘的鼻子就擰。「笨丫頭，那些個沒安好心的，妳總與她們來往做甚？還嫌她害妳不夠嗎？」

錦娘被他揪著鼻子，說話氣不順，聳了鼻子道：「我鼻子最好看了，你是嫉妒吧，沒事總揪。」

冷華庭鬆了手，見她小巧的鼻頭被自己擰得紅紅的，樣子既可愛又好笑，不由勾了唇道：「妳哪有一處是好看的？醜死人了。」見錦娘就要發飆，忙又道：「不過很可愛就是。」

錦娘這才嘟了嘴，聳聳被他揪癢的鼻子道：「反正我不應她，她也會纏著我的，不如讓她與三老爺一塊兒鬧去。我不過是做個中間人，成與敗都是她自己的運氣，是她自己找上我的，將來虧了，也怨不得我。」

冷華庭默了一陣，眼睛清亮地看著她，仍是不滿道：「她說的話沒一句就是好的，以後少和她摻和。還有妳那二姊，更是噁心死了，以後她要進了府，可別進我的門子，看著就討厭。」說著，自己推了輪椅進裡屋。

錦娘便將遇到冷華軒的事情跟他說了，問道：「或許，他真是好意要幫你呢，那方子也不知道真對不，看那樣子也不像是壞人啊。」

冷華庭冷哼一聲道：「對與不對又如何？娘子妳的方子已經很好了，我何必再冒險去換？」

錦娘一想也是，便不再跟他說這事，不過倒是留了個心眼，自去翻了上次冷華軒送的那包藥的方子來，仔細看了好久，仍看不出什麼名堂。

一會子秀姑回來了，問錦娘要不要跟芸娘去二太太屋裡用飯，錦娘看冷華庭臉色不好，便讓四兒去送信推了，冷華庭臉色才好了些。

錦娘便陪在他身邊，他看書，她就繡衣邊，偶爾也說些話。秀姑拿著張小紙條猶豫著，欲言又止，錦娘就想起自己先前交了差事給她，便起身到了後堂。秀姑跟了過去，小聲道：「倒是沒有毒，只是加了點料。」

錦娘聽了心中一凜，問道：「加了什麼料？」

「甘草。」

「那對身體有害處沒？」甘草錦娘還是聽說過的，是一味很普通的中藥，能清熱解毒、祛痰止咳，應該也是味補藥，放甘草有什麼作用？看玉兒的表情，甘草應該是她加進去的，或者說，她至少是知情的。

錦娘百思不得其解，甘草並沒有毒性，玉兒此舉意欲何為？

秀姑更是不知道這有些什麼用處。

晚上睡覺前，玉兒進來服侍冷華庭更衣，神情輕鬆坦然，與平日並無二異，錦娘偷偷注意著，幾次開口想問又忍了下來，正好秀姑端了藥來，正是冷華庭要吃的第二副藥，秀姑又如往常一樣將藥放到床頭櫃上，囑咐錦娘要涼了再喝。

錦娘隨口應了，卻見玉兒眼睛朝那藥碗瞟了幾眼，便眉頭一皺，端了碗來遞給冷華庭。

「相公，喝藥了。」

玉兒聽了便看著錦娘道：「少奶奶不是說這是自個兒養身子的藥嗎？怎麼……拿給少爺吃了？」

「喔，這個不是，這是前兒軒少爺拿過來的新藥方子，說是能治爺的腿疾呢。」錦娘隨口說道，倒是冷華庭不解地看了錦娘一眼，也沒多說，端了碗一咕嚕就喝了。

玉兒看著就笑了。「這下可好了，有了新方子，爺的腿指不定哪天就好了呢。」

冷華庭一碗藥下去，苦得直吐舌，眼巴巴地看著錦娘，就想她能給他一點零嘴解解苦，誰知道錦娘對玉兒道：「妳們爺還是惦記午間燉的那碗燕窩呢，玉兒，不如妳再燉點來，也當我和爺的宵夜了。」

玉兒聽了怔了怔，隨即退了下去。

錦娘又拿起先前的那個方子仔細看，終於眼前一亮，氣得將那方子揉成了一團。方子裡有味鯉脊，也是平常得不能再平常的藥，甘草是沒有毒的，但若與鯉魚混在一起吃，那就有毒了，怪不得她那樣關心冷華庭吃的藥，原來，她是二太太的人，或者說是冷華軒的人。

一時錦娘又想起平日裡冷華庭的菜譜來，似乎每日都會有一尾鯉魚，紅燒清燉，各種做法都有。這樣說來，冷華庭所喝的燉品裡怕是都放了甘草也不一定呢，怪不得，冷華庭就算是被人下毒得了類似於脈管炎的病，也不會隔不了多久就毒發一場吧，脈管炎沒有這種症狀，天知道他這樣兩種東西混吃有多久了，那樣高深武功之人，也難抵得住毒素一點一點、日積月累地侵蝕吧？

錦娘越想越氣憤，越想越心酸，整個府裡，還有誰是他們能信任的人？

冷華庭見錦娘臉色很難看，便推了輪椅過來，扯了她的衣袖。「娘子，其實我的鼻子還真沒妳的好看呢。」

錦娘聽得心口一滯，情不自禁地撲進了他的懷裡，痛呼一聲。「相公……我……我以後再也不讓別人欺負你了，再也不讓……」

雖然不知道她為何會突然如此說，不過，絲絲暖意纏綿不息，讓冷華庭的心頭顫動，又覺得曾經被親情戳傷的五臟六腑都被填補得滿滿。他緊緊摟住了她柔弱的身子，拍著她的背，聲音輕飄如風中散落的花。「我也不會讓別人再欺負妳，娘子。」

錦娘抬起頭，輕撫他俊秀的長眉，含淚笑道：「自明兒起，我要親自下廚，你所有的飲食全由我一個人操辦，再不假手任何人了。」

冷華庭燦然一笑，輕點了她的鼻頭道：「好，全都聽妳的，咱們家，娘子說了算。」

錦娘聽了也是嫣然一笑，嬌嗔地去擰他的鼻子，嘟囔道：「我的鼻子原就是比你的好看嘛，雖說不如你妖孽，卻也是清秀佳人好不，可不許再罵我醜了。」

一會子玉兒真的端燕窩來了，錦娘端了碗遞給冷華庭，自己也吃了一碗，吃完後，不雅地伸長了腿仰靠在躺椅裡，對玉兒道：「玉兒，妳的手藝可是越發地好了，這燕窩燉得濃淡適中，很是清爽。這要賞妳點什麼才好呢？」說著，左右看了看，順手從自己頭上取了根鑲玉金步搖的簪子給了玉兒，又道：「明兒放妳一天假吧，妳也多日沒有回去看家人了，反正明兒我也沒事，少爺有我就成了。」

玉兒看冷華庭真將那碗燕窩全喝了，便笑著道了謝，接了簪子退了下去。

第二日，四兒來幫錦娘梳頭，發現少了一根簪子，便問：「少奶奶，您昨兒戴的那根金步搖呢？奴婢找半天也沒找著呢，可是掉了？」

錦娘聽了便皺了眉，自己也去翻首飾盒，邊找邊說道：「那可是進府後，娘親送我那套頭面裡的，丟了可不好，都是上了冊的呢，娘知道了定會怪我粗心的。」

四兒著急地又找了兩遍，仍是沒找著，錦娘就急了。「不會是出賊吧，唉呀，要偷也別偷娘送我的那個啊！」

冷華庭起來看她一副慌慌張張的樣子，以為她是忘了昨夜之事了，就見錦娘對他眨了眨眼，他雖不解，卻也附和她道：「若是進了賊可不行，那簪子是娘賞妳的，丟了長輩賞賜之物可不好。好好找找，若在這屋裡找不到，就全院搜查去，東西總不能長翅膀飛了吧。」

四兒聽了也覺得有理，一時請了秀姑進來一塊兒找，大家找了一個圈也沒找著，秀姑便道：「二少奶奶，這事姑息不得，您進府不過月餘呢，就開始丟東西，還是最緊要的，分明是有人看您年少好欺，若不查清楚，以後怕是有人會爬您頭頂做窩去。」

錦娘聽了便道：「原也只是個什物，丟了就丟了，不過這可是王妃送我的，丟了可不好了。也罷，秀姑，妳領幾個人去搜搜，看誰拿了，讓她還我就是，喔，叫上廚房的管事嬤嬤一起去。」

秀姑聽得一怔。搜個東西要叫廚房管事做什麼？錦娘看了便笑道：「唉，這院子大得很，人又多，總妳一個人也管不過來，我看廚房裡的張嬤嬤做事還沈穩，就想著要不要提她一提。嗯，一會子妳帶了豐兒，張嬤嬤帶了四兒去搜吧，二等的屋裡就由妳搜，那一等的，就由張嬤嬤去，就這樣吧，快辰時了，我還得去給娘親請安呢。」

秀姑心頭一凜，少奶奶這是不信任自己了嗎？不過，看錦娘臉色慵慵的，也不好再問，只好領差下去了。

沒多久，廚房裡的張嬤嬤倒先回來了。她不過四十多歲的年紀，皮膚白皙，長得也還精緻，全然不像個在廚房裡與油煙打交道的人。錦娘端坐在正屋，冷華庭也是一身簇新衣袍、神清氣爽地坐在另一邊，只是目光淡淡的，像是對什麼都提不起興致來似的。

張嬤嬤一臉喜色地躬身對錦娘道：「奴婢給少奶奶交差來的，您說的簪子奴婢搜到了。」

錦娘聽了眼睛一亮，激動地身子微傾。「喔，快拿來我看看。」

張嬤嬤一臉得意地將那支金步搖呈上，又看了眼冷華庭道：「少奶奶，這簪子可是……」她頓了頓，一副有所顧忌，不好再說下去的樣子。

「可是在哪裡找到的？妳但說無妨。」錦娘拿著那簪子喜不自勝，忙說道。

「在……玉兒姑娘屋裡找到的。」張嬤嬤遲疑了一下，才回道。

錦娘聽得一怔，抬眼認真地看張嬤嬤。「這事可做不得半點假，二爺如今跟前也就一個玉兒是貼心的了，她可是屋裡的老人。」

張嬤嬤一聽便急了，忙推了四兒出來作證道：「奴婢可是和四兒姑娘一起去的，還跟了兩個園子裡的婆子，大家都可以作見證，奴婢可不敢隨便冤枉了好人。」

四兒也過來應是，錦娘便看向冷華庭，冷華庭聽說簪子在玉兒屋裡找到時，便對著張嬤嬤吼道：「去，帶了人去把玉兒給我拖來，還得了，竟然敢偷我娘子的東西，爺今兒可不能饒了她！」

張嬤嬤聽了嘴角勾起一抹笑來，手一揮，帶了另兩個婆子下去了。

不過兩刻鐘，玉兒便氣沖沖地來了，後面兩個婆子想要拖她，她袖子一甩道：「瞎了妳的狗眼，姑娘可不是妳們能隨便碰的，簪子是少奶奶賞的，看誰敢誣衊我?!」

一進屋，玉兒便急切地對錦娘道：「二少奶奶，您可要為奴婢作主，那簪子可是您昨兒晚上賞我的，奴婢在少爺身邊也服侍有年頭了，從來可沒手腳不乾淨過。」

錦娘聽得一怔，滿臉驚訝道：「這簪子可是王妃賞我的一套頭面裡的一支，我怎麼可能會賞妳?妳仔細看看，這簪子少說也值二百兩，我就是要賞，也不會拿了王妃賞賜的東西去賞妳吧。這簪子妳拿了就拿了，還我就是，看在妳是少爺屋裡服侍的老人分上，我也不加追究了。」

玉兒卻是氣得瞠目結舌，對著冷華庭就跪了下來。「二少爺，昨兒晚上您也親眼所見，這簪子確實是少奶奶賞的，還是當著您的面呀。」

冷華庭臉色陰沈沈的，也不理玉兒，對著錦娘就吼道：「妳就是喜歡磨嘰，她今兒敢偷妳的簪子，明兒就敢偷妳的項鍊！廢話那麼多做什麼，拖出去打就是了。」

玉兒聽了，不可置信地看著冷華庭。「少爺……少爺，奴婢真的沒偷，真的是少奶奶賞的呀，您……您不會不記得了吧。」又轉過頭對錦娘道：「少奶奶，少爺腦子不好，您可是明白人，明明就是您賞的，怎麼能誣陷好人呢？」

錦娘一聽大怒，啪地一下將那簪子拍在桌上，對玉兒喝道：「大膽！竟然敢辱罵少爺，少爺何時腦子不好了？平日裡還真是將妳寵上天了，妳如今是欺負我跟少爺一個體弱、一個年少吧？來人，將她拖出去，先打二十板子再說。」

張婆子也不等玉兒再鬧，一揮手，那兩個婆子就拖玉兒往外走。玉兒邊掙扎邊哭道：「二少奶奶……妳陷害我，妳設計陷害我！我沒偷妳的東西！少爺，您別聽二少奶奶的，她是想將您身邊人全除盡呢！」

張嬤嬤聽她說得難聽，便要扯塊布去堵玉兒的嘴，錦娘冷笑道：「由她，看她還能說出什麼好聽的來。方才妳們也都看見了，她可說爺也看見我賞她的，爺是什麼樣的人妳們最清楚，爺就是個最實誠的人，妳們見過爺扯白過嗎？」

一眾丫鬟婆子聽了倒覺得二少奶奶這話有理，二少爺雖脾氣壞了點，但從來就像個孩子，單純得很，哪裡有那樣多的彎彎腸子？那簪子也真貴重，玉兒怕是天天看著，早就動了歪心思呢。

很快院裡就傳來玉兒的慘叫聲，一個婆子在邊上冷酷地數著數，一、二、三……

錦娘也在心裡數著。她就是要讓玉兒叫得慘，總要驚出一些鳥兒來才是。

果然，沒多久，王妃來了，身後還跟著上官枚和劉姨娘。

玉兒仍在慘叫。錦娘得了報，忙迎出屋來，一見這陣仗還真是大呢，不由在心裡譏笑了兩聲。這一次，她要換一種方式與她們鬥，再也不傻乎乎地將事情擺在明面上了，這裡又沒有法庭，出了事有法官來判，人家用陰的，她也就用陰的去對付。要比心狠嗎？那就看誰比誰狠了。

「喲，這是怎麼回事呢？怎麼庭兒屋裡又在打丫鬟呢，唉呀，我說小庭媳婦，妳是不是非得把屋裡人全整遍了才甘心啊。」劉姨娘老遠就不陰不陽地說了起來。

邊說邊走近玉兒，仔細一看又道：「唉呀，快別打了，這可是庭兒身邊最得力的丫頭。姊姊，這人不是妳給小庭的嗎？看看，打得多慘啊，都血肉模糊了。」

王妃聽得一怔，不解地看著錦娘道：「孩子，這又是怎麼了？鬧得驚天動地的，玉兒可是犯了什麼錯？」

錦娘微微一笑，一派悠然自得的樣子，拿起那根被自己折斷了的簪子呈給王妃看。「娘親，她偷了您賞我的簪子，我原是要放了她的，可她偏罵我陷害她，錦娘氣不過，就讓人打她二十板子。」

劉姨娘聽了便冷笑道：「玉兒可是服侍庭兒多年的，她哪是那手腳不乾淨之人，庭兒媳婦，莫不真的是妳在陷害她吧？」

錦娘聽了眼睛一瞪，凌厲地看著劉姨娘。「姨娘，她不過是個賤婢而已，錦娘想要罰她有一千種理由，犯得著陷害？再說了，姨娘好像管得太寬了些，她可是我院裡的人，不會我連處置一個手腳不乾淨的奴婢也要由姨娘來說三道四吧。」說著，一拉王妃的手，對王妃道：「娘，這裡血腥味重得很，又冷，咱們進去說話吧。」

王妃見了便點點頭。她不過是來看看的，就是怕錦娘又被別人欺負了，一看見錦娘不過在整治奴婢，遂放了心。錦娘是個聰慧的孩子，做事一直就有分寸，絕不會胡來的。

板子還在打，那幾個婆子沒有得到錦娘的示下，誰也不敢停下來。劉姨娘看著就有些著急，上官枚在一旁將她一扯，道：「姨娘，妳管這閒事做甚？就算打死了也是他們自己院裡的事，與咱們何干？」

劉姨娘聽了不由瞪了她一眼，自鼻子裡哼了一聲，見錦娘拉著王妃進去了，全然沒有半點要招待自己的意思，便對上官枚道：「看吧，妳平日裡對她可是客客氣氣的呢，人家呢，都不拿正眼挾妳呢！」

她話音未落，錦娘又自屋裡出來，對上官枚道：「嫂嫂，快進來喝杯茶吧，天冷呢。」說著，客客氣氣地出來迎她進去，卻是將劉姨娘撇在一邊，像沒看見她似的，劉姨娘一跺腳，也不管她喜不喜歡，自己倒走到前頭去了。

二十板子總算打完，兩個婆子拖了玉兒進屋，錦娘看著被打得血肉模糊的玉兒道：「妳可是服了？」

玉兒差些暈過去，偏那兩婆子用勁很巧，只是打傷了屁股，卻沒有傷她內腑，只是痛得椎心刺骨，下半身動彈不得。

她微抬了頭，狠狠地瞪了錦娘一眼。「少奶奶……是看奴婢不順眼了吧，珠兒……被妳害死，妳又對奴婢下手了。」又轉過頭對王妃道：「王妃，當年您將奴婢和珠兒兩個送到這院裡來……服侍少爺，如今，奴婢怕是和珠兒一樣，沒有命回去交差了。」

她還敢提珠兒?!錦娘氣得都快炸了，不過十幾歲的年紀，心機卻如此深沈，珠兒明明就是她陷害致死的，當初珠兒定是沒有撒謊，她手上的傷口其實真的是玉兒抓傷了，看來，一直隱在自己屋裡的那個厲害角色其實就是玉兒，她毒害冷華庭至少有六年，還敢在此賊喊捉賊？真是是可忍，孰不可忍！

「交差？妳既已是我院裡的奴婢，生死就由我和少爺說了算，妳犯了錯，我就能罰妳，莫非妳以為妳還能找誰來做靠山，壓制我不成？」

錦娘這話說得可有些囂張，聽著就沒將王妃放在眼裡，劉姨娘嘴角便勾起一抹幸災樂禍的笑來，呲道：「哼，姊姊這兒媳可真有本事，當著婆婆的面說婆婆給的奴婢找靠山。呵，姊姊，這奴婢的靠山可不就是妳嗎？人家可不怕妳呢。」

王妃聽了錦娘的話臉色微變，正要說什麼，就見離劉姨娘不遠，正在喝茶的冷華庭突然端了那杯熱茶對著劉姨娘就潑了去。

劉姨娘被兜頭潑了個滿頭滿臉，立時哇哇尖叫了起來，臉上也是火辣辣地燙。她可是最在乎容貌的，一生最恨的就是王妃比她更為美豔，如今這熱水燙來，她都不敢去拭臉上的水，怕破了相，張著手臂亂舞，大叫：「要死了！你個死小庭破我相了！天啊，你……你太混帳了！」還好，還算有理智，沒有破口大罵殘疾癱子之類的話，看來，劉姨娘比老夫人可是聰明得多，知道王爺王妃最忌諱的是什麼，就算再氣，也沒有一句話將自己陷於不利之地。

王妃正待叫人去幫她拭水，誰知冷華庭聽劉姨娘吵得煩躁，隨手又將手裡的茶杯蓋也向劉姨娘招呼過去，頓時，劉姨娘的左腦處又砸出一個大包。

劉姨娘「唉喲」一聲，又待再罵，捂著腦袋一偏頭，便觸見冷華庭陰冷的眸子，不由心中一噤，只敢嗚嗚地哭，不敢再罵了。

上官枚還是第一次親眼見到冷華庭打劉姨娘，驚得目瞪口呆，一隻手捂著自己的胸口，半天說不出話來。

別說上官枚，就是錦娘也被他這舉動震驚得無以復加。

王妃也怕事態鬧大，忙叫人扶了劉姨娘回去。上官枚也覺得心口怦怦直跳，她是半句話也不敢說了，怕一個不好，冷華庭也會拿東西砸自己，一時如坐針氈，還是早些離開為佳，便去扶劉姨娘。「姨娘，咱們……咱們回去吧。」

她剛要起身，卻見冷華堂正好帶了冷華軒來了，兩人一進穿堂就看到劉姨娘狼狽的樣子，冷華堂幾步走近，關切地問：「姨娘這是怎麼了？」

劉姨娘滿頭濕答答的，眼都睜不開，頭上傷處又痛得厲害，半睜著眼，一聽兒子的聲音，不由悲從中來，憋了好一陣的委屈便哭了出來。

「堂兒，你、你可得幫為娘出了這口氣啊！你弟弟拿滾茶燙我不說，還拿茶杯砸我，堂兒，咱們母子難道就要一輩子受他們的欺凌嗎？」

冷華堂輕撫了撫劉姨娘的肩，拿了帕子幫劉姨娘拭著臉上的水漬，眼裡挾了冰霜向屋裡看去，就見王妃和錦娘都泰然自若地坐著，臉上不見半分驚惶愧疚之色，不由心下一沈，扶了劉姨娘又走進來。

他也不給王妃行禮，雙眼逼視著王妃道：「母親，自小堂兒就很是尊重於您，以為您便是最賢淑通達的嫡母，小庭小孩子脾氣我不與他計較，可他屢次打罵庶母，您可也教導過他？如此下去，這府裡哪還有孝義尊卑可言？難道您想讓小庭成為一個狂妄凶殘之徒？」

第三十八章

王妃聽得臉色微變，半挑了眉對冷華堂道：「你這可是在指責本妃？」平日裡，王妃平和，與子姪說話時並不以本妃自稱，如今抬了妃位出來，也是告訴冷華堂，她是王妃，身分尊貴，就算她做錯什麼，也由不得他一個庶子來說道。

冷華堂聽得一滯，躬了身道：「堂兒不敢，只是姨娘乃堂兒生母，眼見生母被人欺凌而默，是為不孝，請母妃管束小庭，姨娘受傷事小，養成小庭性情乖戾囂張可就事大了，請母妃三思。」這話比之先前氣勢弱了好多。

王妃卻不領情，慈愛地看了眼冷華庭道：「庭兒性情純良，哪裡就乖戾了，若非有人說話放肆無禮，衝撞本妃，又如何會惹惱於他？庭兒孝順得很呢。」說著，冷眼斜睨著劉姨娘。

劉姨娘一聽，原本止了哭聲又嚶嚶響起，一副委屈至極的樣子。冷華堂待還要說，進了屋後便一直沈默著的冷華軒開了口。「大哥，姨娘頭上都濕了，又受了傷，且先扶了她老人家回去洗換用藥才是。天寒地凍的，再待下去，怕是會受了涼呢。」

冷華堂聽了便看了眼地上的玉兒，轉頭對上官枚道：「娘子扶了姨娘回去吧。」

上官枚正覺這屋裡氣氛壓抑得難受，聞言過來扶劉姨娘，劉姨娘心有不甘，對冷華堂道：「堂兒，你……你定要爭氣，為娘以後可就靠你了。」那話裡話外的意思竟是要冷華堂記住今日她受的苦楚，將來要靠他出了這口氣。

錦娘聽著就冷笑，對正要出門的上官枚道：「嫂嫂，可要扶好了姨娘，別一會子頭上的茶水打濕了地面，摔了跤，閃了舌可就不好了。」

劉姨娘聽得腳步一頓，回頭來狠狠瞪了錦娘一眼。上官枚見她神情狼狽淒楚，不由心一軟，含了笑，回頭對錦娘說道：「弟妹大可以放心，有我這個郡主扶著，姨娘絕不會摔倒的。」說著，扶了劉姨娘出了屋。

錦娘聽著，半眯了眼。是嗎？用郡主身分壓我？總有一天，得讓你們也見見我的手段，不會籌謀，我總會學，心不狠，下幾回狠手就習慣了，人不犯我，我不犯人，人若再犯我，我讓你們後悔生之為人！

等劉姨娘和上官枚都走後，冷華堂的神情緩和了些，瞟了眼地上的玉兒，他皺了皺眉，卻是對冷華庭道：「原是三弟說，多日沒有來見過小庭了，很是想念，又怕小庭你不睬他，所以大哥就帶他來了。沒想到，又遇到這事……」說到這裡，他聲音有些喑啞，似是心情太過沈重，所以頓了頓，轉過頭又對冷華軒道：「三弟，咱們來得好像不是時候呢。」

冷華軒一直靜靜看著冷華庭，清明溫潤的眸子裡露出熱切又期盼的神色，聽見冷華堂如此說，他微微一笑，仍是看著冷華庭道：「二哥，好久不見。」

錦娘冷冷地旁觀著這兩兄弟的表演，也不知道今天是誰在唱主角，還記得當初冷華軒給自己藥時，說是他自己求了人才找到的方子……那就應該是他弄來的藥，不曾假手於人過，那鯉脊他也是知道的，如今又來演這兄友弟恭給誰看？

冷華庭抬起清清冷冷的眸子，淡淡看了眼冷華軒，半晌才道：「你拿來的藥可還有？」

冷華軒聽了先是怔了怔，隨即眼露狂喜。「二哥，你……你信我嗎？還有的，一會兒我再去找那人要去。」說著就要走。

冷華堂一把拽住他的胳膊道：「急什麼，不在這一時的，那藥既是能醫治小庭的傷，自當多準備一些才是。」

冷華軒聽了，微羞地看了冷華庭一眼道：「是啊，二哥，你……你會不會好一些了？嫂嫂說，你又發作了，小軒還以為……又沒有對症呢。」

冷華庭無聊地聳了聳肩。「不知道，娘子說有用，我反正聽娘子的。」說著轉頭溫柔地看錦娘一眼。

王妃越聽越糊塗，扯了錦娘問道：「軒哥兒給庭兒送了什麼藥來了？真有用嗎？有起色了？」

錦娘還真不知道要如何回答王妃，她是小庭的娘，騙她的話有些說不出口，但她又偏偏不是個精明的，冷華庭明顯也不想她和王爺知道自己的病情的，便隨口敷衍道：「只是感覺腳上的血脈軟了些，作用有，也不大，昨兒還是發作了，看來，怕是也沒什麼用吧。」

王妃聽了，便眼神凌厲地看向冷華軒，語氣卻是溫和的。「小軒啊，虧你還想著你二哥呢，不過，那藥是從哪裡來的呢，你再弄些來，伯娘讓太醫瞧瞧，看看能改進一些不？能有些起色，說明是有用的。」

冷華軒聽了便看了冷華堂一眼，張口正要說，冷華堂截口道：「母妃說得不錯，明兒你去找了方子來給母妃吧，讓太醫研究研究，若是真能治好小庭的腿，那可是咱們府裡的大喜事呢。」

冷華軒疑惑地盯著他看了一會兒後，鄭重地點頭道：「那一會子小軒就去。」說完後，便緩緩地往冷華庭身邊靠近，那樣子就像怕大人厭棄的孩子，清潤的眼裡含了一絲孺慕之情，錦娘看了越發不解了起來。若冷華軒真是那下毒害相公之人，那他的演技未免也太強了吧，那樣的目光太過乾淨溫暖，還帶著絲怯意，像是真的很怕冷華庭將他趕走似的。

「二哥……小軒很早就想來看你的，只是……怕二哥不喜歡小軒了。」冷華軒終於靠近了冷華庭，在他輪椅前蹲下，全然不似先前那副風清雲遠的樣子，完全像個大孩子一樣，在討大人歡心。

冷華庭聽了就大掌一蒙，在他臉上一頓亂搓亂揉，然後再拉開手，左右打量了他一下，說道：「這樣子好看多了。」

冷華軒不但不氣，反而莞爾一笑，隨手就將自己束之於頭頂的一頭黑髮解散，搭了一縷到額前。「是不是這個樣子更好看呢？」

冷華庭見了就哈哈大笑起來，又拿起錦娘放在桌上的一方素色帕子往他臉上一蒙，笑道：「是，更好看了，你個笨兔子。」

微風輕吹，冷華軒臉上的素帕飄落，錦娘赫然看到冷華軒俊逸的臉上有兩行清淚，唇邊卻是漾開溫暖的笑容。

錦娘見了不由動容。或許，他是那個唯一真心待冷華庭的那個人。

冷華庭一見冷華軒臉上的淚水便皺了眉。「又來了，怎麼跟我那笨娘子一樣，動不動就哭，很醜的呢。」嘴裡雖然在罵，卻是掏了自己的帕子去幫他拭著，還真像一個哥哥的模樣。也許，多年以前，他們還是天真無邪的年紀時，曾經如此親密無間地相處過。

一邊的冷華堂看著兩個弟弟之間的互動，眼裡也露出一絲羨慕之色，忍不住就走了過去。可他人還沒走近，冷華庭就抬了眼，毫不掩飾眼中那厭惡之色，他生生又頓住了腳，神色有些訕訕的，眼裡露出一絲痛色。

王妃難得看到這三兄弟在一起，又看小庭難得高興，便對錦娘道：「將玉兒拖下去吧，沒得影響了庭兒的心情。」又對冷華軒道：「軒哥兒，小時你是最黏小庭的，這些年，你倒是沒怎麼過來了，小庭其實還是很喜歡你的。」

冷華軒微笑著對王妃行了一禮道：「只要二哥不討厭小軒，小軒會常來看二哥的。」

錦娘對秀姑使了個眼色，秀姑便叫了人來拖玉兒下去，錦娘又加了一句。「這賤婢太過可惡，秀姑，拖下去後不許醫治，任其自生自滅。」

玉兒自冷華堂和冷華軒進來後，就一直趴在地上，半聲也沒吱，像是死了一般，無聲無息的。錦娘早就覺得奇怪了，這會子婆子將她拖起，她也是搭著腦袋，垂著眼眸，一副認命服罰的樣子，與之前的吵鬧判若兩人，只是路過冷華堂時，眼睫微動了動，垂著的雙手微抬了抬又放下了。

「二嫂，這不是服侍二哥的屋裡人嗎？她可是犯了什麼事，怎麼打成這模樣。」錦娘意料中的問話卻不是來自冷華堂，而是正與冷華庭嘰嘰咕咕說著話的冷華軒。

「是啊，是相公的屋裡人，不過她偷了我的簪子，還強悍得很，不打她一頓難消我心頭之火。」錦娘很隨意地對冷華軒道。

「喔，玉兒可不是個手腳不乾淨的，弟妹，妳怕是弄錯了吧？」冷華堂接了口問道。

「這是弟媳屋裡的事，大哥是懷疑我治家的能力嗎？」錦娘針鋒相對地說道。

冷華堂聽了輕咳一聲，尷尬地說道：「大哥沒這意思，不過是隨便問問，弟妹自然是有權處置一個丫頭的。」

正要被拖出門的玉兒聽了，垂下的眼皮就抬了起來，只是一瞬，但那一眼包含的情感太過複雜，有疑惑，有傷心，更有……一絲幽怨。

錦娘轉頭又看了冷華軒一眼，他正拿了個什麼東西與冷華庭兩個說著什麼，根本沒有再看玉兒一眼，對錦娘的回答也是置若罔聞。

王妃見屋裡的事也處理得差不多了，就起了身，將屋裡人全巡視了一遍才對錦娘道：「孩子，以後院裡的人，只要妳覺著哪個忤逆了妳，或者有那不知天高地厚敢欺主犯上的，妳儘管自行處置了就是，人少了，娘自會給妳再選好的來。」

這話讓屋裡一眾的丫鬟婆子們聽了全都一震，嚇得都低下了頭去。冷華軒看向王妃，只是搖了搖頭，什麼也沒說，仍是低了頭去與冷華庭玩著。

冷華堂臉色也很正常，只是眉頭挑了挑，躬身送王妃出屋。

王妃走後，錦娘才走近冷華庭和冷華軒兩個，見兩人正拿了根繩子在編什麼東西，錦娘俯身仔細看時，冷華庭一抬眸看到是她，便將手裡的繩子一收，瞋了眼道：「妳偷偷摸摸的做什麼，不給妳看。」

錦娘撇了撇嘴，不屑道：「我才不看呢。」說著便要往屋裡去。

冷華堂見無人理他，便問了冷華軒一聲。「小軒，你是在這裡玩還是與我一同走？」

冷華軒聽了回過頭來，有些猶豫，似乎又想走，又想繼續與冷華庭玩，冷華庭一仰身子道：「你跟他去吧，我不玩了，我陪我娘子去。」說著推了輪椅就要走。

冷華軒忙拉住他道：「不是呢，小軒只是想和大哥一起去弄那個藥嘛，二哥，你別生氣，小軒陪你呀。」

躲在後堂的錦娘聽了這話，嘴角勾起一抹笑來。果然那藥冷華堂也是知道的，看來，害小庭的人不用多想，他至少就是頭一個。不過，光他一個怕也做不下來，府裡其他人都沒懷什麼好意呢。

她轉頭對張嬤嬤道：「以後，妳便幫我管著外院裡的幾個二等吧，如今二少爺跟前沒人，妳去大通院裡幫我瞧瞧，看有那合適的家生子嗎？若是有，挑兩個好一些的來。」

張嬤嬤一聽大喜，給錦娘行了禮道：「二少奶奶您放心，奴婢對大通院可熟得很，一準給您挑幾個實誠些的人來。」

錦娘笑了笑，隨手賞了她二兩銀子，讓她退了下去。

秀姑見張嬤嬤走遠後，才走到錦娘跟前兒，皺了眉問道：「少奶奶是不是不信任奴婢了？怎麼……」

錦娘聽了搖頭輕嘆，拉了秀姑的手說道：「唉，我如今是除了妳和四兒幾個，真不知道要相信誰了。廚房裡不乾淨了，我也不能一次全將這院裡的老人換了，如今只處置了玉兒幾個，便引了不少人來鬧，若是再大動干戈，怕是更多人來給臉子瞧。我也被鬧得乏了，換個法子試試吧。張婆子我瞧著與玉兒不是一夥兒的，剛才我試過她了，她可沒有對玉兒存半點私護的心，如今也不知道她能不能相信，且先讓她離了小廚房，換個差事再說。以後，這小廚房還是要依靠妳了，病從口入啊。」

秀姑就是再笨，也能聽了錦娘的意思，不由心一酸，拍了拍錦娘的手道：「那甘草真的有問題？」

錦娘聽了點了點頭，悲傷地看了眼前屋裡與冷華軒玩著的冷華庭，語帶滄桑道：「那是害少爺的，他們……巴不得少爺永遠都站不起來就好……都是親骨肉啊，權勢和錢財難道就真那樣重要嗎？」

秀姑聽了便將錦娘攬進懷裡，哽了聲道：「少奶奶自個兒不也是受盡了苦的嗎？在孫家，那幾個嫡出的，哪一個又當您是骨血親人了，早該看清楚了才是。在這深宅大院裡，手段才是最好的保護，您不用手段，別人就陰您，只有您更狠，才能不被害呀，少爺……可真真可憐呢。」

錦娘苦笑了笑，對秀姑道：「以後廚房裡還是如從前一樣，每頓要有鯉魚，記住了，千萬不能少了。」

秀姑聽了很是不解，錦娘也不好解釋，只對她道：「妳眼睛亮著點吧，給少爺的吃食尤其是燉品啥的，都得由妳親自看著，可再別出岔子了。」

秀姑臉上微窘，很不自在地退了下去，錦娘又搖了搖頭。秀姑雖然忠心，卻還是太木了些，有些事情不該自己如此點透的，這屋裡的事兒光靠四兒一個還真是照應不過來。

正暗自煩惱，豐兒手裡拿了一把各色絲線走過來，錦娘看著迷糊，問道：「妳拿這麼多線做什麼？」

豐兒便笑著俯近錦娘的耳邊道：「給少爺玩兒呀，少爺既是要玩，就得玩得像樣一點不是？」

錦娘聽得一震，眼神立即變得凌厲起來，一把揪住豐兒的手道：「妳看出來了？」

豐兒臉一白，抿了抿嘴說道：「少奶奶連豐兒也不信嗎？當初豐兒跟來時，老太太可是下了明令的，奴婢生是少奶奶的人，死是少奶奶的鬼，不得有半點忤逆少奶奶的事，不然，奴婢的老子娘還有哥哥們可都不會有好下場呢。」

錦娘聽了這才放了她，心中一軟，放緩了語氣。「不是不信妳，只是這事太過嚴重，我不得不防。妳既是能看出爺……是在裝的，那妳也該知道，這屋子裡的有多少雙眼睛在盯著爺，他都成這樣了，那些人還不肯放過，所以，這事不得半點馬虎。去吧，以後就由妳替了玉兒的位置，服侍爺的起居。」

豐兒聽了微微一笑，福了身行禮道：「其實滿兒也和奴婢一樣，早看出來了，只是都裝不知道而已。」

這話讓錦娘聽了心驚肉跳，急急地問道：「那院子裡其他人呢？都發現了嗎？這可就麻煩了。」

豐兒忙安慰她道：「哪裡呀，那個玉兒服侍少爺這麼多年都不知道爺是在裝呢，她還真以為少爺是那渾人，奴婢早看玉兒有問題了，只是一直沒抓到證據，所以才沒報給您。她畢竟是這屋裡的老人，少爺看著又還相信她，若是說錯了，倒是奴婢在扯是非了。」

錦娘聽了不由高看了豐兒一眼，欣慰地說道：「好好幹著，會有妳的好處的，妳和滿兒既是老太太給的，我自然是信的。去吧，把線送給少爺玩去。」

冷華軒與冷華庭兩個玩了大半個時辰後，起身告辭，臨走時，依依不捨地對冷華庭道：「二哥，明兒我下了學再來陪你玩。」

冷華庭燦然一笑，與他揮了揮手道：「明兒咱們不玩這個，下棋吧。」

冷華軒邊笑邊道：「好啊，只是二哥到時可要讓小軒半子才成。」

冷華庭笑著應了，眼裡滿是純真的笑。等冷華軒一出門，他的笑容就收了起來，對著後堂大吼道：「笨娘子，我要回屋去！」

錦娘撇撇嘴從後堂走出來。「我哪裡就笨了，你如今是有了兄弟不要娘子了，還有臉來說我呢。」

冷華庭也不說話，只管快些往裡走，進了屋，錦娘知道他還很多疑問，便吩咐四兒道：「一會子打了熱水送耳房裡去，我服侍爺洗個澡。」

四兒應聲走了，錦娘便關了裡屋的門。耳房那裡自有暗門送水，裡屋正房裡是沒有人去打攪他們的。

「玉兒究竟做什麼了？這會子妳可以告訴我了吧。」門一關，冷華庭就問。

錦娘聽了一笑，歪了頭斜睨著他道：「你啥也不知道，怎麼就幫著我去整她呢？不怕我故意陷害她？」

冷華庭勾了唇，一把將她扯了過去，戳了她的腦門子道：「妳那還不是陷害嗎？當著我的面陷害我的貼身丫頭，妳還有理了啊？」

錦娘聽了，嘟了嘴道：「你心疼了？」

冷華庭聽得一滯，捏著她的鼻子道：「心疼妳只打了她二十板子，明兒再打她二十吧，她那嘴巴就沒那麼討厭了。說吧，是不是發現她在我的吃食裡動手腳了？」

錦娘聽了心頭一酸。原是不想和他說明的，真的怕再傷害他，她知道，他冷漠暴戾的外表下有一顆多麼脆弱溫柔的心，純真和混帳全是裝出來，他希望別人真心關懷和愛護，可周遭處處陰謀、步步陷阱，讓他不得不冷了心，可再怎麼樣，對著朝夕相處又是打小一起長大的人還是有幾分感情的，卻不知這些每日裡對他百般溫柔呵護的人，也總對他伸出黑手，教他情何以堪……

「相公，以後你再也不要吃鯉魚了，甘草和鯉魚分開來，半分毒性也沒有，但若合在一起，那便是毒了。你之所以毒素總難清，而且越發嚴重，便是你每天都在服毒啊，能好嗎？」

錦娘說得心都慟了。

冷華庭臉色很平靜，像是那個被毒害的人根本不是自己一樣，只是雙手握緊，指節咯吱作響。錦娘知道他心裡正痛，起了身，將他抱進自己懷裡，一下一下地撫著他的頭道：「以後，我不會再讓他們輕易害到你了。」

冷華庭在她懷裡深吸了一口氣，慢慢平復了自己心裡灼灼燃燒的怒火，抬起頭來道：「妳說，他會不會又去殺了玉兒滅口？」

錦娘聽得一怔。她還真沒想到這一茬呢，不過轉念一想，又覺得不會。「我只是說玉兒偷了東西，想來，他應該還會去找玉兒問一些事情的。阿謙呢，那兩個人收拾了嗎？」

「不用阿謙，今晚我自己去。」冷華庭眼神悠長地說道：「以後這種事情妳要及時告訴我，我不能讓妳一個孤軍奮戰。」

錦娘聽得一怔。「你自己去？你的腳……」

「傻娘子，妳還想到大樹上去逛逛？」冷華庭促狹地笑道。

錦娘立即就想起他如何捉弄自己的事來，兩手一伸便揪住了他的耳朵。「你不說我還不記得了呢，你當初竟然拿我當雜耍的玩呢，哼，看我今天要怎麼討回那天的面子來！」雙手一錯，正要擰他。

「唉喲……」冷華庭突然一聲慘叫，錦娘聽得嚇了一跳，哪裡還記得要罰他的事，忙自他懷裡站起身來，上下打量著他，急切地問：「哪裡疼，相公，腳嗎？還是你又毒性發作了？」

「腳痛……唉喲，肚子也痛……呃，胸口也痛，娘子，妳給我摸摸……」

他的臉龐微微泛紅，濃長的秀眉聚攏成峰，那雙妖魅的鳳眼此時清澈又無辜地看著錦娘，看得錦娘心頭一顫，忙不迭地去幫他按腳，一會子又按肚子、摸著胸，急得汗都出來了。

小手在他身上一頓摸索，她心疼又難過，嘴裡碎碎唸道：「怎麼會又痛了呢？不是已經發作過一次了嗎？是不是藥出了什麼問題呀，還是……甘草，對，甘草，呀，昨兒那碗燕窩裡加了甘草，我不該讓你吃的……」她嘮嘮叨叨地只顧著幫他察看身體，卻不知自己那雙小手每到一處都在點火。

她的碎碎唸聽在他耳朵裡卻如天籟一般動人，小手點的火苗快要將他灼燒，冷華庭感覺一陣喉乾舌燥，身體被她激起了變化，像團在空中飛動的火，無法熄滅又找不到突破的方向，灼得他渾身發燙……

「娘子……」他喉間裡發出一聲低吼，似是壓抑又似是痛苦，聽得錦娘越發心慌起來。「相公，你……很難受嗎？怎麼辦，要不要去床上運功壓制一下？」

床上？這個詞猶如火上澆油。「好……去床上，娘子……我冷……」

冷？明明觸手發燙怎麼會冷呢？啊，怕是染了風寒，打擺子了吧？錦娘更急了，推著他到了床上。

冷華庭胡亂地扯著自己的衣服。不是冷嗎？為何還要脫衣服？可是手還是不由自主地幫他脫，看他汗都要出來了，想著脫了也好，別又汗濕了內衣，一會子更傷了風呢。

他很快地身上只著單衣，嘴裡卻仍是不停地喊著：「娘子……好冷，妳……妳抱抱我。」

錦娘聽了忙去抱他，心裡既慌亂又擔心得要死，偏他的一隻手不老實地扯起她的衣服來。錦娘微怔。不會是燒糊塗了吧，又去探他的額，真是很燙，自己身子就如裹在一團火裡一般，他卻還說冷？

錦娘的腦子轉得飛快，想著他這會是什麼症狀，可外衣早被他扯開脫掉，只剩一件中衣。

他將她擁得更緊，貼進胸膛，似要將她的身子與自己揉合在一起，又似生怕她飛了。

錦娘被他也弄出了一身汗，好熱。

他鳳眼迷離，眼裡灼灼流光，整個人更加光彩奪目。錦娘看得怔住了眼，落在他臉上的目光再也錯不開，心蕩神搖之間，感覺有火焚過全身。

他的手繼續扯著她僅剩的中衣，裂帛的聲音讓他更加亢奮，當勝雪的肌膚裸露在空氣中、驟然清涼時，他的唇已經貼了上來，大手也伸撫上了她如小青桃般的胸，輕輕摩挲著。

錦娘頓時腦子一顫，空白前的最後一秒還在想：他不是中了春藥了吧……

唇舌激烈地糾纏著，錦娘被他吻得心神飛揚。一觸到她光滑的肌膚，他便越發激動澎湃，僅僅只是親吻，已經很難消解他心頭那團火，冷華庭一個翻身，修長矯健的身軀便伏在她身上，嘴唇順著她姣好的頸子一路向下，觸得她渾身酥麻，喉間忍不住逸出一聲嬌吟，讓他聽了身子一繃，手下動作越發快了起來，豐唇在她嬌軀上游移，處處點火。錦娘只覺得自己像置身爐裡，暖暖灼灼，又麻癢難耐，整個人都快要融化了。

偏他就總是點火澆油，並沒有實際動作，她忍不住要在他身上尋找慰藉，小手胡亂地在他光潔精壯的胸前亂摸，就如點燃了引線，他感覺自己都快要炸了，強持著最後一點清明向她身下探去，濕潤得像在邀他前往一般，他再也難耐激情，雙腿一拱，擠進了她腿間……

當他腰身一挺時，錦娘感覺到一陣撕裂般的疼痛，眉頭一皺，慘呼了一聲，冷華庭嚇了一跳，忙止了動作，僵俯身親吻她，又細細溫柔地撫摸，在她耳邊輕喃：「娘子，別怕，我們……變成一體好嗎？」

他的聲音醇厚溫柔，如佳釀讓她迷醉，如花香沁她心脾，如輕沙在身體上輕拂，讓她身子輕軟的同時，意志也隨之飛揚飄盪。

看她不再緊張，他又稍稍動了動，灼痛感減輕了很多，隨之而來的是如電擊一般的快樂，錦娘忍不住輕呼：「相公……小庭……」

冷華庭臉上綻開一朵迷人的微笑，慢慢地加快了速度，無奈身下的身子太過青澀，他怕傷著了她，強忍著體內快要爆裂的慾望，放慢動作，溫柔地撫慰著她。誰知她似乎並不滿足，修長的雙腿一勾，纏上了他的腰，身子輕扭。「相公……難受……」

有如放開了轠繩的野馬，他情難自控，猛烈地運動了起來。

「相公……慢……慢些……」

他的汗滴在她的雪膚上，動作一頓，啞著嗓子道：「慢……不下來了，娘子，我們……一起吧……」

錦娘只覺自己宛如置身在一汪溫暖的泉水中，隨著他浮浮沈沈，又如被拋入了半空，感到極度恐慌，又極度興奮，在他的懷抱裡逐漸迷失了自己。

錦娘在渾身痠痛中醒來。微微動一動，便感覺全身要散架了似的，精神卻清明得很，一睜眼，便看到冷華庭乾淨純真的睡顏。

她到現在還沒明白昨天發生了什麼事，迷迷糊糊的，只知道他說痛、說冷，然後自己就急，這會子看他臉色正常得很，慵懶得如一隻饜足的貓。

她抬眼看窗外，天，辰時早過了，沒去給王妃請安呢。她急急地就要起來，錦被一滑，才發現自己未著寸縷，伸手一探，某人也和她一樣，身體某處的不適終於讓她後知後覺地明白，昨天某人到底做了什麼事情。

「相公！」她忘了羞怯。他太過卑鄙了！竟然用病騙她，害她擔心了好久。

冷華庭早醒了，只是一直假寐著，如今聽了她語氣不善，鳳眸微抬，清明亮澈的眸子又點上了火，錦娘一怔，忙滑進被子裡去，雙手護住胸前，這會兒才知道羞了，瞋了他一眼道：「你……你怎麼……怎麼……」到底是初經人事，某些話還是說不出口。

他長臂一勾，將她又攬進懷裡。「再睡會兒，娘子。」

錦娘心中惱火，手撐在胸前，與他保持距離，瞪著他道：「你騙我！你這個壞蛋竟然騙我，看我不……」

「娘子……」他慵懶的俊容突然一垮，眸子裡很快盛滿水霧，眼神無辜如受驚的小動物，錦娘心一顫，再一次敗下陣來。最是受不了他這副模樣，彷彿昨夜是她侵犯強迫了他一般。

她無奈地咕噥了兩句，心裡猶自擔心昨天他是不是真的中了春藥啥的時候，某人已經再次翻到她身上，再一次將她拆吃入腹了……

秀姑今天很激動。

昨兒晚上她一直待在少奶奶房外，屋裡的動靜自然是聽到了。總算是圓房了，為這她擔心了好久，就是昨兒二夫人還派了人來找她問過這事，二夫人一直也擔心著，阿彌陀佛，總算修成正果了，一會子得使了人去給二夫人報信去。

唉呀，床單也沒換的，王妃那兒可是等了一個多月了，一會子還得請個燕喜嬤嬤來，喔，對了，得燉些補品，第一次可得補補才是。

她正在屋門前遊走著，外面小丫頭來報，王妃身邊的碧玉姑娘來了。秀姑忙笑著迎了上去，碧玉奇怪地看著裡屋仍關著的門簾子，悄聲說道：「秀姑，二少奶奶可是病了？」

秀姑聽了莞爾一笑，俯近她耳前說道：「喜事呢，我正要去稟了王妃，昨兒圓房了……」

碧玉聽了臉一紅，卻是難掩喜色，忙點了頭道：「那別吵了他們，讓他們多休息休息，我這就稟報王妃去。」說著，臉紅紅地走了。

這時，屋裡傳來錦娘的呼聲，秀姑忙不迭地讓婆子們備了熱水去耳房，準備兩人洗漱用。

半個時辰後，四兒才打了簾子進屋，秀姑也跟了進去，看錦娘與少爺兩個都端坐在屋裡，與往日並無不同，只是少奶奶有些神情萎頓、慵懶無力的樣子，而少爺卻眼角飛翹、眸光含春，一副神清氣爽的模樣，秀姑看了不由抿嘴一笑，讓豐兒進來幫少爺梳頭，自己去鋪床，果然看到一塊斑斑血跡，心頭一喜，偷偷地收好。

錦娘眼角的餘光看到了秀姑的動作，知道她定是明白了昨晚的事情，不由羞紅了臉，一抬眸，卻觸到冷華庭深情的目光，柔得快要膩出水來。這當著一屋子的人面呢，他就這樣看過來，不怕人笑話嗎？錦娘更是羞得無地自容，撇了眼不去看他。

沒多久，王妃的賞賜就來了，一盒一盒摞了一人高，秀姑笑著一一收好，錦娘更是將頭埋到衣襟裡去了。

屋裡鬧騰了好一陣，王妃又使了碧玉來問：「今兒原是裕親王府宴請，王妃讓奴婢問二少奶奶，您還去嗎？」

是怕她身子不適，不方便去吧？聽說那帖子上就請了她，又是第一次與王妃出門，錦娘微微猶豫了下，還是道：「姊姊去回了娘，就說我就來。」

說著，讓四兒給自己重新打扮梳妝，選了件淡紫的長襖，腰間開了兩襟，錦面綴暗金絲，滾著雙紋花邊，又著了一條淡紫長襬灑花裙，頭上斜插了個碧玉鑲金步搖，額前綴了珍珠撫額，整個人看著清爽嬌俏。

冷華庭看著就凝了眼，一扯她的衣裙道：「這衣服醜死了，換了。」

錦娘聽得一怔，轉頭看四兒和豐兒幾個，四兒掩嘴一笑，並沒說話，豐兒也當沒看見她的目光，卻是轉頭抽著肩。錦娘不由怒了，幾步上前就在他俊挺的鼻子上狠擰了一下。「哪裡就醜了，偏就你這臭嘴裡沒好話，我就穿了這身出去。」

冷華庭被她揪得鼻子發癢，也不去打開她的手，卻是扯了她的衣袖，委屈地道：「娘子，我不要妳穿著給別人看，就穿昨日那件粉紅的吧，素淨呢。」

錦娘懶得理他，突然又想起玉兒的事來，附在他耳邊說道：「昨兒也不知道有人找過玉兒沒？」

第三十九章

冷華庭眼中一抹狠戾，拍了拍她的肩道：「放心吧，我使了人守著，昨兒沒人來，也是怕咱們起了疑心呢，至少這幾天不會，是想等著咱們失了戒心再動吧？」

錦娘想想也覺得對，起了身準備走人，冷華庭又扯住她的衣袖，期期艾艾，紅唇微張，卻沒說出什麼來，錦娘不由學他的樣子去戳他。「午飯後就會回來，跟娘在一起，不會出錯兒的。」

冷華庭聽了將她往懷裡一帶，附在她耳後。「不許對別人發癡。」

呃，這個小氣彆扭的男人，錦娘聽了就瞋他一眼，扭著身子站穩了。「成天都對著你這妖孽，我的眼裡還能挾得進誰去？」說著又歪了頭看他，撇了嘴道：「我不在家，你自個兒可要守好了，這府裡花花草草的多了去，別我一回來，你就拈上了一朵。」

冷華庭聽得心情大好，笑瞇了眼道：「總之妳早些回，不然，我就編個花環給妳戴著。」

錦娘懶得理他，帶了四兒出了門。

等錦娘走後，冷華庭收了笑，一招手，冷謙便閃了出來。

「少爺，都辦妥了，劉家大舅關在隱園裡，找了兄弟看著，不會出錯的。」

冷華庭聽了點點頭，說道：「去玉兒屋裡吧。」

玉兒躺在自己屋裡。錦娘只是罰了她，並沒降她的等，屋裡一應的用具也還齊全，房間也敞亮，只是傷口痛得很，屁股腫得老高，少奶奶不許給上藥，服侍她的小丫頭也就幫她洗了洗，還真是丁點的藥也不給她塗，她就只能忍著痛趴在床上。

她腦子裡努力回想著這幾天的事，少奶奶進府也有月餘了，明明看就是個心慈手軟之人，平兒那樣罵她，她也一再原諒，就是珠兒的娘，她也沒怎麼責罰，自己一直很小心，並沒讓她抓到什麼錯處，她為何要陷害自己？難道是……

正想著，房門被打開了，冬日的風夾著霜裹了進來。

玉兒艱難地轉過頭，就看到少爺正坐著輪椅緩緩推了進來。

光線灑在他的背上，猶如披上了一屋碎金，閃閃流瀉，玉兒就算看了六年，仍是會被他的美給怔住，因他的靠近而感到窒息。

「少爺……」玉兒怎麼也沒想到少爺還會來看她。昨日少爺那樣的無情狠心，讓她的心碎了一地，這會子見他進來，她既委屈又激動。

冷華庭推著輪椅緩緩走近，在玉兒的床前停了下來，靜靜看著床上的玉兒，眼神淡漠，卻又閃過一絲心痛。

玉兒被那一閃而過的感情怔住，半天也錯不開眼。

她自小就知道少爺討厭女子盯著他看，可是……這是少爺第一次對她流露出淡漠以外的感情，雖然轉瞬即逝，仍讓她激動不已，忘了這麼多年養成的規矩。

冷華庭仍是靜靜看著她，半點表情也欠奉。玉兒被他看得心裡發毛，忍不住一陣心虛，原本飛快轉著的腦子有些發木，張了嘴道：「少爺……其實我……」

冷華庭眉頭微挑，目光專注了些。

玉兒吞了吞口水，想起珠兒的遭遇，又改了口。「其實奴婢真的沒有偷少奶奶的簪子，您……真的忘了嗎？確實是少奶奶賞給奴婢的。」

冷華庭聽了臉色更寒，卻仍只靜靜地看著她，沒有說話。

那眼神太過冷漠，讓玉兒心虛的同時，更覺壓抑，原本想說的話也開始不利索了。「那個，少爺，奴婢真沒做錯什麼……少奶奶存心……存心不良……想趕走您身邊——」

「珠兒死了。」冷華庭突然截口道。

玉兒這才反應過來，少爺最是聽不得別人說半點少奶奶的壞話，不由一急，緊張地抬眸看少爺的手。還好，少爺手裡空空的，並沒什麼硯臺茶杯之類的東西，不過，一會子她腦袋怕是也要開花了。

正惶惶不安時，又聽冷華庭說道：「對妳原是不一樣的……」說著神色有些黯然。

玉兒聽得一窒，待要再說什麼，冷華庭已經推了輪椅往外走。她不由大喊一聲：「少爺……」

冷華庭再不理她，徑直離開了。

簾子甩下的一瞬，玉兒覺得自己的心都空了，眼淚如斷了線的珠子般流了下來，心裡是又喜又憂。

少爺方才說：對自己是不一樣的，是不一樣的……原以為少爺無情，所以就算有了小心思也不敢表露半點。

後來，又親眼見了少爺對平兒、春紅幾個的處置，就更是將那萌發的小苗狠心地掐死，可是看爺對少奶奶，她是又羨又恨，心思也活泛了起來……

原來少爺不是無情，只是他的情埋得深，那……那……她突然抱住頭痛哭起來。自己是造的什麼孽呀，若少爺哪天真的……真的去了，那……不，她不敢想，少爺對她是有情的，她一定要好好對待少爺，那種事情，絕不能再做了，可是……

玉兒在屋裡思來想去，頭都快要炸了。

她輾轉反側，一轉頭，看到床上一個小藥瓶，打開一看，正是上好的傷藥。這屋裡就少爺來過，難道是少爺……她不由激動。

「少爺，玉兒對不起你……」

錦娘到王妃屋裡時，上官枚和二太太早到了。看錦娘姍姍來遲，二太太還好，上官枚是一臉不耐。

只有王妃笑咪咪的，一見錦娘進來，忙不迭地起身，親熱地拉了錦娘的手上上下下看了個遍，弄得錦娘耳根子一熱，臉就紅了起來，微抬了眼眸，嬌羞地叫了聲：「娘……」

王妃拍了拍她的手，呵呵地笑出了聲。「好、好、好，今兒這身穿著也好看，精緻又大方。」

說著又俯近錦娘的耳邊小聲問：「身子可有不適？我原想著讓妳歇著呢，第一次總會……」

「娘……」錦娘羞得只想找個地洞鑽進去。二太太和上官枚可都在屋裡呢，邊上還有一眾的丫鬟婆子……

「好，我不說，不說，看妳窘的，我這兒燉了蓮子百合湯，先喝一點再動身。」

話音一落，碧玉就端了上來，看來是早就準備好了的。

二太太見這婆媳二人那親密模樣就笑了，打趣王妃道：「王嫂，妳也是太寵著錦娘了，誰不是這麼著過來的？」說著就看向上官枚。「枚兒那會子可是一進門就圓房了，只可惜一直沒懷上。錦娘，妳可得多努力才是，王府裡也是好久沒添新丁了，看妳婆婆那樣，怕就是巴巴地望著呢！」

這話正戳了上官枚的痛處。她也不明白，為何自己總不能懷上，請了平安脈，太醫總說身子好得很，相公身子也康健，不知道哪裡出了問題，真真是急死人了。

先前早聽說錦娘一直沒有圓房，這會子看她臉色紅潤，眼梢含媚，她心裡就堵得慌。若真讓她先懷上了……呃，聽說她有不足之症呢，哪裡就能懷上？這樣一想，她心裡又鬆活了些，臉色也變得平靜了許多。

王妃和錦娘都聽出二太太話裡有話。錦娘身子有病的事，經平兒、珠兒兩個的死，怕是早就傳開了，二太太這樣說，無非是在澆王妃的冷水。圓了房又怎麼樣，不過是隻不會下蛋的雞。

王妃笑容就有點僵。不過，媳婦是自己的，管別人怎麼看，自己心疼就成。

她也不搭二太太的話，看著錦娘喝了那碗湯，她才說道：「走吧，馬車早就備好了，就等妳一個了。」說著，仍是一臉的笑。

二太太一身素色打扮，淡藍的對襟長襖，盤了個普通的吊馬髻，只在正中插了根玉釵，整個人看起來清爽孤遠，仍是一貫的冷傲模樣。

而上官枚卻是一件裁剪合體的梅紅錦襖，襟口用白絲綴著一溜的碎珠，顯得華美而貴氣，梳著牡丹髻，正中插著明晃晃的三尾鳳翅，兩邊綴著幾串細細的白玉珠子，襯著她肌膚勝雪，俏麗美豔。

王妃穿得很隨意，也沒刻意打扮，不過她原就天姿國色，淡妝濃抹都是別樣風味，只要與她在一起，旁人便全成了背景陪襯。

幾人各自帶著各自的丫鬟，出了二門，馬車備著三駕，王妃與錦娘還有上官枚共一駕，二太太自有東府的，一人獨坐，上官枚見了便乾脆上了二太太的車，免得擠。

隨侍的丫鬟婆子就都擠在後面那駕車上。

馬車裡只有王妃和錦娘二人，王妃收了臉上的笑，正色地問錦娘。「那藥可是按時吃了？感覺身子好點了沒？有什麼事一定要跟娘說，那可是大事，馬虎不得的。」

錦娘忙點頭應道：「日日都按時吃了呢，月事也正常些了，只是……只是兒媳年紀還小呢，哪能……」說著又羞得低下了頭。

王妃看著就嘆了口氣，臉上露出一絲憂色。「如今庭兒的身子也不見起色，王爺雖是給了妳墨玉，但是，若庭兒……妳畢竟只是婦道人家，哪裡能操持得了那麼大一份家業？若能早些有個一兒半女傍著，將來別人就算想來搶，咱們也有話去駁。」說著聲音就有些哽咽。

錦娘忙去安撫她。「相公身子倒是有起色呢，只是……只是相公他……」

錦娘神色猶豫，支支吾吾，不似她平日爽朗明快的個性，王妃卻聽得眼前一亮，激動地握了她的手道：「是不是庭兒不願意別人知道？一定是了，庭兒最是聰敏的。」

她頓了頓，又定定地看著錦娘。「妳是好孩子，庭兒跟妳在一起改變了好多，妳告訴娘，庭兒的身子是不是會好，是不是？娘知道，府裡複雜，庭兒是怕……」說著，王妃眼圈一紅，又道：「我是他娘，就算知道了，也不會害他啊，他若不想別人知道，難道我這個做娘的會到處亂說嗎？」

錦娘聽著心就軟了。王妃說得也在理，天下只有父母對子女是最無私的，就算王妃曾經有過過錯，但那也絕對是無心的。

看王妃哭得悲切，錦娘便道：「娘，其實相公……」正要說，馬車突然顛了下，錦娘一個沒穩住，身子歪向一側的車廂，撞痛了她的頭。王妃急急地將她拉回，掀了車簾子對外面的車伕喝道：「外面是誰，怎麼趕車的？」

錦娘也向車外看去。先前還沒注意，這會子才知道，趕車的是個年輕小廝，一副勁裝打扮，倒不像府裡的奴才，不由多看了一眼。

見那人正好回過頭來，錦娘看得一怔，那人竟與冷謙一樣，一副冷峻的模樣，剛毅的側臉如刀削一般硬朗。錦娘探了頭又去看四周街景，明明就是在平坦的大街上，剛才那一顛怕是……

「對不起王妃，方才有塊石頭擋了路了。」那人恭敬地回頭說道。

王妃聽了也沒再說什麼，關了簾子。錦娘立馬捂著頭道：「娘，剛才撞疼我的頭了，我先靠著歇會兒。」

王妃原還想再接著問她的，見她秀眉緊皺，一副疼痛難忍的樣子，只好作罷。

車子在裕親王府門前停下。

裕親王府前熱鬧非凡，裕親王是皇上的親兄弟，老王妃——其實也是宜太妃娘娘，當今天子重孝義，體恤裕親王一片孝心，准許裕親王接宜太妃回府恩養，但一應規制卻還是按宮裡的來，可見皇上對裕親王的榮寵有多盛。

今兒是老太妃生辰，京裡的皇親貴族，大小官員自然是趨之若鶩，排了長長的隊伍來慶賀。

只是裕親王知道皇上尚儉，所以一般的官員來了，都拒收禮，讓送了帖子便回去，只請了如簡親王府、寧王府這類的皇族親貴家眷來陪太妃熱鬧熱鬧。

所以，錦娘下車時，便看到很多奴僕管事跟一眾前來送禮的官員太太說好話，打發他們回去。

但有那眼尖的看簡親王府的馬車來了，便忙迎了過來，順便帶了一眾家丁過來開路，生怕有人衝撞了簡親王府家眷。

二太太和王妃走在前面，錦娘和上官枚緊跟其後，一位穿著講究的管事嬤嬤迎了她們進二門，就見裕親王妃自二門迎了出來，老遠就笑道：「唉呀，婉清妹妹，靜茹妹妹，妳們可是來了，適才劉妃娘娘正說起呢，怎麼這會子還不見妹妹們的人影呢！」

王妃聽了便笑道：「清菊姊姊，咱們這不是來了嗎？今兒貴府可真熱鬧，我和靜茹不是怕妳忙不過來，所以才晚來了些。」

裕親王妃聽了作勢打她。「我還正想著妳來幫襯幫襯我呢，妳還這樣說，靜茹，妳這王嫂最是會偷懶了，妳以後可別學她的。」

二太太臉上帶著清冷的微笑，微微點了頭道：「王嫂是心疼兒媳，等兒媳去了，不然也來得早了。」說著，就看了錦娘一眼。

裕親王妃一轉頭，看到了上官枚和錦娘，便親熱地拉了上官枚的手道：「枚兒啊，太子妃可也來了好一陣呢，妳倒好，還讓妳母妃等，真真該打呢。」

上官枚哂然一笑，拉過錦娘的手道：「王妃您不知道呢，母妃如今眼裡可沒有我了，她呀，心疼的是我家弟妹呢。」

裕親王妃似乎這才看到錦娘，微偏了頭斜了錦娘一眼，對王妃禮貌地說了聲：「婉清這兒媳看著好實誠，年紀好小啊，小孩子不懂事，怪不得要讓婆母等。」

王妃一聽這話，臉色便微沈下來，對裕親王妃道：「錦娘可是個賢慧知事的孩子，今兒不過是庭兒耽擱了，才來得晚了些，清菊姊姊何時如此小氣了，不是說劉妃娘娘在等嗎？快些前去吧。」

錦娘對上官枚和裕親王妃的話淡然處之，臉上掛著親暖的笑，恭謹地跟在王妃身後往前走，兩眼平視前方，裕親王府往來之客她全然不見，倒是讓一直注意著她的二太太看著凝了眼。

老王妃今年不過六十五歲，長得一副富態可掬的樣子，滿臉笑容地坐在正堂裡，身邊分主次坐了兩排。裕親王妃一進屋，便將王妃往前面推，笑道：「看看，總算把她給迎來了，劉妃娘娘，您說，她來得這麼晚，要不要罰她呀？」

王妃便笑著作勢要打她，嗔道：「都是做婆婆的人了，怎麼還是如當年一樣瘋瘋癲癲的？」

說著，先上前去給太妃娘娘行了禮。二太太和上官枚、錦娘一起都上去見了禮，老太妃倒是對二太太冷得很，卻一見上官枚就招了手。「枚兒這丫頭可是越發標緻了，看看這一身打扮的，可真是貴氣呢。」

一旁的劉妃娘娘只是微微笑了笑，瞥了眼上官枚。太子妃坐在劉妃娘娘的下首，聽了老太妃的話也跟著笑道：「她不過是個猴子，平日裡就知道玩呢，太妃您可別誇她，她經不得誇的。」

上官枚嬌嗔地對太妃道：「太妃，我家姊姊是嫉妒我比她美呢，是吧？」太妃聽了便哈哈大笑起來，一時，屋裡氣氛輕鬆熱鬧。

錦娘淡笑著跟在王妃身後，王妃拉了她去劉妃娘娘跟前，讓錦娘規矩地行了一禮後，道：「娘娘，這就是錦娘。」

錦娘先前眼睛不也亂看，這會子才正眼瞧劉妃娘娘，一瞥之下真是驚為天人。劉妃娘娘與王妃有七、八分相似，但王妃氣質出塵若仙，而劉妃娘娘卻是五官更為精緻，氣質高貴清華，雍容端莊，令人不敢逼視。

看來，劉妃娘娘與王妃怕是嫡親姊妹呢。

劉妃娘娘也在打量著錦娘。早就聽說庭兒娶的是孫相家的庶孫女，劉妃娘娘心裡便不是很喜，但想著庭兒的身子，也就不說什麼，如今細看錦娘，五官還算清秀，在一眾的美人堆裡卻是遜色不少，但神情大方從容，不見半點庶女常見的怯懦畏縮，尤其那雙眼睛靈動有神，就是看自己時，也不見露出半分自卑懼怕之色，這倒讓劉妃娘娘微挑了眉。她於宮中經營數十載，早就練就懾人的威嚴，一般的小宮女見到她，只敢望第一眼後便嚇得不敢再看，而錦娘不過十四、五歲的樣子，能有如此沈著膽識，不得不說，妹妹的眼光還不錯。娶媳娶賢，看來，此女子不會是個任人欺凌的主，比起自家王妃妹妹來，怕還要勝了一籌呢。

「是叫錦娘吧，來，走近些我瞧瞧。」劉妃娘娘難得地微笑道。

錦娘聽了便看了王妃一眼，見王妃眼睛亮亮的，對她點著頭，便緩步走了上去，低眉順眼地立在劉妃娘娘跟前。

「模樣倒還不錯呢，只是太瘦了些，婉清，妳得好好幫她調養調養，看看明年會得個好訊出來不。」劉妃娘娘拉了錦娘的手，上下打量了一番道。

王妃聽了便道：「才進府也沒多少日子，又總幫我操勞著，這孩子心事又重，自然是沒養好了，好在庭兒倒是疼她，有了好的全緊著她呢。」說著，眼裡便含著一絲驕傲。

劉妃娘娘聽得一怔，轉了頭問王妃。「她才多大，妳就讓她掌家了？」

這話聲音其實也不大，但卻讓一邊的太子妃和上官枚聽了去。上官枚明知劉妃娘娘是誤解了王妃的意思，這會子卻臉色暗沈，嘴唇微嘟，一副受了委屈卻不能吭聲的樣子。

太子妃一見便皺了眉，插了嘴進來道：「王嬸可是春秋正盛，怎麼就想著要交權給兒媳呢，她們可還年輕著呢。」

王妃聽得一怔，笑著對太子妃道：「太子妃誤會了，臣婦只是說她在幫襯著臣婦，並非要讓她們持家。」

太子妃聽了便看了上官枚一眼，唇角就勾了一抹譏笑。「喔，原來如此，怕是我那妹子平日裡太過調皮，正經事沒學幾個，連持家也不會呢。」

太子妃這話可就在為上官枚不平了，上官枚是簡親王府世子妃，按說王妃要找人幫著理家也得以上官枚為先，不該找錦娘的，這話就是劉妃娘娘聽了，也覺得不好反駁，只得拿眼去瞋王妃。什麼事不好說，要說這事，正好太子妃也在呢，還不得鬧給別人看去？

王妃聽了這話就是一怔，這話說得怕是不解釋倒成了自己對庶媳不公了，便輕笑道：「太子妃，原是錦娘發現臣婦院裡小廚房有問題，所以臣婦便讓她整理規制了下，她列出的條陳心思巧妙，既省事又省心，還能讓下面的奴才們不得不忠心辦差，讓臣婦每日裡省下不少事情。如今我正打算著在全府推用呢，明兒也給枚兒看看，保準能讓她院裡也清靜不少。」

王妃這話根本就不理太子妃那一茬，聽著像在解釋，其實還是在套錦娘，不過，倒也說明白了自己並非對兩個媳婦不公，只是錦娘對她更為上心，又更加聰慧一些。做長輩的，自然是喜歡既孝順又肯出力的媳婦了，一番話沒有斥責上官枚半句，卻讓在座的都聽出簡親王府兩個兒媳的分別。

劉妃娘娘聽了這話才讚賞地看了眼王妃。總算是比以前長進多了。她又瞥了眼錦娘，見她臉上不喜不悲，一副小心聆聽、真心受教的樣子，便點了點頭，故意很感興趣地接了王妃的話道：「妹子，妳倒說說看，她都用了什麼法子。妳說得那麼好，怕是故意誇自家媳婦的吧，在座的可是個個都是能幹又精明的主，可不能讓妳一句話給唬弄了去。」

太子妃聽了王妃的話原也不服氣，正好接了口道：「可不是嘛，娘娘，不如咱們讓王嬸好生說道說道，也讓咱們都學學弟妹的本事。」

那邊，裕親王妃原在跟另一邊的貴婦們說著話，聽到這邊的聲音也過來湊熱鬧，正好走到上官枚身邊，彈了下上官枚的腦門子道：「我可是聽說，妳堂堂一個世子妃，比起妳弟妹來差了不止一點、兩點呢，定是妳平日裡太過貪玩偷懶了，不然，又怎麼會連妳母妃屋裡的事都不清楚呢？」

錦娘聽這話就覺得刺耳。裕親王妃聽著是在斥責上官枚，其實也是在告訴在座眾人，錦娘是個顯能耍技之人，一個進府不到月餘的兒媳，竟然管起自家婆婆屋裡的事來了，這既不合規矩又膽大妄為。

這屋裡，京城的親貴可是來了一大半，大家都是做婆婆和兒媳之人，一聽這話便都默了，看著錦娘和王妃。人家心裡在想，這簡親王妃要嘛就太昏瞶，要嘛就太老實，而這新進兒媳野心怕是挺大，前面還擋著堂堂的世子妃呢，她就逞能地去管起婆婆屋裡的事來，到底是個庶出的，規矩就是不如正經的嫡女來得正。

錦娘一時被眾人圍觀，看過來的眼神各種各樣都有，她卻是坦蕩得很。王妃不開口，她是絕不會搶在前頭去分辯的，反正這些人她也不認識幾個，王妃和劉妃娘娘一看就不是個肯吃虧的主，一會子定會給她找回場子來的。

果然，王妃聽了裕親王妃的話就沈下臉來，冷冷地對裕親王妃道：「原就是我故意要考驗我那媳婦的，她也是被我逼得沒法子了，才幫著我規整規整呢，只是沒想到，她看著平凡普通，卻是內慧得很。不是我說妳，清菊，妳以後想找個如此賢明的兒媳來，怕還真難呢，我家錦娘可是百裡挑一的好孩子。」

說著驕傲地自袖袋裡拿出錦娘先前寫給她的條陳，遞給劉妃娘娘看，眼睛冷冷地巡掃了整個屋裡一遍。

說起來，裕親王雖然親貴，但比起簡親王來卻是差了一色，因為裕親王雖是皇上親手足，卻非鐵帽子王，到世子繼位後，爵位就要由親王削為郡王，再以後遞次削爵，所以，屋裡大多數人還是很在意簡親王妃的。

王妃這話說得有些囂張，一屋子的人雖然不再以異樣的眼光盯著錦娘看，但也有些不屑，畢竟一個庶出的姑娘，在娘家受到的教育比之嫡出可差了不止一點、兩點，簡親王妃如此大話，看一會子如何收場，在座的可沒一個是吃素的。

裕親王妃臉色也不太好看，僵笑著。「喔，是嗎？那倒真要看看，妳這媳婦有多賢良能幹了。」

一轉頭，又對一屋子的太太奶奶說道：「今兒大家可是有福了，一會子可都要來觀摩觀摩婉清這小兒媳的本事了。」

大家一聽，全都譏笑著附和，劉妃娘娘手裡拿著錦娘寫的條陳，首先便被那一手簪花小楷給吸引住了，也不看內容便道：「這字倒是不錯，字體秀美，不失灑脫，嗯……」接著又看內容，卻是半晌也沒說了話。

一屋的人眼巴巴地瞅著劉妃娘娘，只希望她嘴裡能說出個不好來，但劉妃娘娘看完了，只是兩眼清亮看著錦娘，良久才道：「這條陳本宮要拿回去進獻給皇后娘娘，估計照這法子管理後宮，皇后娘娘也和婉清一樣，能省不少心呢。錦娘，得給妳記一功喔。」

錦娘聽了，忙低頭恭謹地說著謙虛的話。太子妃看著就不樂意。劉妃娘娘是王妃的姊姊，說話自然是向著王妃的，那孫錦娘比起枚兒來差多了，瞧那模樣也不過算得上是清秀，舉止也不夠大氣，哪裡如自家妹子，長得國色天香不說，性子又討喜……

她一抬眼，伸了手向劉妃娘娘討。「娘娘，不待您這樣的，好東西可不能藏著掖著，給咱們大夥兒都學學吧。」

劉妃娘娘笑著將那條陳給了太子妃，太子妃接過手去，看那手字果然漂亮，也就沒再多說，再細看內容，越看臉色越驚，看完後，便對錦娘道：「妳一會兒再寫一張來吧，本宮也想拿張回去。妳這寫得太細，我一時半會兒也記不住。」

屋裡一眾人聽了這話，便知道劉妃娘娘所言不假，一時也好奇起來。個個都是當家主母，每日裡一應的瑣事，府裡的丫鬟下人間的攻訐傾軋，沒得讓她們都勞心勞力，真有那好法子治了，誰不願省些心？

裕親王妃第一個就拿來自己看了起來，一旁的上官枚很是不服氣，也歪了頭湊在一邊看著，如此這般，大家看了個遍，倒真沒個人能說出個不字來。

當下再無人會小看錦娘，不過，也不就是個治府的小法子，不能算是如何如何地將別人都比下去，自然也還有那不服氣的奶奶們，見不得錦娘一人出盡鋒頭。

第一個不服的便是上官枚，她是早就聽說錦娘會詩詞，但對畫不精通，這點她倒不用非逼了她去，顯得自己小氣，卻從未見她彈琴跳舞，便道：「今兒可是老太妃的壽辰呢，咱們小輩自然是要給老人家湊興的，難得大家都到得這麼齊，不如一人出一個節目，給大傢伙看著樂呵樂呵吧？」

此言一出，眾女齊皆附和。王妃倒是不擔心這個，第一次見錦娘時，便聽她說會琴棋，只是嫁進門後，一直沒看她擺弄過那些東西，不過錦娘向來是個謹慎的，她不會的，一定不會裝懂，因此也並不介意，任小輩們鬧騰著。

太妃年歲大了，自然喜歡熱鬧，更喜歡看小丫頭們聚一起玩樂，忙指使著裕親王妃好生備琴。好在花廳大得很，地上又是鋪了絲絨毯子的，這些奶奶們想歌便歌，想跳便跳，琴也抬了兩張出來。

第一個要表現的自然是上官枚，她從容地出來，優雅地坐於瑤琴前，一曲〈鳳臨〉彈得婉轉悠揚，無論是指法技巧還是樂律音準，全都無可挑剔，琴音未落，便引來那邊男客們也過來聆聽欣賞，自然是掌聲雷動、讚不絕口。

見來了各家的少爺世子，屋裡的一眾小姐們便如打了雞血般更加興奮，平日裡都是大家閨秀，鎖在深宅裡也難得出一次門子，更是難得見到除了丈夫父兄以外的男子，這會子一下來了那麼個俊俏男子，自然私心裡都想在男子心裡留個好印象。

一時間，妳方唱罷我登場，以歌為器，以舞為兵，以琴為戰，整個場面廝殺激烈，也熱鬧非凡。錦娘一直含笑靜靜地立在王妃身邊，別人唱得好，她自是鼓掌慶賀，人家彈得動聽，她也跟著讚美幾聲，一副不急不躁也不卑不亢的模樣，倒讓劉妃娘娘看了更是歡喜。

庭兒被人所害，身子變殘，當年皇上提出要廢了庭兒世子之位時，她沒少在皇上跟前嘮叨閒話，奈何皇家體面擺在那兒，她也沒有法子，妹妹又是個腦子木的，以後沒個好兒子傍著，日子怕也不太好過，這會子見錦娘大方沈穩、秀外慧中，自然是欣慰得很。

在劉妃娘娘看來，會持家掌局比琴棋書畫那些技藝有用得多，不過，今兒京裡的貴族也多，若錦娘在這場比試裡真能出類拔萃，她自然更是面上有光。

只是……原也聽說過孫相家裡一些事情的，那嫡母張氏最是跋扈，聽說對庶女打壓虐待得厲害，所以，孫大將軍才會向皇上提出升了錦娘之母為平妻，也不知道錦娘有機會學琴嗎？

一眾的世子妃、少奶奶、大姑娘們都表演完了，錦娘還篤定地站在一旁，一點也沒有下場的意思，王妃就急了，剛要去提醒錦娘，那邊一直靜默著的二太太倒是先說了。「姪媳，到妳了，快快下場表演吧，人家可都看著妳呢。」

錦娘一抬眸，便看到上官枚挑釁的眼光。雖然一眾的女子們都表演過了，但大家公認還是簡親王世子妃的琴技最是高超。

她在治家上輸了錦娘一程，總要在別的方面找回場子來，這會子見錦娘仍沒動靜，便道：「弟妹今兒可像個悶葫蘆，不似平日裡的活潑，不會被劉妃娘娘誇得找不著北了吧？」

錦娘淡然一笑，從容地走了出來，對劉妃娘娘和一眾的長輩們行了一禮。「錦娘技拙，怕眾位長輩姊妹們笑話，不過，既是姊妹們都來給老太太湊趣，錦娘自是不能落下了，只是一會子錦娘彈得不好，請大家千萬不要笑話錦娘才是。」

說著，她緩緩走到瑤琴前，手指輕撫琴弦。大家都屏了氣息，卻見她半點音符也沒彈出，不由掩了嘴笑，上官枚眼裡便露出一絲得意。

錦娘不過是覺得這方古琴妙得很，雖說比不得著名的焦尾琴，但古色古香，音色也圓潤清淩，不由多看了兩眼，沒想到就引得別人異樣的眼光。她也不慌，指尖輕揚，紅唇微張，琤瑽的琴聲響起的同時，清越的歌喉也伴著琴聲揚起。

「碧草青青花盛開，彩蝶雙雙久徘徊……」歌聲婉轉，琴聲悠揚，曲子如歌似泣，悲切纏綿，竟似在講述一個淒美的愛情故事。一時，廳裡人聲靜默，人們都被帶入歌聲中，聽得如癡如醉。

錦娘音歇了半晌，才響起雷鳴般的掌聲。

「想不到世嫂琴技如此高超，歌聲也有如天籟，真讓青煜大開眼界啊。」旁人還未說話，冷青煜瀟灑地走入堂中，對錦娘深深一揖道。

錦娘淺笑著回了一禮，道：「世子謬讚了。」便從容地回到了王妃身邊。

冷青煜先前是被這裡熱鬧的琴聲吸引過來的，不過少年心性湊個熱鬧，進門第一眼還真沒見著錦娘。屋裡鶯鶯燕燕太多，漂亮嬌美得讓他看花了眼，錦娘太過普通，他哪裡注意得到？只在最後別人都表演完了時，他才看到王妃身邊的錦娘。

上回在城東鋪子裡，他可是吃過她的虧的，老早就相中的人才被她搶了個先，後來又被她設計陪了三老爺那老混球一個下午，心裡正是鬱悶著，如今再一看到錦娘，便巴不得她能出了醜就好。

沒想到那一曲琴歌讓他聽得迷失了心魂，音落之時，才被掌聲驚醒，帶著欣賞之意，他便第一個過來道賀。

見錦娘不過匆匆看了他一眼便又離開，冷青煜心裡又有些不豫，正好自己娘親裕親王妃就坐在簡親王妃身邊，他促狹地笑笑，走了過去，也不說行禮，歪扒著自己娘親的肩膀，斜眼看著錦娘道：「娘親，妳若給兒子找媳婦，就找世嫂這樣的女子吧，兒子心中實是歡喜得緊。」

第四十章

這話太過無禮大膽，錦娘聽了不由心火直冒，瞟了眼冷青煜，卻見他眼裡閃過促狹的笑意，不由立即醒悟——這廝是故意讓她難堪的。

方才那一曲琴歌已經惹得不少人生妒，若是再當著眾人的面與這廝理論，怕是讓人當作把柄來攻訐自己，有王妃和劉妃娘娘在呢，不如裝傻保持沈默，做個乖巧聽話的媳婦就好，自會有人替自己出頭。

冷青煜本是翩翩佳少年，相貌俊秀又是皇親貴胄，更兼還未訂親，正是廳裡不少太太夫人眼裡最佳的女婿人選，更是不少姑娘小姐心裡的如意郎君，他此言一出，頓時如炸開的鍋一般，原本就因錦娘的琴歌而嫉妒的女子們這會子是更加妒恨錦娘了。

最受不了的自然是裕親王妃，她瞋了自家寶貝兒子一眼，罵道：「你又說什麼混帳話來，姪媳可是你王嬸心裡的寶貝，由得你胡說八道的嗎？再說了，這廳裡才貌雙全的好女子多了去，自有你喜歡的討給你做老婆呢。」

言下之意，廳裡隨便挑一個也比錦娘好，兒子眼光也太差了些。

王妃聽了便冷笑起來，正要說話，劉妃娘娘倒是先說了。「清菊，別吃不到葡萄說葡萄酸，試問大錦朝裡又有幾個能有錦娘之才？且不說那治家之方如何的精妙，就方才那一曲琴歌，妳我又何曾聽見過？新鮮得很呢，怕是她自己所作吧，廳內女子，能彈能歌者不在少數，又有誰如她一般自彈自唱？妳想要找這樣的好媳婦還真是難，怪不得小煜年紀不小了還沒訂親，這孩子眼光不錯呢。」

劉妃娘娘身分尊貴，在宮裡也是四妃之首，又得皇上榮寵數十年不衰，自然也是個有手段的人物，此話說得裕親王妃啞口無言，雖心有不甘，卻也不好反駁，只好斜了眼瞪冷青煜。

冷青煜無辜地聳聳肩，正要說話，自那廂走出一個女子來，身材婀娜，裊裊婷婷如柳隨風，最是一雙翦水雙瞳如煙霧曚曨，含情脈脈地看著冷青煜。「青煜哥哥，好久不見。」一聲音如深谷黃鶯，清婉動聽。

冷青煜一見卻像碰到了鬼一樣，身子一閃，躲到了裕親王妃身後。

那女子見了，美麗的大眼裡立即升起水霧，盈盈欲滴。

裕親王妃一把將冷青煜扯了出來，高興地對那女子道：「含烟啊，妳青煜哥哥好久沒見妳，有些不好意思呢。」說著兩指一錯，在冷青煜腰上一擰。

冷青煜疼得嘶了一口氣，只好繃著臉對那名為含烟的女子說道：「是啊、是啊，好久不見。」一抬眼，便看到錦娘那雙似笑非笑的眸子，正看好戲般地看著他，心裡不由一火，走近含烟一步道：「含烟妹妹，妳會剛才世嫂所彈之曲嗎？哥哥我可是聽得如癡如醉啊。」

那含烟見他肯與自己說話，又親近了稍許，心中乍喜，卻立即被他這句話給澆了個透心涼，不由狠狠瞪了錦娘一眼，不屑地嘟了嘴說道：「她有什麼好的，相貌平平，又是個庶出之女，還早已嫁作人婦，青煜哥哥，你不要被她一首歌曲給矇騙了，聽說孫家夫人最是討厭她，連飯都吃不飽，又怎麼可能會彈如此好曲，誰知道是在哪裡偷學了來招搖的？」

王妃自聽了冷青煜之言就很是不豫，如今再聽含烟如此誣衊錦娘，便更是上火，對那含烟道：「平陽郡主，妳怎麼知道錦娘的曲子是偷學來的，可是妳曾在何處聽到過同樣的曲子？」

含烟嘴一撇，不屑地說道：「如此豔詞豔曲，本郡主哪裡聽過，沒得污了本郡主的耳朵。想王爺那兒媳早已嫁作人婦，卻作纏綿悱惻之詞，不知她與何人離愁別緒，如此淒切難捨，莫非……原是有私情的嗎？」

王妃一聽大怒，含烟這話太過尖銳，廳中女子方才歌舞之時，大多唱閨中小曲，自然都是描寫小女兒情態之詞，錦娘此詞也並不為過，但含烟如此細究，便是是非，正要回擊，劉妃娘娘將她一拉，站起身來對含烟道：「妳自說錦娘的是豔詞豔曲，妳方才唱一首〈木蘭花〉，有多情不似無情苦，只有相思無盡處。試問平陽郡主，那妳又是在與誰相思，妳的詞曲不豔嗎？」

平陽郡主似乎有些畏懼劉妃娘娘，尤其當劉妃娘娘起身後，高她半個頭，昂首逼視她時，她更是心虛害怕，此時，對劉妃娘娘的話也是不知道如何回答，只好低頭不語，只是拿眼斜睨著錦娘。

禍首冷青煜卻是一臉看好戲的樣子，見含烟老實不再說話，他又對裕親王妃道：「娘，您以後可要小心著些給我找媳婦，沒有世嫂那才情的，我可不要啊，不然就是娶進門了，我也不喜歡。」說著，對錦娘挑了挑眉，那神情曖昧得很，看在一眾大家閨秀眼裡，便似他與錦娘真有何瓜葛一般。

含烟見了，怒氣一下又衝了上來，拉著冷青煜的衣袖道：「青煜哥哥，你這是什麼意思？你……你竟然與她……光天化日之下，她可是有夫之婦，你們……」

錦娘就快氣炸，想著自己若再不吱聲，這一群人怕是以為自己在默認或是心虛。她強壓怒火，冷靜地對冷青煜說道：「謝世子抬愛，錦娘不勝感激，不過，錦娘很慶幸早已嫁作人婦，不然，若是遇上世子此等人物，錦娘豈不要一生盡毀？」

冷青煜聽得眉頭直跳。他沒想到錦娘真會與他理論，依他平日經驗，被人如此戲說過的女子不是羞得無地自容，便是憤怒得哭泣尋死，哪像錦娘，仍是一副淡定從容的樣子，話語中槍棒齊來，一點面子也沒給他留，那言外之意竟是他就是一個混帳無賴，任誰嫁與他，都會自毀一生。

他原就是在花樓戲坊裡遊戲慣了的，如何與女子調笑自是信手拈來，但此處長輩貴親們都在，他又不好過分浪言浪語，屋裡的女子都在看著他，他俊臉微赧，仍是笑意吟吟，手中摺扇一甩，動作瀟灑風流，踱步到含烟面前，笑道：「含烟妹妹，世嫂說若是遇到我這等人，一輩子都會毀了，妹妹，哥哥有那麼渾嗎？」

含烟見他走近，心早撲撲直跳起來，聽他如此一說，更是芳心雷動，羞赧著抬頭對他道：「她不過嫁了個……身體有恙之人，哪裡比得上青煜哥哥你？青煜哥哥，一個不相干的人，咱們何必總是說她，含烟來時繡了兩個香囊，送與哥哥吧。」說著自袖袋中拿出兩個精美的荷包來，冷青煜見了便笑著接了，卻只是拿在手上，隨手甩著，那樣子似乎隨時都會將那香囊扔了似的。

原想著含烟會又找錦娘鬧幾句的，結果這丫頭只要看見他就兩眼發綠，連嫉妒都省了，還是快些走開的好，別一會子又纏上了不得脫身。

裕親王妃也知道自己家兒子混帳慣了的，所以錦娘說那話時，她也不是很生氣。如此也好，免得青兒還沒娶親便有那不雅的名聲。見兒子很無聊，便對他道：「青煜，帶含烟妹妹出去玩吧，前兒不是說畫了幅好畫要讓含烟看嗎？快去吧。」

冷青煜聽得眼睛都瞪圓了，他可是最怕這位驕蠻的小郡主的，今兒不過是逗著她給錦娘難堪，好玩而已，真要與她在一起，那他還不如跳流凌河去……

「娘，煜兒哪有作畫，沒有……我不……」冷青煜跳著腳就要跑，被裕親王妃一把捉住。

「你給我乖乖的，不然，一會兒你父王來了，我讓你好看。」

冷青煜頓時如打了霜的茄子，低頭斜看著含烟，不敢再跑。含烟笑著過去扯他的衣袖。「真的嗎？青煜哥哥要帶我去看畫？含烟知道，青煜哥哥的畫技高超……」含烟還在興奮地絮叨，兩眼閃閃發亮，臉紅撲撲的，只是冷青煜覺得頭皮發麻，惱火地偏頭去看錦娘。

卻見錦娘目光悠長，眼神不知道投在何處，任他挑眉弄眼，她也當他不存在一般，似乎早忘了他這麼一個人，他心裡越發不是滋味，被含烟半拖半扯，不情不願地出了廳。

冷青煜一走，一干青年男子也覺得沒什麼好戲看，便也哄鬧著出去了。畢竟男女賓還是分坐開席的，屋裡沒有了男主人，他們便沒有留下去的理由。

屋裡只剩下了女眷，大家說話也輕鬆隨意了些，劉妃娘娘便拉了錦娘的手道：「妳這孩子，聰明是聰明，就是太軟弱了些，以後碰到類似的事情，妳盡可放了膽子去找回場子來。」

錦娘聽得一陣汗顏。自己不怎麼出頭，已經讓一眾的女人恨個半死了，若再表現得強悍，怕是凶名立即就在京城貴族裡傳開，如此別人只會說她怕事，鋒芒要露，但露太出，就會成為出頭鳥，那樣就大大不妥了。

不過，面上她還是很恭謹地應了，小意回覆以後會改云云。

那邊，上官枚見了便笑道：「娘娘，弟妹今天也夠出鋒頭了，先是那治家理府的法子，讓在座的好多伯娘嬸嬸們開了眼界，後來又是高歌一曲驚動四座，您還想要如何呢，總要給我們這些個平庸之人留一點點表現吧？」

劉妃娘娘聽了倒是笑了，轉頭對太子妃道：「妳家妹子可是越發嘴利了，瞧瞧這一張嘴，一開口就是一套一套的，說得本宮有多偏心似的，同樣是姪媳呢，哪能偏頗了，不過是庭兒……比堂兒要弱上稍許，所以才對錦娘要更為關切一些罷了。」

這話還是有些賣好之意，畢竟先頭為了掌家的事，劉妃娘娘與太子妃之間有些不和，劉妃娘娘還是不想鬧得太僵了，所以才有此一說。

太子妃笑道：「可不是嗎？枚兒如今也是越發地混了，她可是堂堂的世子妃，總作些口舌之爭做甚，將來簡親王府裡還不得妳掌家啊，以後多跟王嬸學學才是，不要變得小家子氣了。」

劉妃娘娘聽了這話便有些不豫。太子妃這是在警告錦娘和王妃呢，世子之位已定，就算錦娘再怎麼出色，在簡親王府裡，接手整個王府的也只能是冷華堂，從而掌家的也只能是上官枚，所以告誡上官枚不要爭些小利，只管掌著大局就成。

錦娘聽了不由抬眸看了太子妃一眼。太子妃與上官枚長得也很相似，只是氣度端嚴婉約，比上官枚更為成熟內斂，看來，也是個鬥爭的高手。還好，上官枚比起她來又稚嫩多了，只是如此教導下去，自己與相公以後在府裡的日子怕是越發艱難了……這樣一想，她又打起了十二分精神來，心裡百轉千迴。

看看整個屋裡，那一廂其實也有不少貴婦小姐，但她們只是過來與太子妃和劉妃娘娘見了禮，便回到了旁邊，三、五個在一起閒聊，只有簡親王一家才在這邊陪著劉妃娘娘和太子妃，看來，那邊廂的貴婦身分定然是遜了一籌。

而且，這二位貴人平日眼裡怕也挾不進人去，只對自家親人才會假以辭色的，就連剛才那含烟郡主對劉妃娘娘也很是畏懼，看來，劉妃娘娘在宮裡的地位也不會低。既然上官枚可以有太子妃作為依靠，那自己也可以靠著劉妃娘娘的，至少，在太子登基以前，這個靠山還是有本事對抗得住太子妃的。

聽說當今皇上正值春秋鼎盛，太子想要繼位，還是遙遙不期之事，而冷華庭如今的毒素正在慢慢清除，不久之後，就有站起來的可能，而那時，他有了強健的體魄，自是不再怕那些冷刀冷劍的侵襲了，因為她相信，他會保護她的。

正沈思著，就聽劉妃娘娘說道：「錦娘啊，雖然庭兒不是世子，但他可是正經的嫡子，簡親王唯一的嫡出，他身子已然堪憐了，就是皇上也對他同情有加，而妳又是個有才的，以後就更應該相助妳娘好生打理整個王府，力求將來能獨當一面，才能幫助和照顧庭兒。」

這正是透露給錦娘一個訊息，皇上對於簡親王這個嫡子還是很同情的，也就是說，皇上對嫡庶之分還是很在意的……也是，很少有庶子能繼承世子之位的，若非冷華庭身有殘疾，世子之位是不可能讓冷華堂來繼承的，那能不能理解為若冷華庭身子恢復，世子之位便有可能找皇上討回？

「謝娘娘教誨，錦娘一定聽娘娘的話，潛心學習治家理財之道，幫助母妃打理王府，孝敬公婆，照顧相公。」錦娘恭謹地回道。

劉妃娘娘見她說得認真，不似敷衍，便點了點頭。那邊上官枚聽了，語氣有些黯然地說道：「怕就怕弟妹太過賢能，會引得一眾的世家少年傾心側目，反倒會傷了二弟的心啊。」

王妃聽了便是眉頭一皺。明眼人都能看得了，冷青煜不過是在胡鬧呢，錦娘嫁進府後有多麼關心和體貼庭兒，她這個做娘親的可是看得一清二楚的，上官枚此言分明就是在敗壞錦娘的名聲，這話若是裕親王妃和平陽郡主所說，她還可以不那麼氣，畢竟那是外人，如今連身為嫂嫂的上官枚也是如此說法，那要是傳將出去，錦娘就會百口莫辯。

王妃正要開口訓斥上官枚，一直沈默著的二太太說道：「錦娘這孩子是個厚道的，就算是有那些浪蕩無形的人來戲言，她也不會做那無恥之事的。枚兒，妳大可以放心。」

王妃一聽這話更氣。二太太貌似在說上官枚，誇獎錦娘，其實用詞上卻是很費思量。什麼叫錦娘厚道？是說錦娘方才對冷青煜的挑釁太過軟弱，沒有嚴詞喝責吧？

錦娘初入世家貴族宴會，自然不能太過尖銳，有自己與一眾的長輩在，也由不得她一個小輩出頭。剛才錦娘的表現王妃還是很滿意的，與那些無形無狀的男子鬥嘴吵鬧，原就失了深閨大秀的風範。

後面還用到無恥二字，其實就是變相在罵錦娘無恥，在大庭廣眾之下被男子調笑。

王妃正要反誨二太太幾句，這時裕親王妃過來了，她剛才去了二門，寧王妃帶著世子妃和郡主冷婉前來赴宴，她去迎接了。

寧王妃與裕親王妃本是嫡親姊妹，今兒卻不知為何比簡親王妃來得更晚。

錦娘一眼就看到臉色不豫的孫芸娘進了屋，冷婉正在一邊小聲地勸著什麼，見進了屋才停下來，沒有再說。

裕親王妃帶著寧王妃一家子先給老太妃行了禮，又來給劉妃娘娘和太子妃見禮。

劉妃娘娘似是不太待見寧王妃，對寧王妃的行禮很是冷淡，倒是太子妃對寧王妃很是親熱，問道：「竹清嬸嬸怎麼來得這麼晚，都快開席了呢。」

寧王妃聽了便嘆了氣，斜睨了眼孫芸娘，對太子妃搖了搖頭，一副很疲憊的樣子。「唉，還不是府裡頭的一些瑣事，都快讓人操碎心了……」說著又頓了頓，一副不願多提的樣子，轉了話題道：「不說這個，才來，正好讓婉兒做了幾幅百子千孫繡帕，還有幾套肚兜，都是不值錢的玩意兒，一會子讓人給您拿過去。」

太子妃一聽，臉就紅了，羞澀地低頭，寧王妃便湊近了她道：「在嬸子這裡也不好意思嗎？婉兒可是跟我說了，妳有了呢。」

太子妃聽了便看了婉兒一眼，卻是沈了聲對寧王妃道：「這事不能聲張，宮裡小人太多，如今又剛懷上，我怕……」

寧王妃立即道：「我省得的，放心吧，妳可千萬要保重，有了兒子才是真正有了傍身的依靠啊。」

太子妃這才緩了臉，又睃了眼孫芸娘道：「嬸子可是又受了媳婦的氣了？」這話是拔高了音說的，那邊正與錦娘說話的芸娘，還有二太太、劉妃娘娘等全都聽見了，不由全看過來。

寧王妃聽了先是一陣錯愕，但見太子妃眼裡的一抹厲色時，她立即明白，便也大聲回道：「唉，真是個不省心的啊，妳說爺們收個通房討個小妾啥的，那不是很正常的事嗎？她非要鬧，自己嫁進府來小半年了，也沒見半點音訊，還不准然兒納小，有點風吹草動的就鬧個驚天動地，真真是家門不幸啊，當初怎麼就娶了這麼一個人呢？」

這樣一說，大家便全看向了孫芸娘，芸娘本來就氣沒消，這會子被婆婆當著大家的面一頓絮叨，臉上更有點掛不住，冷哼一聲說道：「且不說自家兒子是個遊蕩無形的，成日喝花酒戲丫頭，與些下賤胚子眉來眼去勾勾搭搭，就是見了那……」

說到此處，似乎有些太難說出口，她便頓了頓，委屈地看了眼錦娘，接著又道：「別一張嘴就擱在媳婦身上絮叨，也要想想自家兒子是個啥貨色，可別讓我說出好聽的來。」

那邊的寧王妃聽了臉都綠了，張口欲罵，裕親王妃就扯住了她，對她使了個眼色道：「跟個小輩鬧什麼？一屋子的客呢，還有劉妃娘娘和太子妃也在，沒得失了身分。」

寧王妃這才抿嘴賭氣沒說了，只是狠狠地瞪芸娘。太子妃卻是拉了寧王妃的手，輕蔑一笑道：「有什麼好聽不好聽的，孫相在朝中德高望重，又最是嚴正端方，按說家教應該就是好的，怎麼府裡的姑娘一個一個都行止不端，禮教不會呢？唉，難道家教不好嗎？」

這話可是連錦娘一併罵了進去，錦娘也是孫家的姑娘，芸娘不敢對太子妃回嘴，卻是更加委屈地看著錦娘，囁嚅著說道：「四妹妹，妳聽聽……」

錦娘正待要安慰她兩句，就聽上官枚也應和著太子妃，斜了眼道：「可不是嗎？那孫家的二姑娘，還是個嫡出呢，沒出嫁就來勾引人家相公，污人相公清譽，拿自己清白不當一回事，逼人家娶她，更是不要臉到極致呢！哼，姊姊，我是不與那種人一般計較，不然，我要鬧到太后娘娘那兒去，讓她從此嫁不得人，做一輩子的姑子去。」

屋裡眾人立即想到了孫玉娘去寧王府赴宴時遇到的事來，聽了不由得露出鄙夷的目光，就是有些對錦娘還算友好欽佩的人，如今看錦娘兩姊妹也是不屑得很，先前那原就暗戀冷青煜、嫉妒錦娘出盡鋒頭之人更是隨聲附和。「可憐孫相怎麼會養出這樣的孫女來，孫家家門不幸啊，竟是沒一個好的。」

「唉，怕是老相爺朝廷事忙，並不知道這些事呢，聽說孫將軍自邊境一回，便升了個奴婢出身的姨娘做平妻，還鬧到朝堂裡去了。寵妾滅妻呀，那樣的人養出來的，會是好的嗎？」

這話芸娘愛聽，她全然忘了人家原是針對她來的，更忘了錦娘是在受她的連累，抿了抿嘴，也附了一句：「我家老太爺昏聵了才聽任爹爹幹那事，這世上哪有奴婢扶正的道理，不是找了話柄給人說嗎？」

錦娘聽了那個氣啊，人家說說就是了，當沒聽見就好，她自己還要火上澆油，怕這臉丟得不夠嗎？但當著外人在，她又不想與芸娘針鋒相對，不然只會是更加讓人看戲，她乾脆離芸娘遠一些，站到王妃身邊去了。

王妃卻覺得錦娘受了委屈，見她過來，便戳她腦門子道：「妳傻乎乎地跟她站一起做甚？在府裡頭時，她何時當妳是姊妹過，這會子自己不尊孝道，當著外人的面連婆婆也敢頂的人，能說出什麼好話來？妳自好生待在為娘身邊，別再沾惹她了，沒得受了連累，她還以怨報德呢！」

芸娘這才反應過來，自己是連錦娘也趕走了，不由更氣，一看自家婆婆嘴角含了絲得意，她便脫口說道：「哪裡是我不肯孝敬公婆，實是生平不幸，嫁了個……嫁了個耍妓玩童之人……」到底覺得說出來自己也沒臉，還是頓住沒有繼續往下說。

但屋裡都是精明人，她只漏些音，人家便想轉了，不由也有些同情她來。這一屋的女人便是身分尊貴的，個個都是大婦的身分，就是那沒嫁的，將來也只會做人正妻，對小妾通房的很是嫉恨，如今再聽孌童之事，更加鄙夷，一時看寧王妃的眼神又變了變。

冷婉一直沈默著，這樣的場合不適合她一個待嫁的女子說什麼，這會子見自己娘親氣得快要昏倒，不由小意地扯了扯芸娘的衣袖，示意她不要再說了。

芸娘正覺得自己扳回了一局，見冷婉扯她，她便隨口說道：「扯我做什麼，難道我說錯什麼了嗎？妳哥原就是那樣——」

「嫂嫂，我哥沒臉，妳就風光了？別忘了妳是我嫂子呢。」冷婉忍不住截口道，見芸娘還待再說，冷婉氣不過地輕哼道：「我哥哪裡是妳嘴裡說的那樣，妳不要在外亂說污他名聲了，快去給娘道個歉去，可別忘了，妳如今是寧王府的世子妃。」

芸娘聽了不由氣急，沒想到一向與她還算友好的冷婉也當眾說她，不由氣紅了臉，衝口就對她說道：「妳也來編排我了？以為妳自個兒就是個好的呢，一個未出嫁的大姑娘，有事沒事就往簡親王府跑，還不就是看中了簡親王府的三公子，想與他私會嗎？」

冷婉可是在京城裡享有清譽的郡主之一，向來就是才貌雙全、知書達禮的美名，這會子被芸娘如此一說，又羞又氣，扭了身子就伏在寧王妃懷裡哭了起來，寧王妃聽了再也忍不住，回身作勢就要打芸娘，裕親王妃一把將她扯住了，憤聲道：「真真是個無德無行之人，別與她一般見識了，以後少帶她出門子就是，沒得丟人現眼啊。」

那邊二太太也是被點了名的苦主家長，她也過來安慰冷婉。「婉兒，別跟她計較了，好歹是妳嫂嫂，以前還以為孫家家風不錯呢，沒想到真是一個一個全沒好形兒，看來，真是家教虧失啊。」

這話又是連著錦娘也罵進去了，錦娘站在屋裡就覺得無聊得很。以前芸娘還算聰明，做事也還有分寸，如今怎麼變得沈不得半點氣來了，一屋子人全被她得罪光了，又是當著外人的面，半點也不給自己婆婆和丈夫留面子，回去怕是……

唉，她也是自己找，管那麼多做甚，別一個不好又惹到自己身上來了。一時間，錦娘只想要離開這裡，便抬眼看王妃，王妃正憐惜地看著她，錦娘不由心裡一暖，輕喊了聲：「娘……」

那邊，劉妃娘娘也是對她微笑道：「妳是好孩子，妳婆婆清楚的，她也沒少到宮裡來跟我念叨妳，妳那法子還可不可以再改進些，嗯……就是針對後宮的，明兒妳有空了，讓妳婆婆帶妳進宮去，妳好生跟我說道說道。」

太子妃一聽，腦子轉得飛快。自己宮裡那些個事也是亂得很，要是能找個好法子治了，自己也能輕鬆好多。如今自己懷有身孕，不能太過操勞，可宮裡又有好幾個虎視眈眈的，巴不得自己身子不好，她們就上杆子地來搶那掌宮之權……這錦娘其實脾氣好得很，這麼些人一起來攻訐她，她也只是苦笑，並沒強詞反駁吵鬧，倒是個能交的厚道人，以後對妹妹其實威脅也不大……

「弟妹，看妳也真是個能幹的，哪天妳和枚兒一起也去我宮裡來坐坐，幫我看看，要如何規整規整才好。」太子妃難得地對錦娘露出笑顏，親熱地說道。

上官枚聽了便心有不豫。自家姊姊怎麼也巴著錦娘呢，才不是還幫著自己的嗎？這樣一想，心裡便對錦娘更是嫉恨了三分。

錦娘倒真沒想到太子妃會對她如此和顏悅色，便看了劉妃娘娘一眼，似在討個主意，劉妃娘娘見了便笑道：「妳哪天就去幫幫太子妃吧，她如今不能太操勞，正要有個幫手幫襯著呢，若是妳真有那治宮的好法子，也算是妳功德一件呢，太子妃會記著妳的好的。」

轉頭又對太子妃挑了挑眉，戲笑道：「太子妃，妳說對不？」

太子妃聽了就掩嘴笑。「娘娘說的哪有錯的？弟妹與我家枚兒原是妯娌，本該常來常往的，她幫了我，我自然是知道好的，定然不會虧了她去。」

上官枚聽了就將頭一偏，眼睛看向了別處，嘴卻是緊緊抿著，似在極力掩飾心裡的不痛快。二太太便過來拉了她的手，輕輕拍了拍，附在她耳邊柔聲輕道：「終歸是妳嫡親的姊姊呢，最疼的自然是妳，哪裡就會去幫著外人了？」

上官枚一聽也是，不由嫣然一笑，揚了臉對二太太道：「二嬸子，妳真的要與寧王府結親嗎？我瞧那婉郡主人還不錯呢。」

二太太聽了笑著點了點頭，少頃，臉色又黯淡一些，說道：「只是軒兒似是不太樂意，我正在勸他呢。」

上官枚聽得一震。冷華軒雖有功名，但沒有參加殿試，如今正在太學院學著，這身分上比起冷婉來可是差了挺多。自古女攀高枝，男附低就，能結這樣一門好親，冷華軒怎麼還不肯呢，應該很高興才對啊。

腦子裡又浮現出自家相公的身影來，想著，若是這種事落在冷華堂身上，他怕……求之不得吧，原就是個權力慾望很重之人……她又想起即將嫁進門的孫玉娘來，冷華堂一再地跟她保證，對孫玉娘半點情分也沒有，不過是為勢所迫才要娶的，可是如今想來，其實是看中了孫玉娘相府嫡孫女的身分，想著有朝一日承了爵，也能多一個岳家幫襯他吧……

一時，她又覺得煩躁了起來，正好開席了，便跟著眾人一起去用飯了。

因著在大廳裡，如簡親王府、寧王府、還有裕親王府本家都鬧得不太愉快，用過飯，劉妃娘娘帶著太子妃一走，連裕親王妃請回的戲班子都還沒開鑼，大家便都散了，裕親王妃便氣得咬牙切齒，沒得去找了罪魁禍首冷青煜去，要好生罵罵他出個氣。

誰知在園子裡找了個圈，愣是沒見著人，那幫子關係好的年輕公子們自在一處玩鬧著，也沒見他出來瘋，裕親王妃便去了他的屋裡，卻見冷青煜難得老實地待在自己屋裡，望著屋裡的一盆金蘭發呆。

裕親王妃本想罵他的話便生生吞進肚子裡去了，過去撫了他的頭道：「怎麼怔了？一個人躲這兒做什麼？含烟呢？」

冷青煜怔了怔，眼神有些茫然地回道：「她吵死了，我找個理由躲了。娘，以後別讓她跟著我，煩著呢。」

裕親王妃聽了便要作勢擰他，卻見他神情懨懨的，便沒下手，卻總感覺他哪裡不對勁，摸了他額頭說道：「可是病了？」

冷青煜將頭一偏，煩躁道：「沒呢，在想要娶個什麼樣的娘子回來孝敬娘。」

裕親王妃一聽來了興致，說道：「說說看，可是中意了哪個，今兒府裡可來了不少大家閨秀，你若看中了，我便使了媒人去說合。」

冷青煜的眼神越發迷茫，好半天才道：「看不中，一個也看不中，看誰都不對付，娘，真沒那特別一些的嗎？就像……」

錦娘一回府，便覺得渾身像散了架似的，跟王妃匆匆道了別，就回了自己院裡。

打了簾子進屋，卻見冷華庭正坐在穿堂裡，身邊也沒個人侍候著，一張臉僵著，面無表情，只是眼睛巴巴地看著進門的她，一副被遺棄了的模樣。

錦娘皺了眉，四兒幫她脫了錦披，她便急步走過去探冷華庭的手。真是冰涼的呢，不由氣道：「相公，怎麼坐這兒呢，凍著了怎麼辦？」轉過頭又對屋裡喊：「人呢？怎麼能讓少爺一個人坐穿堂裡，也不說生個火盆，連個手爐也沒備，真真是越發懶怠了，這屋裡真該治治了，一會子我要……」

一進門就碎碎唸，卻讓冷華庭原本垮著的一張俊臉微微緩了緩，見她還在四處張羅要去找人來，便一把將她扯進懷裡，擰了她的鼻子道：「不怪她們，誰讓妳這麼晚才回來的？我就要一個人坐在這裡等，就要將自己凍著，看妳回來了虧不虧心？」

錦娘聽得一噤，見他清亮水潤的眸子裡閃過一絲惶恐，不由又心疼起來，又覺得甜蜜。

「這不是一用過午飯就回了嗎？」

她輕撫了撫他明朗的前額，在心裡微微嘆了口氣，偎在他懷裡柔聲說道：「明知道我會虧心的，還要這樣，以後再不許一個人坐著挨風了，要凍著怎麼辦？」

冷華庭撇了撇嘴道：「怕妳對別人發花癡呢，若妳哪天出了門不回了，我怎麼辦？」

錦娘聽著就心酸。他是沒有安全感吧，自小在這府裡看似錦衣玉食，卻是缺少親人關懷和疼愛的，這闔府上下總是想著法子的害他，對誰都得防著，如今有了自己，他才感覺有了伴，不再孤寂，所以，自己一走，他又惶恐了。

摟了摟他的頸子，錦娘柔聲道：「進屋吧，外面冷呢，一會兒著了涼可不好。」

冷華庭被她抱了一會子，感覺空蕩蕩的心又安定了。「娘子，我餓……」

錦娘聽得差點沒從他身上滾落下去，起身站直了道：「怎麼會沒用飯？秀姑不是都在屋裡嗎？」

冷華庭聽她語氣不善，嘴一撇，眼裡便升起一層水霧。錦娘一見就心軟了，忙推了他往裡屋去，就見秀姑正在擺著飯，一抬頭見她來了，便像是鬆了一口氣般。「少奶奶總算回了，這飯奴婢都熱了四回了，少爺就是不肯吃。」

錦娘聽了眉頭皺得更緊，剛要罵他，便見有小丫頭打了簾子進來稟報。「少奶奶，三老爺來了，說是要見您和少爺呢！」

第四十一章

錦娘聽得一怔。離那日在城東鋪子才多久，三老爺又來做什麼？難道是芸娘把人送過去了？

腦子裡一想事，腳步就慢了些，冷華庭一回頭，看到她皺了眉，回頭就去捏她的下巴。「又胡想些什麼，理那些個不相干的人做甚？我餓死了。」

錦娘聽了不由氣急。飯熱了四回你不吃，餓死你個彆扭的傢伙！腳步卻是加快了好多，趕緊推了他進屋，豐兒見了忙去盛湯，錦娘一邊接過那碗湯一邊對秀姑道：「去幫我請了三老爺進來吧，可別怠慢了就不好了。」

秀姑聽了忙打了簾子出去，錦娘端起湯，舀了一匙吹了吹才送到冷華庭的嘴邊。

冷華庭笑咪咪地喝了，一旁的豐兒看著就怔了眼。少爺還真是會耍無賴，明明自己早就可以吃的，非要讓少奶奶回來餵。她搖搖頭，又去盛了一碗飯，很有眼力地走到一邊去候著了。

一碗湯喝完，錦娘才將飯給他，自己站在一旁給他挾菜。冷華庭吃得眉開眼笑，錦娘看著就氣，碎碎唸道：「若我哪天出去個三、五天，你都不吃飯嗎？還不得餓暈了。多大的人了，總這麼任性，別的事情還好，這飯可不能不吃，原本就身子不太好……」

「娘子，這個糖醋排骨很好吃，吃一塊。」正唸著，冷不防嘴裡被塞了一塊排骨，錦娘差點卡到，始作俑者一臉期待地看著她，似乎正在等她誇獎呢。錦娘將那排骨吞了下去，又要繼續唸，冷華庭又是一根排骨送了過來。

錦娘總算有了覺悟，閉了嘴，卻見他凝了眼，放下碗筷不動了，錦娘不解地看著他，好半晌才聽他悠悠地說道：「娘子，不要離開我。」

錦娘聽了，心就變得軟軟的，還有一絲被需要的甜蜜。端起碗，她又變身成為高級保母，聲音柔柔的。「吃飯吧相公，我哪兒也不去了，就在家裡陪你。」

冷華庭墨玉般的眸子波光流瀉，一大口一大口吃著，滿足又興奮。

「唉啊，小庭媳婦、小庭媳婦。」

外面就響起三老爺的大嗓門，秀姑帶著三老爺進了屋。

錦娘忙放下手中的碗給三老爺行禮。「三叔如今可是大忙人，今兒怎麼得了空過來了？」一邊讓豐兒去沏茶，拿了果品奉上。

三老爺歪頭一瞧冷華庭正在吃飯，不解地問：「庭哥兒怎麼才吃呢，這都啥時候了，不會是才起的吧？你三叔以前是這樣子，懶怠得很，如今咱可是管著一個大鋪子，日日裡都起得早呢。」

冷華庭因錦娘只顧著招待三老爺去了，一張俊臉便繃得緊緊的，對三老爺的問話充耳不聞，手裡筷子敲得叮噹作響，一副很不耐煩的樣子。

錦娘忙對三老爺道：「不是呢，相公平日裡也起得早，只是今兒午飯晚了些……三叔，今兒抽空過來可是有事？」

三老爺一聽錦娘這話便笑得合不攏嘴，一臉的得意。「唉呀，小庭媳婦，妳那大姊可真是個知情知趣的，前兒送了兩個好人兒來給妳三叔，又請了三叔我痛快地玩了兩宿，說是要在城東鋪子裡參一股進去呢。」

這事錦娘早就知道，只是不知道三老爺此來是何用意，便笑笑道：「是這樣嗎？唉，誰讓三叔您如今掌著實權呢，當然一眾的親戚六眷肯定是要巴結您的。大姊既然送禮給您，您就收著。」半點也不談那參股的事情。這事是好是壞誰也說不準，她可不想摻和進去。

三老爺一聽錦娘誇他，笑得更是見牙不見眼，扔了一塊點心到嘴裡，又喝了一口茶，才道：「三叔我來也是想要知會你們一聲的。都是一家親戚，這錢給別人賺也是賺，何不給了親戚，妳說是吧？只是那鋪子裡的股份是有定額的，我一時也分不出餘股出來……」說著，一雙眼瞪得溜圓，仔細看著錦娘的反應。

錦娘原也想過，王爺經營鋪子時，定是早就將股份分派好了的，占股的大多都是京裡有頭有臉的大人物，這會子芸娘想憑空要插一腳進去，當然不容易，只是三老爺怕是還有別的意思呢……

「那三叔您就別為難了吧，我大姊也是個晚輩，送您一點小禮也算不得什麼，您大可以回了她就是。」錦娘淡笑著對三老爺道。

三老爺一聽，眼裡就露出失望之色來。他早就有了對策，不過來探探錦娘口風的，見錦娘一副無所謂的樣子，不由收了笑，瞇了眼說道：「也不是沒有辦法的，妳是小庭的媳婦，三叔總得給妳幾分面子的，對吧？」

錦娘聽他此言果然另有意思，便笑道：「三叔，您可千萬別為這事為難，我大姊也不過就是好玩。寧王府您也知道，親貴著呢，哪就缺了這些銀子了？」

三老爺聽了便有了氣，霍地站起來道：「妳這孩子怎麼能這樣呢，自家姊姊不幫，想幫誰？三叔我說有辦法就有辦法的，今兒也就是來告訴妳一聲，我把妳二嬸子娘家大舅那份股給退了一成，勻給妳大姊去。都是一樣的姻親，總不能厚此薄彼，對吧。」

錦娘聽得一怔。二太太娘家大舅也在城東鋪子裡參了股嗎？怪不得二老爺不想要三老爺管城東鋪子裡的事，以三老爺那混球性子，別說半年，怕是三個月就會把那鋪子給折騰敗了，那不就會斷了二太太娘家一條財路嗎？

可如今說要把二太太娘家大舅的一成股給芸娘，那二太太那裡怕會過不去吧……

「三叔，這樣好嗎？二嬸子那兒……不會生了膈應吧？」錦娘擔心地說道。

三老爺聽了眼裡就露出一絲狠色來，冷哼一聲道：「她生不生膈應我是管不著的，這麼些年，她那大舅在咱們府裡也沒少得好處，如今只是分出一成來，也算不得什麼，她若真要來說妳什麼事，妳儘管裝不知道就是，有妳三叔給頂著呢！哼，仗著二哥的面子，愣是沒當妳三叔是盤菜，有事沒事的就到鋪子裡叨叨，煩都煩死他了，什麼東西……」

三老爺這樣一說，錦娘才明白了其中一些道理。想來二太太的哥哥是知道三老爺為人的，因著有股份在鋪子裡頭，肯定不會啥事都由著三老爺渾來，絮叨怕還是小，保不齊早就去二老爺那兒告過狀了，三老爺受了氣，所以才會把他的股份勻出一成來給芸娘。這樣也好，只要不牽扯到自己就成，這事就裝不知道算了，等二太太沈不住氣時，定然會再來找自己的。不過，倒是可以先在三老爺這裡下點功夫，總不能等著讓人逼上門來才是。

如此一想，錦娘便裝作惋惜不平的樣子。「三叔，其實當初大哥和二叔都一力反對您當這鋪子裡的管事，說您辦不成什麼事，姪媳可不這麼看。三叔您只是愛玩而已，都是老太爺的兒子，王爺和二老爺都機智過人，您當然也不例外，自然也是精明強幹的，您呀，只是不幹，真要做起大事來，怕還沒幾個能比得過您呢。」說著，就掩嘴笑，眼睛亮亮地看著三老爺，一點也不似作假敷衍的樣子。

三老爺聽得心中一暖。他自小好話當然聽過，但人家全是嘻哈玩鬧，唬唬他的居多，想當初確實是錦娘一力促成他接手這鋪子的，如今看錦娘說得誠懇，他便像遇到了伯樂一般，渾身上下都充滿了鬥志。

「小庭媳婦兒，妳真的這麼看三叔我嗎？」三老爺兩眼激動得發亮，端茶的手都有些不穩了。

「自然是，您可是姪媳一直尊重的長輩呢，姪媳哪能在長輩面前扯白呢？姪媳一直就覺得您是有那真才實學的人，不像有些人，看著道貌岸然，內裡實則是一團亂絮，草包一個呢，您不過是個真性情的人罷了。」

反正好話也不要錢，只要哄得三老爺開心就成，那鋪子裡弄得也是越亂越好，不是說有很多親貴都參了股嗎，都讓三老爺鬧到明面上來吧，最好三個月就將那鋪子弄破敗了，到時自己的鋪子開起來，讓富貴叔將那些客戶都接過來……王爺看在冷華庭分上，只會睜隻眼閉隻眼，宮裡頭嘛……得跟劉妃娘娘拉好關係了，生意也不怕做不下來的。

「小庭媳婦，妳真是太通達賢慧了，比起妳那世子妃嫂嫂來，可真不是強了那一點、兩點呢！唉呀呀，小庭娶了妳可真是有福氣呢！這事就這麼辦，一會子我讓下面的人去辦妥就是，妳那姊姊下個月就能分到紅利了。」三老爺高興地說道，一副就要出去大幹一場的樣子。

錦娘自然又是道謝了幾句，不過，說了老半天，三老爺也沒個要走的意思，錦娘看冷華庭的臉色已經很是不耐，不由有些著急，怕惹急了他，他會拿東西砸三老爺，所以不時地拿眼去睃冷華庭，卻見他對她眨眨眼。

那動作迅捷得很，若不是錦娘一直留意著他，定然瞧不見。他的神情太過調皮搞笑，弄得錦娘想笑又礙於三老爺在，一時差點憋出了內傷。

三老爺自己也覺得再坐下去很是無趣，終於還是開口道：「姪媳，其實三叔今兒來，還有一件事想妳幫忙呢。」

總算說到正題了。錦娘笑看著三老爺，不緊不慢地喝了口茶才問道：「三叔您千萬別說幫不幫忙的話，我和相公可是您的晚輩，您有事儘管吩咐，只要做得來的，我們一定不會推辭。」

三老爺聽了心中一安，瞄了眼冷華庭道：「先前我接手時，不是說過府裡會派個帳房先生去嗎？唉，那個老不死的，把帳管得死死的，三叔我想弄點活泛錢去進些好貨都不成，日子過得太憋屈了，若是……姪媳和小庭能有法子將那老不死的東西換一個人，那三叔我可就是真正能放開手腳大幹一場了，定然能將那鋪子做大幾倍來給他們瞧瞧。」

是想在鋪子裡隨便拿錢，但那帳房不肯吧？錦娘在心裡冷笑著，面上卻顯出為難之色來。「三叔，這可真是有些難了，您也知道，相公如今又沒什麼地位，在府裡也說不上什麼話……以後掌家的可是大哥大嫂，姪媳說話也是人微言輕，怕是起不得作用呢。」

三老爺一聽，就露出鄙夷之色來，冷哼一聲道：「姪媳，妳也不消如此說，原本這世子之位是庭兒的，他說話哪裡就管不得用了？不過是……哼，別以為我是傻子，當年那起子事我也是知道一些的，那些人以為一手遮天呢，只是將大哥大嫂瞞得緊罷了。」說著頓了下來，四周看了看，才湊近錦娘，小聲道：「三叔也不怕告訴妳，庭兒可是別人害的呢！他們是結成一團的，總拿我一個當外人，以為我真什麼都不知道，我也當作不知道，不拘著我快活就成。如今他們是越發過分了，害了庭兒，又想要管著我……」終是覺著說出來有些不妥，還是沒有說下去。

冷華庭和錦娘聽了卻同時一震。這是第一次從府裡人嘴裡聽到有關冷華庭身殘一事的真實信息，以前的一切全是猜度的。錦娘強抑心中的激動，裝出十分震驚的樣子，眼裡立即就升起一團水霧來，突然起身，對著三老爺盈盈下拜，行了個大禮，哽咽道：「三叔，您……您真是個正直又善良的好人，錦娘……錦娘替相公多謝三叔了。」

說著就磕了下去，三老爺嚇得差點跳起來。小輩們在他跟前行禮多了，可他今生還是第一次聽人說他是個善良的好人，一時心裡有些發木，感覺怪怪的，有些不適應，卻……很爽啊！原來，當好人的感覺是這樣的嗎？

他連忙去扶錦娘，錦娘卻跪在地上不肯起來。好不容易在三老爺嘴裡套了些話出來，怎麼能就此放過，當然要深挖下去了。「三叔，相公他……他原本也如三叔一般，是個翩翩佳公子，可如今您看他……他只能終日坐於輪椅之上，再也不能起來走路，每日裡還要受府裡那些小人的白眼，他究竟犯了什麼錯，要忍受這樣的痛苦？難道就因為他有了繼承爵位的資格，那些人就要害他？當初您也是老太爺的兒子，您就坦蕩光明，沒有耍過陰謀詭計，沒做那見不得人的勾當，沒去害過自己的親兄弟，對吧？」

三老爺聽著錦娘的話也覺得動容，他確實胸無大志，當年二老爺與王爺也沒少為世子之位爭過，只是王爺原就是嫡長子，身分擺在那兒，別人就是想爭也爭不過來，他更是沒那心思去爭，只是在一旁看著好玩。後來，冷華庭的世子之位也有人搶，他也知道一些，也是冷眼旁觀著，別人都不拿他當回事，他卻過得自在又逍遙。

但聽錦娘口口聲聲說他光明坦蕩，他的自尊心第一次無限地膨脹了起來，胸腔裡充斥著一種稱之為正義的氣魄。但他不是傻子，有些事能說，有些事是不能說的，先前他也不過是點一點，讓錦娘明白，府裡也只有他是沒存什麼特別的害人心思，想讓她幫下自己而已，可看著錦娘泫然欲泣的樣子，又覺得有些愧疚……

「姪媳，妳且先起來，地上冷呢。」三老爺有些受不了錦娘那悲切哀傷的樣子，一力想要扶起錦娘。錦娘卻是又磕了個頭，對他道：「三叔，姪媳也知道您為難，都是親人，您也不想得罪哪個，但您總要讓錦娘和相公知道該防著哪些人，不然，那些人怕是還會不停地陷害相公呢，您就真的忍心我們被害嗎？」

三老爺聽了便嘆了口氣道：「不會了，不會再害了吧……小庭都這樣了，只要小庭的腿不會好……那人是不會再害小庭的，他……其實不想小庭死啊。」三老爺自己都不是很確定，只是當年有一幕他是看到了的，就是自那以後，小庭就發了一次高燒，性情也變得古怪了起來……

這些年，三老爺每每想到，都有些心寒。

果真是怕相公的腿會變好呢，哼，那就讓他們一直看著相公坐輪椅吧！不想他死？相公死了他不是更加放心了嗎？沒有了嫡子的王府庶長子，便是名正言順的爵位繼承者。不過，三老爺口裡說的「他們」，除了已經得到世子之位的冷華堂還有誰呢？劉姨娘？她當時可還不是側妃呢，在府裡不可能有那麼大的本事；那是二太太……很有可能，但她幫冷華堂又是為何呢？畢竟冷華堂也不是她的兒子，就算冷華庭沒了世子之位，對她的好處也不大……

轉而一想，冷華庭當年被害時才十二歲，而冷華堂不過比他大一些，也就是只有十三、四歲，一個十四歲的少年真有那樣深沈的心機和手段嗎？就算有，沒有強大的人力物力幫助怕也難以達成吧？二太太就算有本事，但畢竟是婦道人家，行為受到禮教拘束，想要成事還是不太可能，那麼……那個「他們」裡必定還有另一個更強的人，會是誰呢？

「不會再害相公了嗎？他們就真的想要相公一輩子坐輪椅嗎？太殘忍了，真是狼子野心啊！三叔，以後您一定要幫助姪媳和相公，您如此睿智機警，又仗義正直，一定能保護相公一二的。」錦娘仰起淚眼，崇拜地看著三老爺，眼裡含著殷殷的期盼，似乎三老爺就是一位救世的英雄。

三老爺更加覺得自己高大了起來，心裡也是滿滿的鬥志，扶起錦娘道：「好，三老爺我一輩子也沒怎麼做過一件大事，以後，但凡你們小兩口兒有什麼困難的儘管來找三叔，三叔會想法子幫助你們的。」

得了三老爺這話，錦娘破涕為笑，起了身，拉過冷華庭的手對三老爺道：「那我和相公一起感謝三叔了，三叔才跟姪媳說的那事，姪媳會想想法子的，能不能成不一定，但姪媳定是會盡力而為，誰讓咱們是一家人呢？對吧，三叔。」

三老爺一聽，心裡更加感動。還是小庭媳婦明事理啊，又最懂他，腦子一熱，三老爺俯近了冷華庭耳朵邊說道：「小庭，多年前那天的事，你或者不記得了，但三叔是親眼看到的。當時，你被人迷暈……以後，小心些東府裡的人吧，三叔也不知道你如今清白些了沒有。你有個好娘子，以後就好生護著自己、護著她吧！」

說罷，三老爺仍是浪蕩模樣，甩著袖子出去了。

錦娘沒有聽到三老爺對冷華庭說了什麼，只是見他額頭青筋直冒，兩手緊緊地抓著輪椅的扶手，雙眼緊閉，仰首朝天，濃長的眉頭緊攏，似在極力壓抑著什麼。

錦娘看了心裡一緊，忙過去拉他，誰知道剛一碰他，他便渾身一哆嗦，一手將她甩了開去。

「相公……」

冷華庭渾身抖了起來，兩眼猛地睜開，原本墨玉般的鳳眼變成了琉璃紅色，眼裡那股陰寒的戾氣讓錦娘不由打了個寒顫，心裡慌了起來。她走過去，一把將他的頭抱進懷裡，溫柔地喚道：「相公……相公別怕，有我陪著你呢，別怕……一切都過去了。」

她溫暖的懷抱，淡淡的清雅蘭香，都讓冷華庭感動安寧，他漸漸地平息了下來，將頭靠在錦娘的懷裡久久不肯抬起。好半晌，錦娘覺得腰都痠了，他才深呼吸，抬起頭來，眼睛已經恢復了清亮的墨色。

錦娘什麼都沒有問，推著他進了裡屋。有些過往，是他一生的痛，她不想去揭他的傷疤，每揭一次，他便要痛一回，她捨不得。

是夜，錦娘睡熟後，冷華庭悄然起了床，自己換了身黑衣，悄悄地潛了出去，當值的豐兒和滿兒竟是半點也沒察覺。

他暗伏在玉兒屋前的一棵樹上，靜靜地等著。

果然，沒多久，一個身影逼近玉兒的房間，手中一把小刀插入門縫，輕輕一挑，門便開了，那身影便一閃而入。

玉兒身上痛，原就睡得淺，突然聽到門閂聲，便知道那人來了。她驚惶地盯著門簾，果然，那個修長的身影逼近了床邊。

「妳為何受罰？」那聲音有些喑啞，似是怕人聽出，故意捏著嗓子在說話。

「奴婢……偷了二少奶奶的簪子……」玉兒猶豫了一下，回道。

話音未落，那人一抬手，啪啪甩了玉兒兩耳光，冷聲喝道：「妳缺錢嗎？」

玉兒被打得眼冒金星，忙求饒道：「主子饒命，奴婢……奴婢是見財起心，實在是……實在是喜歡那簪子，所以……」

「真只是因為妳偷了她的東西？妳不會被她看出什麼來了吧？」那人的聲音陰寒如地獄幽魂。

「真的，少奶奶原是放了奴婢一馬的，奴婢……奴婢心存僥倖，想要賴掉，所以才會讓她發怒的。主子，饒了奴婢吧，奴婢真沒讓她發現什麼，她只是嫉妒，爺身邊的人她都想安上自己的，所以才針對奴婢啊，請主子明察。」玉兒忍著痛，跪伏在床上，身子都在發著抖，那樣子似乎很怕那個人。

那人聽了便冷笑一聲，漸漸地走近玉兒，突然出手，一把掐往玉兒的喉嚨，正要就此掐斷玉兒的脖子，突然飛進一個東西打中了他的臂彎，他手一僵，垂了下去。

心中一凜，他長身躍起，想要再對玉兒下殺手，一個修長的身影自窗外飄了進來，兩手一錯，架住了他，兩個人頓時對打了起來。

他明顯不是後來之人的對手，幾十招下來，他便感到招架得很是吃力。

他微微有些錯愕，沒想到會在一個小小丫鬟屋裡遇到如此武功高強之人，看來人身形，有些眼熟，卻又想不起在哪裡見過，他心疑之下，更是走神，那人攻勢便更為凌厲，一個不小心，便被那人制住了穴道。

玉兒在床上早就嚇成了一團，她哆嗦著蹭到了床角，小心翼翼地看著屋裡打鬥的兩個身影，只想找個洞躲進去才好。她的主子明明便是要殺她的，原以為自己就此一命嗚呼，沒想到會有人如天神降臨一般救了她，這個人的身形看著也確實眼熟，但她也想不起來究竟是誰，只盼望著他能將自己的主子打跑才好……

正想著，那人竟然真的制住了自家主子，她不由鬆了一口氣，偷偷瞄著屋裡的情形。

冷華庭不過幾招便制住那人。那人臉上戴著一個鐵面具，根本看不到真面目，不過，他對他的氣息太過熟悉，就算不揭開，他也知道那人是誰。

他自己也戴著面具呢，還真是親兄弟啊，法子都用一樣的。他不由在心裡冷笑，在那人身前轉了一個圈，回身就是一腳踢在那人腹部。

那黑衣人悶哼一聲，身子像根直柱子一樣直直栽倒在地，冷華庭也不出聲，又是一腳踩在他下巴上。

那人終於出了聲，歪著脖子，斜著眼瞅著冷華庭。「閣下是誰？怎麼會潛入簡親王府內？為何要對本人動手？」

冷華庭鄙夷地看著他。到了這會子他還想要誘自己說話，好辨認身分，他以為一切還是六年前，還當自己是那個什麼事都不懂的小男孩嗎？

穿著靴子的腳又加了幾分力道，使勁在黑衣男子臉上一踩，他便痛呼出聲來。

冷華庭還覺得不解氣，又自懷裡拿出一把小巧的匕首，在手上翻飛了幾下，又對著地上之人比了兩比，再毫不遲疑地向他的左手腕脈割去。那人身子一抽，又是一聲痛呼。

聽著他的慘叫，冷華庭覺得心裡無比暢快。第一次能走就有如此大的收穫，還真是沒有想到呢……這隻蠢豬，一個丫鬟也能將他誘了出來，虧他還自以為聰明絕頂呢！

地上之人被割了脈後，左腕上鮮血直沖，他痛得急忙用右手壓住，冷華庭就像貓玩耗子一樣，又在他脖子上比了比，歪著頭，似乎在想，要不要就此割斷他的喉嚨呢？那樣快就讓他死了，還真是無趣呢，就像三叔說的，害他的人並不止一個……於是，他便拿了匕首又對那人另一隻手腕割去……

說時遲那時快，自門外如風捲雲一般，突然又來了一個身影。

他一掌向冷華庭胸口拍去，掌風來勢淩厲，比之地上之人高強了不知多少倍，冷華庭立即知道碰到了對手，回手一錯，向來人胯下攻去，那人兩腿一交，後退了半步，也是驚詫於冷華庭的功力，立即旋身飛起，對冷華庭來了一招連環踢，冷華庭不得不護住身形連連後退。

地上之人沒了桎梏，忙疾點兩下，止了腕上的血流，後來之人手一抄，攬上他的腰，瞬間將他救了出去。

沒有好好地折磨那人，冷華庭懊惱得很，不過，也引出了另一個潛藏的人出來，也算是有了收穫。

雙腿仍是不能久站，他看了床上的玉兒一眼，又自窗口飄了出去。

錦娘睡得迷迷糊糊的，總感覺冷華庭不在身邊似的，下意識就去摸身邊之人，觸手溫熱，她心裡便覺得踏實，於睡夢中向他懷裡依偎了過去，身子貼近他的胸膛，一手隨意地搭在他的腰上，似乎以此來確定他的存在後，又沈沈睡去。

早上醒來，驀然睜開雙眼，便看了那雙妖豔的眼睛正帶著幾分迷糊的睡意，慵懶地看著自己。錦娘勾唇一笑，伸手挽住他的脖頸。「早上好，相公。」

冷華庭對她的問候有些不適應，不過，她有時總會冒些奇怪的話，他倒是習以為常了。見她貼得近，溫軟嬌媚，又甜笑可人，便埋進她的胸間，引得錦娘格格直笑、花枝亂顫，也呵著他的腰道：「相公，別鬧，起床了。」

她嬌俏歡快的聲音讓他心情大好，扭動的嬌軀更讓他呼吸發緊，身體僵繃，眼神很快變得熾熱了起來，大掌自錦娘領子處斜探了進去，握住了她小巧的柔軟，輕輕揉按著。

一股麻癢直竄上錦娘大腦，她扭了扭身子，想自他懷裡掙脫出來，嘴裡支吾著。

「相……相公，快辰時……了，我……我要去給娘親請安呢。」

「唔，做點事情了再去。」他的聲音喑啞，卻又一如既往地帶著醉意，心不在焉地回著她，手裡的動作卻是越發挑逗。

兩人在床上又鬧了好一會兒，錦娘還是想著不能遲了請安的時間，冷華庭只好放過了她。

四兒進來給她梳洗時，便看到少奶奶眼梢含媚、臉帶春風，模樣兒嬌俏可人，豐兒給少爺梳著頭，少爺一頭黑髮輕灑在肩上如水瀑一般，整個人看著比那畫上的仙女還要美上幾分，心想，怪不得春紅和平兒兩個會對著少爺那樣，實在是太過美豔了些，少奶奶罵他妖孽，可真沒錯。

兩人梳洗完畢，冷華庭再次坐上輪椅，也不讓錦娘推，自己先去了正堂，錦娘連忙跟了過去。

兩人正在用早飯，張嬤嬤打了簾子進來，請過安後，對錦娘說道：「少奶奶，奴婢在大通院裡選了十個模樣性情都不錯的小丫頭來了，您一會子挑一挑，瞧著誰看得上眼，就留著，不上眼，奴婢就把人退回去。」

錦娘聽了便笑道：「嬤嬤辦事倒是利索。我一會子先去王妃那兒請個安，回來咱們再挑人，喔，妳可把那些人的家世弄清楚了，全是家生子嗎？老子娘兄弟姊妹們可都在何處當差？一併弄個冊子給我。」

再進的人，可不能是那摸不清底的，家生子比外面買來的好控制一些，不過，這府裡的人牽扯很大，保不齊又有誰是被收買過的。

第四十二章

「回少奶奶的話，名冊奴婢已經造好了，您先忙著，奴婢先請秀姑大姊去瞧瞧吧！」張嬷嬷聽了，很有眼力地將早就備好的名冊拿了出來，遞給一旁的秀姑。

她是聰明人，原是在廚房裡做個管事娘子，突然被主子找出來管院裡的事，興奮的同時，也猜度著主子的意思。第一天便讓她領人抓了少爺身邊的紅人，幾乎是送了個功勞給她，這會子又把選人如此重要的事情也交給她，是信任，也是試探。

她在這府裡待了一輩子了，該看的不該看的全看到了，主子們之間的爭鬥她自然是清楚的，服侍少爺也有年頭了，這個院裡的人有啥風吹草動的，她都明白，只是不關己事，便睜隻眼閉隻眼罷了。

少奶奶嫁進來時間不長，她原是很瞧這個主母不上眼的，太年輕又心軟，就是有那惡奴欺到了頭上去，也不肯下狠手，張嬷嬷就嘆氣搖頭。這府裡，自己弱別人就強，保不齊哪一天少奶奶又會走了少爺的老路，被人害也還不知道呢。

好在慢慢地也看出來，少奶奶並不傻，她只是心善，卻也被逼著在改變，玉兒那事就是最好的證明。當少奶奶將她提出廚房時，她知道，自己也是那被懷疑之人，更是少奶奶第一個想收服之人，所以她幹得很賣力，也很仔細，不過，如此一來勢必是要得罪一些人的，比如說秀姑。

秀姑是少奶奶的奶娘，自古以來，主母身邊最信任的人便是奶娘，自己管了院裡的事，自然是搶了秀姑一部分權柄的。張嬷嬷深知自己在少奶奶心裡的根基比不過秀姑，所以，處處不搶秀姑的先，凡事以秀姑為主，儘量不讓秀姑對自己產生反感，這樣才有機會在少奶奶心中積累信任。

這王府既是主子們的，也是奴婢們的。在奴婢圈子裡，沒有好的人脈，同樣哪一天被玩死了也不知道呢。

錦娘看著張嬷嬷就凝了眼。她並不太想讓秀姑插手新進的這批小丫頭的事，一是秀姑才來王府也不久，對那些小丫頭也不熟，就是去看了，也就看個表面，作用不大。二嘛，這事她原就是想要試探張嬷嬷的，當然想讓張嬷嬷一手操持的好，將來真出了啥錯，她究起責任來，張嬷嬷也不好推卸……

正沈吟著，秀姑倒是先開口了。「那張妹子，咱們就先去吧，少奶奶這會子也不得閒，先帶我瞧瞧去。這屋裡人手還真是少呢，豐兒幾個都忙不過來了。」

錦娘聽得一怔，眉頭就皺了起來。這個秀姑……真是越發沒規矩了，只是當著張嬷嬷的面，她也不想給秀姑太難堪，可臉色還是沈了下來，也不作聲，端了茶在喝。

張嬷嬷果然發現少奶奶並不高興，心中一凜，立即發現自己聰明過頭了。少奶奶似乎不太想讓秀姑去呢……也是，原是要試探自己的，如今自己拉了秀姑去，那選人的事就得落一大半責任在秀姑頭上……可這會子話也不好回……

到底是看了多年眼色之人，少奶奶沒鬆口，張嬤嬤便不說就去，站在堂前就隨意地扯起家常來，胖胖的臉上帶著一絲討好的笑。「秀姑大姊，聽說您那兒子如今也在前院裡當差呢，多大年紀了？還沒娶媳婦吧？一會子瞧瞧那些個丫頭，看看有中意的沒，找個出挑點的收回去孝敬您。」

秀姑先是見張嬤嬤站著不動，心裡有些不豫，但一聽她說起這個，倒是聽進心裡頭去了。她原是中意四兒的，可如今她也看出來了，四兒是個心氣高的，一般的人也瞧不上眼，自從與冷侍衛出去辦過幾回差，那就沒將別的人挾進眼裡去過。這事她也知道強求不得，只是急，兒子眨眼也就十八了，同齡的都做爹了，再不找，就更難找了，所以一聽張嬤嬤的話，心裡就更迫切了，巴不得立即就去看看那幾個丫頭就好。

「那咱們快瞧瞧去吧，王府裡的家生子應該比一般人家的要好得多吧，就是不知道能看得中我那兒子不？」秀姑心一急，抓了張嬤嬤的手就要走。

張嬤嬤微微一笑，拖了她一下道：「莫急、莫急，這事還是等少奶奶選好了再說。大姊妳想呀，少奶奶是什麼眼光，她挑回來的人肯定個個都是好的，今後又就在這院裡辦差，什麼心性脾氣您也能暗中察看著，再在裡頭挑一個好的回去，那不得更放心嗎？」

這樣一說，秀姑便覺得很有道理，也就不急著去挑人了，眼巴巴地看著錦娘，巴不得她這就能去給她挑個好媳婦回來似的。

錦娘不由對張嬤嬤的急智又服了幾分，竟能用這法子將話給圓回來，又還兩邊討好了，一個也不得罪，嗯，是個辦事圓融的，比起秀姑來，真是不止強了一點、半點了。

看冷華庭也用完了飯，便起身，四兒給她拿了錦披，豐兒也拿了大絨披子給冷華庭披上，又放了個手爐子在他手裡，才讓錦娘推著冷華庭出了門。

王妃屋裡，上官枚正一臉怒氣地坐著，見錦娘推著冷華庭進來，臉上的怒氣便更盛了。王妃倒是很閒適地喝著茶，一臉笑容地看著進門的兒子媳婦。

錦娘來給她請安一般都很準時的，昨兒晚了，今兒又晚了，她是過來人，當然知道少年貪歡，庭兒那麼多年連個通房也不肯收，便是誰也看不上眼，如今倒是對錦娘寵愛得很呢，嗯，過幾天得請了劉醫正來府給錦娘請個平安脈，若是那病好了，怕是明年就得給自己懷上個小孫子呢……

錦娘給王妃請了安，又給上官枚去行禮，上官枚雙眼卻是要噴出火來一般，狠狠地瞪著她。錦娘被她弄得莫名其妙。昨兒在裕親王府裡，上官枚可是在口舌上占盡了上風的，這會子又來瞪自己做什麼？沒哪兒得罪她了呀？

人家對自己不待見，錦娘的禮也就行得草草的，眼睛飄得遠遠的，也懶得看上官枚，自推了冷華庭到一邊，找了個繡凳挨著他坐了。

不等王妃開口，上官枚便冷哼道：「我屋裡的杜嬤嬤昨兒晚上不明不白地被人殺死了，不知道弟妹可是知曉？」

當然知道，明明就是自己的主意嘛，阿謙的手腳還滿利索的。錦娘聽了倒是明白得很。一直沒來得及問冷華庭這事呢，倒是在上官枚這裡聽到了最想聽的結果。

「啊，杜嬤嬤死了嗎？被人殺了？怕是平日裡做多了傷天害理的事，被苦主報復了吧。」錦娘一臉驚詫莫名地說道。

上官枚聽得一滯，自椅子上站了起來，怒道：「妳這是幸災樂禍嗎？」

錦娘不急不緩地拿了瓶潤膚露來，拉過冷華庭的手看了看，柔聲對冷華庭道：「相公，跟你說過好多回了，每天出門時得塗點油，你總是不聽。來，我給你抹抹，一會子手又裂口子了。」根本不理上官枚那一茬，看都不看上官枚一眼，任她飛火四濺。

「我以為妳會天天幫我塗的嘛，妳可有兩天沒給我塗了。娘子塗著舒服，多塗點，嗯，這兒……這兒……還有這裡，都疼呢。」冷華庭也是微笑著攤了手給錦娘看，嘴裡控訴著她對自己不夠關心，兩個人親親熱熱的，一副旁若無人的樣子。

王妃看著就想笑，但又礙於上官枚正在發火，只好強忍著，看著錦娘和冷華庭的眼神既寵溺又欣慰。

「孫錦娘，我在跟妳說話呢！」上官枚怒不可遏，對錦娘大喝道。

冷華庭聽了便不耐地抬起頭，鳳眼冷凜凌厲，對上官枚說道：「大嫂，妳魔症了嗎？妳家瘋婆子死了，關我娘子什麼事？妳再對她吼一聲試試！」

這是冷華庭第一次對上官枚說話，以前他看到冷華堂夫妻全是不理不睬，或兩眼看天，或直接無視，難得他今天肯跟她說話，卻是赤裸裸的威脅，上官枚也不止一次看到冷華庭拿東西砸人，今兒只威脅她，算是給足她面子了。

她不由氣得胸口起伏不停，瞪著眼睛回道：「我好生跟她說話，誰讓她不理我來著？」語氣卻是放緩了好多，看來，心裡還是有畏懼的。

王妃見了忙說道：「唉呀，枚兒，杜嬤嬤死了，這也不能怪到庭兒和錦娘頭上去，妳也不想一想，錦娘才進府多久，庭兒身子骨不好呢，他們兩個能做什麼？妳快別說這話了，莫說庭兒聽了會生氣，就是母妃我聽了也不高興呢，妳無憑無據的，不是找茬來的嗎？」

上官枚也覺得理虧，但杜嬤嬤死得蹊蹺，她只得罪了錦娘，是杜嬤嬤指使人殺了平兒和珠兒，當然只會懷疑是錦娘使了人殺了她，只是，確實無憑無據啊……

想著杜嬤嬤慘死的樣子，她一咬唇，紅了眼圈對王妃道：「母妃，您可要給枚兒主持公道，杜嬤嬤雖是犯了錯，但父王已經責罰了她，她不能這樣不明不白地死了，我一定要找出凶手來替她報仇。」

錦娘聽著就在鼻子裡哼了聲。上官枚耳尖，聽了便更是生氣，對錦娘說道：「妳哼什麼？難不成，只有妳院裡的人死了，就弄得闔府上下雞飛狗跳，我院裡的人死了，我就說都不能說嗎？」

錦娘聽了又是哼了聲，面帶譏笑地對上官枚道：「她是咎由自取。父王也說了，不過是個奴婢，死了就死了吧，那樣認真做什麼？妳就是查到凶手又怎麼樣？殺珠兒和平兒的凶手我也找到了，結果呢？父王還不是高高提起，輕輕放下，沒怎麼著他們嗎？我說大嫂，妳認為父王會對你們偏心一些？」

這話正戳到上官枚的痛處，她一直就認為王爺和王妃對冷華庭偏心，不管冷華堂如何努力，自己如何討好，他們都對半傻子的冷華庭要好很多，錦娘這話讓她又氣又無奈。確實，就算查出是錦娘暗中下的手那又如何？王爺既然肯放過自己夫妻，當然更不會追究冷華庭和錦娘。想到這裡，她氣得只能打落牙往肚裡吞，一甩袖，也不跟王妃行禮，就向門外走去。

誰知還沒出門，就看到劉姨娘急匆匆地走了過來。她一見上官枚要走，扯了她的手就往裡拖，上官枚正惱火著，一把甩開她的手道：「姨娘這是做什麼，別拉拉扯扯的。」

劉姨娘聽得一滯，冷哼道：「妳不是來討公道的嗎？一起去，妳大舅也失蹤了，使了人找了他好些時候了，尋遍了整個京城也沒見著，怕是出事了。」

上官枚一聽，更加篤定這事與錦娘和冷華庭有關，但方才錦娘那番話也說得明白了，就算知道是他們做的又如何，自己也無法拿她怎麼樣，就是告到太子妃那兒去，也是沒用，太子妃講的是憑證；再說了，杜嬤嬤到底只是個下人，太子妃也不會為了個奴婢來找錦娘的晦氣，她還等著錦娘進宮去幫她規制宮人呢。

「我懶得找了，這個公道咱們討不回來的。」上官枚聲音放緩了一些。自上次杜嬤嬤那事後，她對劉姨娘比以往要好多了，只是仍是瞧不起她的出身，不肯恭敬對她。

劉姨娘眼圈一紅，對她道：「妳死的是個奴婢，可是我失去的可是親兄弟。娘就那麼一個哥哥，雖說是混了些，但到底是親骨肉，如今他生死未卜，有一線希望，總是要救一救的。」

上官枚聽了也有些動容，劉姨娘平日裡看著尖刻輕浮，實則心機深沈，對自己兒子和親人還是很有心的，想著自己反正也無事，且看看劉姨娘又有何本事與王妃去鬧騰吧？轉了身，上官枚與劉姨娘又一起進了正堂。王妃正與錦娘在說著什麼，劉姨娘一見冷華庭也在，心裡就有些發緊。被他打得次數多了，終還是有些畏他的火的。

王妃見她二人攜手而來，心裡也明白了七、八分，不露聲色地看著劉姨娘。劉姨娘倒是先恭敬地給王妃行了一禮，才拿了帕子拭了下眼角的淚珠，道：「妹妹也知道不該來叨擾姊姊的，只是……畢竟是骨肉親情，如今大哥突然失蹤了，姊姊，不看僧面看佛面，父親雖是不認我和哥哥，但是……總是血脈相連，不能眼睜睜地看著他死了吧？」

這一番話聽得錦娘一陣莫名。劉姨娘這意思難道……難道她與王妃原來是……一個府裡出來的嗎？

王妃聽了也是震得手一抖，手上撥弄著的珠子差點掉到了地上，好一陣才抬眸怒視著劉姨娘道：「妳胡言亂語些什麼，什麼骨肉親情，本妃聽不懂，那人自是妳的哥哥，與本妃何干？再亂說一句，本妃讓人打了妳出去。」

劉姨娘聽了，不由淒楚一笑，淚眼朦朧，顫著聲音道：「姊姊，妳又何必裝不知，若不是他性命堪憂，我又何必來討這個嫌？你們不認，我自更不想認，這麼些年，我們娘仨在外面也沒死了，以前沒求過你們什麼，如今當然更不想再求，只是……妳就真的那樣鐵石心腸嗎？」

王妃聽了一聲冷笑，輕蔑地看著劉姨娘道：「鐵石心腸？妳好像忘了你們曾經做過什麼事了，當著小輩們的面，別讓本妃說出不好聽的來，如今妳也夠體面了，別再揭了那層遮羞布，反倒讓自己難看。」

劉姨娘的臉色便白了白，眼裡露出一絲難堪，卻仍是咬了咬牙，說道：「姊姊何必死揪著過去那點子事，都好些年了，如今咱們姊妹也算有緣分，能……同在一個府裡過著，妳……妳就發發慈悲，放過大哥吧！」

王妃聽了更是氣，斜睨著她道：「發慈悲？妳那混球哥哥可是為了何才遭此一劫的？妳心裡應該比本妃更清楚，你們行那下作之事時，可曾想過骨肉親情？可曾想過要發發慈悲？快別裝了，本妃看著噁心。」

劉姨娘聽了臉上由白轉紅，又由紅轉白，咬著唇低頭默了好一陣，突然抬了頭，譏笑地看著王妃道：「妳也莫要猖狂，總有一天，妳也會有要求我的那一日，如今是王爺被妳迷住了，王爺也不可能保妳一世，到那時，妳可別再跟我談什麼姊妹之情來。」

王妃聽得大怒。劉姨娘這是在拿世子之位威脅自己呢，她那意思很明顯，王爺不可能長壽百年，冷華堂總有要繼位的那一日，到時，自己這個嫡母怕就地位不穩了，而沒有繼承權的小庭和錦娘同樣也不會有好日子過呢。

她正要喝斥劉姨娘，一直沈默著的錦娘站起身來，走到劉姨娘身邊說道：「請問姨娘，妾為妻臣，若是妾在妻面前胡言亂語、無禮頂撞，依著家法來，要受何刑？」

劉姨娘聽得一愣，她自在這府裡橫行慣了的，王妃一直對她忍讓三分，從來她對王妃說話也是沒什麼尊卑高下，撒潑弄渾的事常有之，王爺也總看著冷華堂的面上睜隻眼閉隻眼，又加之老夫人也對她寵愛有加，就更助長了她驕橫的脾氣，府裡上下也早就見怪不怪了，如今錦娘突然說起禮儀規矩這一茬來，她一時還有些懵，沒弄懂她的意思，怔怔著，半晌也沒說話。

那邊，上官枚冷笑著站起身道：「弟妹，劉姨娘再怎麼著也是長輩，長輩有錯，也由不得妳一個小輩來說道，我看，不懂規矩的怕是妳吧？」

錦娘聽了眉頭一揚，對上官枚道：「喔，大嫂，請問錦娘剛才可是做錯了何事？說錯了什麼話？」

上官枚不由得冷笑道：「妳可真是貴人多忘事，才說的話就忘了嗎？妳才說姨娘衝撞了母妃應該受什麼樣的家罰，莫非，是我聽錯了嗎？」

錦娘聽了一笑。「大嫂，這話可是妳說的，錦娘可沒有說。錦娘只是在誠心請教姨娘，若妾室對正妻無禮頂撞，要受何懲處？錦娘嫁進王府不過月餘，自然是想弄清楚和明白了，若哪天相公也給我娶一房姨娘回來，讓姨娘欺負到我頭上去了，我還無知到不知該用什麼法子治她，說得好聽呢，人家說我是寬宏，說得不好聽，人家會說我軟弱可欺，讓那些不知死活的狐媚子小妾們更加猖狂大膽了去。」

一番話說得上官枚啞口無言，沒想到自己心一急，竟然落在她設的套裡，反倒讓她撿了自己的口實，拿這去作興劉姨娘。

而王妃也是被錦娘說得臉上一陣羞愧。錦娘句句話雖是在助她，卻也是在怨她太過軟弱可欺，明明占著大婦的身分，卻讓劉姨娘一再地欺到了頭上。

而劉姨娘卻是氣得渾身發抖。錦娘竟然口口聲聲地罵她是狐媚子，更把剛才用在王妃身上的猖狂二字還給了她，讓她如何不氣？她在這府裡也就受過冷華庭和上官枚的氣，這兩個人都是她沒法子惹的，對冷華庭最多也就是暗中動些手腳，對上官枚那是忍氣吞聲，誰讓她是正經的郡主，又是自己的兒媳呢？如今這孫錦娘也大膽地對付起自己來，她以為，自己就是那樣可欺負的嗎？

劉姨娘怒氣沖沖，一雙柔媚的大眼怨毒地瞪著錦娘，突然一抬手，便向錦娘打了去。錦娘沒想到她真的竟然敢打自己，正要揚手擋，便聽得劉姨娘一聲尖叫，突然朝自己跪了下來，再仔細一看，她哪裡是跪，明明就是半趴在地上。

一轉眼，就見冷華庭快速推了輪椅過來，抓住她的手一扯，罵道：「妳好好的跟隻瘋狗理論什麼，被她咬了可怎麼辦？快快過來！」他見劉姨娘揚手之際，便將手裡的那個潤膚油彈了去，擊中了劉姨娘膝彎的穴道，這才免了錦娘挨那一巴掌。他平日裡打砸別人的事幹過不知多少回，但方才見錦娘挨打時，一顆心就快要提到喉嚨口了，心急之下，拿什麼就砸什麼了，這會子才又心疼，將錦娘給他的那瓶藥給弄沒了，不由更是氣，衝口就罵。

劉姨娘趴在地上僵著身子動彈不得，上官枚也是嚇得倒抽一口冷氣，忙去扶劉姨娘。劉姨娘也是一時氣急，忘了屋裡還坐著個閻王似的人物，這下腳被制住，上官枚不扶還好，一扶便痛得揪心，忙唉喲著對上官枚道：「莫動我，莫動，痛死了……」

上官枚這下急了，求助地看向王妃。王妃卻是陰沈著臉，慢慢地踱到劉姨娘身邊，突然揚起手就甩了劉姨娘一巴掌，打得連上官枚都嚇懵了。王妃向來溫婉和氣，幾時見她如此動怒過？一時不自覺地倒退幾步，下意識就想與劉姨娘遠離一些，免得自己也遭了池魚之殃。

劉姨娘更是不可思議地看著王妃，眼裡含著盈盈淚珠，顫聲道：「妳……妳竟然打我？」

王妃冷笑一聲，俯了身，甩手又是一巴掌打在劉姨娘另一邊臉上，頓時劉姨娘一張臉上印上了十個手指印。

她雙手捂著自己的臉，怒目瞋視著王妃。「妳……好……好，妳記著，今日之辱，他日我必討回！」說著就要爬起，卻忘了自己膝彎被制，根本爬不起來，一時又跌了下去。

王妃聽她還嘴硬，便對朝雲道：「去，請了家法來，今兒本妃倒要教訓教訓這個輕浮狐媚的賤人。」

朝雲領命去了，王妃又低頭逼視著劉姨娘。「剛才那兩巴掌是替錦娘打的，告訴妳，錦娘是本妃的兒媳，妳敢彈她一指甲試試，本妃打得妳好看。」

朝雲拿了家法來，不過是三根小竹片綁在一起的東西，打起人來不會傷筋動骨，卻是最痛，那竹片鬆鬆地綁著，抽在身上一彈一彈的，能將皮都夾了進去。劉姨娘一見就白了臉，委屈地一撇嘴，哭道：「姊姊……」

王妃不聽還好，一聽之下更是氣，拿了家法就往劉姨娘身上抽，劉姨娘痛得哇哇亂叫，一邊的上官枚想要去拉，卻又不敢，心急之下撲到王妃面前跪下，哭道：「母妃，夠了，別打了，別打了，姨娘年紀也大了，怕是受不住呢！」

王妃這才放了手，對朝雲一揮手，道：「將她拖到院裡的小黑屋裡關上一天，反省反省，讓她知道何是妾為妻臣，何為尊卑貴賤，以後再在本妃面前無禮頂撞，本妃便往死裡抽妳，抽死妳個賤人……」

話未說完，自己卻是淚流滿面，頹喪地後退幾步，頓坐在椅子上。

朝雲立即叫了人來，劉姨娘一見，嚇得大哭起來。「姊姊……姊姊，清容再也不敢了，妳……妳看在父親面上，放過清容吧！」

王妃聽她說父親二字怒火又起，對朝雲喝道：「還磨嘰什麼？拖出去！」

上官枚見了也不敢再勸，自己老實地坐回繡凳上，兩眼呆怔著，不知如何是好。

錦娘也是怔怔的。劉姨娘那話……難道劉姨娘原是王妃的親妹妹嗎？那她與宮裡的劉妃娘娘也是親姊妹啊，怎麼……一時又想起在世子妃院裡，劉姨娘那兄長說的話來，劉姨娘的母親應該是外室，而王妃的父親似是不肯接劉姨娘的母親進府……怪不得，王妃一直對劉姨娘忍讓三分，可能還是看在骨肉親情的分上吧，只是，劉姨娘可真沒拿她當姊姊看呢……

劉姨娘被拖下去後，錦娘便想起今兒還有正事沒跟王妃說呢，正好王妃心情不悅，扯開話題總是好的，雖然這話題怕也會讓王妃頭痛，不過，趁著上官枚在，早說早省事。

「娘，您也別為這事惱了，可別傷著身子了。」錦娘掙脫冷華庭的手，走近王妃，安慰道。

王妃慈愛地看著她，點了點頭，心情仍是不佳，錦娘便看了一眼一旁的上官枚，沈吟了會兒才對王妃說道：「娘，三叔昨兒找了我和相公呢，說是城東鋪子裡那個帳房先生年老昏聵了，可不可以換個人去，他又不敢自己來跟您說，讓我和相公來求您。」

王妃聽了便眉頭直跳。這個老三還是那麼混，才把老掌櫃富貴趕走，如今又想把使去監督的帳房也趕走，他難道想將那鋪子據為己有嗎？不由又看向錦娘，這孩子怎麼會摻和這檔子事，平日裡她不是很謹慎聰明的嗎，怎麼為老三求起情來了？

王妃正在思慮，上官枚一聽便來了氣，對王妃說道：「母妃，可不能聽三叔的，他這是想在鋪子裡為所欲為呢，那鋪子可是連著京裡好幾大家子的利益，掌櫃的給換了就算了，如今又換帳房，三叔分明就是想中飽私囊。」

王妃也正是這想法，便對錦娘道：「妳別搭理妳三叔，他胡鬧呢，妳可別跟著摻和，一會兒出個啥事情又扯到妳頭上去。」

錦娘聽了便看了眼門外，心裡有些著急，嘴裡仍是勸著王妃。「娘，其實我看三叔也沒那麼混，挺清白一個人，平日裡只是懶怠愛玩了些，真做起正經事來還真是一套兒一套兒的，挺有主見的。反正他也就管半年，不如就依了他的，讓他全權管著，半年後，成與不成，他也沒有藉口不走。」

「姪媳這話中聽，王嫂，我家老爺最近可真是用了心在做事呢，您可別聽那起子小人在您跟前兒嚼舌根，用老眼光看人。」錦娘話音剛落，果然見三太太一臉不豫地走了進來，對王妃說道。

上官枚聽三太太一進門，說話就夾槍帶棒的，臉上就沈了，對王妃道：「誰不知道三叔平日裡就知道喝酒狎妓，幾時做過一件正經事？城東那鋪子也不是沒讓他管過，管什麼樣的？差點就關門大吉了，先前就不該答應讓他再管，相公平日還待在家裡閒著呢，怎麼說也是王府裡的產業，憑什麼讓西府的人來管著，這也太不是個事了。」

三太太平日裡雖是怯懦，今兒怕也是被三老爺趕來的，但她最是不喜人家說三老爺半點不是，她講究的便是女子以夫為天，如今上官枚說話句句針對三老爺，心裡就來了氣。怪不得老爺讓她來看看呢，果然是有人反對的，便對上官枚小意地笑了笑，說道：「世子妃啊，這事……說得也有幾分道理的，只是妳三叔可是長輩，晚輩如此說他還是不好吧？」

上官枚先前的氣就沒消，這會子又被三太太一攪和，心中鬱氣更濃，說話語氣就加重了。「三嬸子，您怕是被三叔在家壓制慣了，連他那混帳本性都看不出來。城東鋪子可不是個小產業，真要被三叔弄敗了，怕是難收場呢，您還是回家管著屋裡的一眾妾室吧，在外面的事情，您就少操些心。」

三太太聽上官枚當著自己的面罵三老爺混帳，不由氣得嘴都烏了，指著上官枚道：「妳……妳……別以為妳是郡主就可以亂罵人了，哪有晚輩辱罵長輩的道理，王嫂平日裡性兒好，由得妳無禮慣了，今兒……今兒……」

「今兒又如何，難不成三嬸子想代替母妃教訓我嗎？哼。」上官枚不等她說完，便譏笑著截口道。

三太太確實也不敢教訓她，只是一口氣憋著進不得出不得，堵得心口難受，手也直抖著，坐了半晌，才賭氣對王妃道：「王嫂，總歸那帳房是要換的，你們應也成，不應也成。」

錦娘又乘機勸王妃。「娘，妳看三嬸子這樣子，可別一會子氣出啥病來，老夫人雖是被父王罰到佛堂裡去了，但畢竟也是咱府裡年紀最大的，這事要是傳到老夫人耳朵裡，可又得怪您一碗水端不平了。說起來，三叔也就管著這麼間鋪子，偌大個王府，就算少了這間鋪子又如何？難道還能動了咱們府裡的根基不成？我說，您就依了三叔、三嬸算了，您身子也不好，多養著，這些碎心就別操了。」

三嬸子這下看錦娘那眼光就充滿感激。府裡還是第一次有人肯說三老爺好話的，錦娘這話也是提醒了她，怎麼不想著去找老夫人呢？王爺雖說罰了老夫人，但終歸是要請出來的，王爺最愛名聲了，哪有能將庶母一直拘著的理，嗯，一會子就去找老夫人哭去。

她正要補上幾句幫襯錦娘，就見上官枚騰地一下站了起來，說道：「帳房萬萬不能換的，那鋪子裡頭可是有我娘家的股份、二嬸子娘家的股份在裡頭，真讓三叔給玩沒了，我們可損失不起。娘，您要是真聽三叔的把人換了，我明兒個就去找太子妃去，太子妃可是參了一股在兒媳這裡的，這話我擱這兒，只要那帳房一換，那鋪子就會炸鍋的。」

王妃一聽也急了，忙對上官枚道：「鋪子也沒鬧出啥事來，經營也正常得很，沒事鬧到太子妃那兒去幹麼？妳也不想想，太子妃如今可是雙身子的人，哪裡有精力來管這事，妳不是給她添亂嗎？」

三嬸子聽著太子妃的名字也有些怕，但想著來時三老爺說的，又來了勇氣，轉過頭，對冷華庭道：「小庭啊，你那日可也去過城東鋪子的，親眼見著了你三叔辦事的，你說句公道話兒，你三叔真渾嗎？」

冷華庭無辜地看著三嬸。「三叔很好。三嬸，妳在這兒囉嗦做什麼，讓三叔把那帳房打了出來就是，府裡派一個去，三叔就打一個出來，看誰還敢管著三叔。去吧，就說是庭兒說的，讓他打，打出了事算庭兒的，他要不敢打，庭兒幫他打去。只是三嬸啊，你們賺了錢可得分庭兒一些，庭兒也要養媳婦呢。」

王妃最是心疼冷華庭，見他這樣一說，就不忍再反對了。庭兒做事一向不太講道理，想怎麼做就怎麼做，這事與其讓他摻和進去打人，不如就依了三老爺算了。於是便道：「老三家的，妳讓老三自個兒挑個好人去管著，好生經營著，別鬧出事來就成了，我也懶得管你們，只別拉著庭兒出去胡鬧就是了。」

上官枚一聽，又氣又急，不過她也是有些畏懼冷華庭的，他方才只是一下，便將劉姨娘弄趴下了，誰的面子也不給的。算了，這事回去找相公商量去，相公一定有法子的。

只是相公昨晚一晚沒回，也不知道去哪裡了，方才自己出門時，還不見回，問了跟著的小廝，也說不清楚，她不由心裡更加煩躁了，於是，也不行禮，便逕自走了。

三太太見了就撇了嘴，對王妃叨叨著。「我說王嫂，您也是太好性兒了，世子妃可越發不將您瞧在眼裡，臨走連個禮都不行，哪裡將咱們當長輩看了？哼，仗著有個太子妃的姊姊就不得了了，在這府裡橫行霸道，真真不像話。」

王妃聽了便嘆了口氣，對三太太道：「我有什麼法子呢，她可是被大傢伙寵著的，我還沒說她半句，就有一大幫子的人來為她出頭，唉……」

三太太也聽出王妃的意思來了。府裡頭最寵上官枚的可不就是老夫人嗎？以前上官枚最是喜歡巴著老夫人，王妃真要說她點什麼，老夫人還就護著，王妃也難做呢。不過，老夫人最是怕三老爺，小庭兩個幫了三老爺，自己也得幫幫王妃才是，一會子得去佛堂看看老夫人，三老爺受的窩囊氣也得讓老夫人知道知道，別總被那些個會巴結的虛假小人給矇騙了。

三太太正要去佛堂看望老夫人，這時她的丫頭尋了來，稟報道：「三太太，不好了，那春紅姨娘上吊了！」

三太太一聽就跳了腳，罵道：「那個死狐媚子，成日就知道爭風吃醋，看不得老爺喜歡別人，上吊就上吊吧，死了乾淨。」一轉頭，看錦娘正吃驚地看著她，三太太又尷尬一笑，不好意思地對錦娘道：「唉，小庭媳婦啊，那個……三嬸子也不是想要整治妳送來的人，只是那妮子確實性情不好，與院裡其他人都合不來，成日愛鬧呢，這個……她若真死了，就當三嬸子欠妳一個人情吧！」

第四十三章

錦娘心裡訝異，面上卻帶了絲哀色，對三太太道：「唉，她可是我母親送的，原想著給了三叔她會有好日子呢，怎麼就……我還真是對不起母親啊。」

三太太聽了就更不好意思了，囁嚅著對錦娘道：「那個……要不……唉……」

「無事的，三嬸，人既是送給您了，生死當然就由您來管著，是她自己命不好呢，也怪不得誰去，我……我只是怕……」錦娘忙又安慰三太太道。

三太太聽了心裡熨貼得很。這庭兒媳婦可真是懂事呢，心裡仍是不安著，一時就想對錦娘好，俯了身貼近錦娘道：「庭兒媳婦，妳有事去三嬸子那兒去坐坐，三嬸子給妳說說事。唉，小庭也是個可憐孩子，以後，你們倆可得小心著點呢。」

錦娘聽了眼睛一亮。看來，三太太也是知道一些事的，若是能從她嘴裡套出些真相來……

這樣一想，錦娘忙起身去給三太太行了一禮，說道：「原也是錦娘不懂事呢，早該過去拜訪三嬸才是，三嬸您千萬別見怪就好。」

三太太連聲應著不會云云，又急著府裡頭的事，給王妃行了禮，就匆匆走了。

錦娘自王妃處告辭，推著冷華庭走在回屋的路上，寒風颼颼，吹得樹枝咯吱作響，眼看便要到年節下了，園裡仍是一派枯樹萎草的光景，早開的茶花卻是如孩兒的笑臉一般，迎著冬日隨風搖曳，看著讓人舒心。

錦娘的心情很好。今兒一番做派，總算將劉姨娘打了一頓，也算是出了前些日子的一些鬱氣。

冷華庭似乎知道她心情不錯，邊走邊隨手折了朵茶花遞給錦娘，錦娘心中一暖，想著前世時，她活了二十幾年也沒人送她花……

一俯身，錦娘低了頭去，想要他幫自己插在鬢間，誰知他大掌一揉，將她梳得好好的一頭秀髮弄得亂七八糟。「醜就醜了，還要戴什麼花？又笨，不知道這花戴著像媒婆嗎？」

錦娘一腔喜悅便被他給揉散了，氣鼓鼓地搶過那朵茶花，順手就插在了他的髮髻，嗔道：「讓你變媒婆去！」

一抬眼，懶懶的冬日灑在他俊美非凡的臉上，猶如鍍上了一層金粉，燦爛耀目，那朵初綻的茶花竟是顯得黯然失色，倒是襯得他人比花嬌，更加嬌美奪目。

她不服氣都不行，在這廝面前，花都失色，何況自己。想著他說的媒婆，突然就沒形象地大笑了起來，指著冷華庭道：「相公，若是你去做媒婆，相信一樁婚事也談不妥。」

冷華庭看她笑得明妍，眼裡也帶了笑，卻知道她定無好話，歪了頭斜睇她。「喔，為何？是擔心妳相公我的口才不行？」

錦娘笑著搖頭，伸了一根手指在他眼前搖著。「非也、非也，你若去說媒，男家會搶了你做媳婦，女家會闢了你做上門女婿，見了你這妖孽模樣，哪裡還看得上別個？唉呀呀，你就是個紅顏禍水，禍水啊！」

說著作勢就要跑，卻哪有他快，腳步才邁開，就被他一把扯住往懷裡一帶，兩手一伸，就掐上了她的腰。

「喔，我是禍水？好，看我怎麼禍害妳個不知死活的小丫頭。」兩手找準了錦娘身上的癢點就鬧起來，錦娘哪裡受得住，立即軟了身子，笑得花枝亂顫，嘴裡哇哇亂叫，不住地求饒。「相公，饒了我，禍水我也喜歡啊……不要啊，我錯了，你不是禍水，是天下第一美男子……」

兩人正玩得起勁，冷華軒提了個包袱正大步走來，遠遠聽見這裡的笑聲，他溫和清朗的俊臉上就帶了笑。

「二哥，你們玩得好開心喔。」

錦娘立即自冷華庭身上站起來，不自在地撫了撫被冷華庭弄亂的頭髮，冷華庭也隨手幫她扯著衣襟，臉上微微有些不豫，並未搭冷華軒的話。

冷華軒見了，笑容便有些僵，卻仍是走近道：「前兒說過要拿藥來的，正好今兒準備好了，特地給二哥送來，二哥的腳不知好些了沒？」

冷華庭抬眼睇了下他手中的包袱，仍是一副拒人於千里之外的樣子，錦娘看著就有些過意不去，笑著對冷華軒道：「多謝三弟了，你二哥的腳還是那樣，前兒娘拿了藥去太醫院試了，說是有用，但用處不大，倒是三弟費心了。」

冷華軒一聽，臉上就露出一絲困惑來，提了手裡的藥道：「用處不大嗎？可是，他們說應該有用的啊。」

「他們是誰？」冷華庭突然冷冷地問道。

冷華軒聽了一怔，張了張嘴，卻又猶豫了下，沒有繼續往下說，冷華庭便再不看他，一扯錦娘的衣袖，對她吼道：「冷死了，快些送我回去，妳想凍死我嗎？」

錦娘只好推了他往回走。冷華軒便露出尷尬之色，愣怔了一會子，仍是追了上來。「二哥、二哥，你試試，小軒真的沒有壞心，真的是特意為你尋來的藥呢，前兒不是還好好的嗎？怎麼今兒又不喜歡小軒了……」

冷華庭聽了就讓錦娘停住，淡淡地回頭，冷漠地看著冷華軒道：「你有沒有壞心我不知道，但我現在討厭你，你回去吧。」

冷華軒聽了更是傷心，眼圈都要紅了。錦娘看不過去，便笑勸道：「不怪你二哥，這藥確實是驗過的，裡頭大部分是好的，那些對你二哥的病症也確實有用，但是……裡面加了一味很普通的東西，卻不僅改變了整個藥性，而且會讓你二哥的病情加重。三弟，我原是不想說的，但看你一片真誠，想來也是受了別人的利用，你的好意咱們心領了，藥，你還是拿回去吧。」

冷華軒聽得雙目瞪得老大，不可置信地說道：「真的嗎？嫂嫂說的是真的？原來……我又被騙了。」

他再無顏面對冷華庭，身子僵硬地轉過身去往回走。

錦娘見了就嘆口氣。他或許是真的不知道吧，這會子回去，會不會找那給他藥的人算帳呢？眼睛一亮，她便附在冷華庭耳邊說道：「相公，你說這會子他會去做什麼？咱們要不要跟過去看看呢？」

冷華庭聽了便白了她一眼，拿手戳她的腦袋。「妳會功夫，妳能跟上去而不被他發現？」

錦娘聽著就洩了氣。也是，自己哪能做那跟蹤之事？冷華軒看著一身書卷之氣，怕也是練過的吧，不由沮喪地推著他往回走，心裡卻仍想著，要讓冷謙去查探查探才好。

誰知剛到小院前不遠的一個背避處，她的腳被草絆了一下，彎了腰去扯那討厭的枯草，再起身時，輪椅上就空空如也，自家相公不見了蹤影。

她好半晌才回過神來，突然就擔心了起來。輪椅還在呢，一會子他的腳還不知道能站不，若是……要不要讓冷謙去送輪椅呢？不對，送輪椅去不是暴露了相公嗎？啊，自己為什麼不會功夫啊，要是能與他一同去，抓住那個最壞之人，將那人一頓拳打腳踢，捶成個豬頭……哈哈哈，好爽啊。

滿腹心事地回了屋，就見秀姑正拿著那名冊在屋裡憂急地走來走去。錦娘一見就沈了臉，四兒什麼也沒說，只是幫她將輪椅推著放好。

豐兒一見輪椅回了，少爺卻不見了人影，一時就怔了眼，錦娘立即解釋道：「阿謙揹了相公去練功房了，一時半會兒的也不會回來。」

屋裡幾個這才放下疑惑，四兒是跟了錦娘一同出去的，當然也知道少爺是去了哪裡，只是她如今學得沈穩了，知道有些事情就算看到了，也只能當沒看見，只要少奶奶好，她也會跟著好的，其他，不是她應該管的事。

這時，院子裡一個三等的小丫頭哭泣著跑了進來，也顧不得行禮，一進門便跪在了地上。

「少奶奶，不得了了，玉兒姑娘……玉兒姑娘她不見了。」

錦娘聽得一驚。玉兒怎麼會不見了？她特意只給她安了個偷盜的罪名就是想留著她釣大魚的，難道……那個人將她滅口了，或者說……是擄走了？

錦娘沈著臉問那小丫頭。「什麼時候的事？」

那小丫頭早就嚇得臉色蒼白了，也不敢抬頭看錦娘，就趴在地上，對著地面說道：「回少奶奶，今兒早上還在的，奴婢去給她拿飯，回來就不見了，奴婢立馬就過來報少奶奶。」

錦娘便起了身，匆匆走到玉兒房間裡，看到屋裡整潔得很，一應用具全都擺放得有條有理，並不見有打鬥或掙扎過的痕跡，便更是疑心。莫非是她自己感覺露了馬腳，所以逃走了？

不對，相公說派了人守著呢，她又受了傷，定然是逃不走的，那只會是被那人擄走了。

只是，為何不乾脆殺了滅口呢？

回到屋裡，錦娘將這事又細想了一遍，仍是沒有什麼頭緒，就一個人坐在屋裡發呆，一時又很擔心親自去打探消息的冷華庭，她還是不放心，便起了身，找了雙一開始就織好的手套，還有一件毛線織的披肩，帶著四兒就去了東府。

這回因是臨時來的，倒沒人到園門來接，不過，守園的婆子早就識得了錦娘，一見錦娘過來，便恭謹地開了門，並使了一個人去前頭報信。

錦娘一路走，便一路盤算著，要到哪裡才能見著冷華軒？自己一個婦道人家，總不能一來就說找小叔子吧？

很快地，又是烟兒迎了出來，錦娘腦子一動，便問烟兒道：「烟兒，妳家姊姊如今可好？」

烟兒一聽，神色便黯了下來，眼睛紅紅的就要哭，錦娘忙道：「莫哭呢，不是說到佛堂裡陪老夫人去了嗎？那裡應該適合靜養的，對胎兒也有益。」

烟兒聽了更是傷心，抽噎著對錦娘道：「二少奶奶，奴婢也知道這話不該說的，上回奴婢是真的想讓您收了奴婢家姊過去啊，家姊再這樣下去，怕是……怕是真的只有死的分了。」

錦娘聽著就意外，問道：「老夫人按說不會對素琴怎麼樣，老人家信佛，定然是心軟的，妳還是放寬了心的好。」

烟兒冷哼了聲道：「哼，這府裡，除了二少奶奶您，又有哪個主子肯容得下家姊那樣的人，都嫌褻瀆了佛祖呢！那天一送去，就被老夫人使人給打出來了，一回來，咱們太太又氣她前兒在院裡鬧了那一場，便把她關在自個兒屋裡，再不許她出來。眼見著那肚子就要出懷，又既不肯讓……收房，又不肯給她配人，這不是把她往死裡逼嗎？」

錦娘聽這話就有意思，若素琴肚子裡的真是野種，那二太太完全可以將她打死和賣了算了，放在院子裡沒得污了家聲，若是院裡哪個主子的，就應該善待素琴才對，怎麼會對她如此殘忍呢？莫非，二太太只是想讓素琴生下那個孩子，然後……

這樣一想，錦娘很關心地問道：「我看三少爺還是很關心妳家姊姊的，妳怎麼不去找三少爺求助呢？」

這話一出，烟兒的眼裡便露了複雜之色，既有痛苦，又有眷戀，還有一絲的幽怨。錦娘自第一天看到烟兒就發現烟兒對冷華軒是懷著小心思的，也是，少爺英俊又溫和，丫頭靈慧又活潑，兩人之間產生情愫也是有的，只是……

「少爺他……他也是沒有辦法的，家姊……家姊沒聽他的話，若是……若是肯打了那胎，保不齊，少爺還是會對她如以前一樣好的。」好半天，烟兒才斷斷續續地說道。

錦娘這回總算是聽明白了。在那小竹林後頭時，就聽那男人說，讓素琴打了腹中胎兒，素琴就是不肯，原來那男人果然是……

哼，既然這樣，自己不如也動動手腳，讓這東府裡也更亂上一亂。

如此一想，錦娘便嘆了口氣，很是同情地對烟兒道：「唉，自古女兒家的命就不如男子好啊，烟兒，妳也別難過，好生照顧妳姊姊是正經，那天我也看得出，三少爺還是很在乎妳家姊姊的，我也沒啥好幫妳的，這兒有十兩銀子，妳拿去買些補品給妳家姊姊好好養身子吧，若她命好，一舉得個男兒，那境遇怕又會改了呢。」

素琴自上次鬧了一回後，很是讓二太太惱火，又沒本事去得了錦娘的屋裡，就更是恨上她了。無奈她肚子裡懷了孩子，一時下不得狠手，只能氣著，那吃穿用度上，對素琴就很是苛刻，每日裡也就弄些殘羹冷餚給她吃著，素琴如今是瘦得不成人形了，烟兒看著只能嘆氣，自己的一點體己銀子也早就拿出來花光了，還是幫不了姊姊什麼，正是捉襟見肘之時，二少奶奶竟然賞她十兩銀子一大筆錢，教她喜出望外的同時，又有些不好意思接下，遲疑著半天也沒伸出手去。

錦娘就拉住她的手，將銀子放在她手裡，說道：「去買點蓮子給她燉著吃，很補的，也不是太貴，吃得久一些。喔，再買點豬肚吧，若是將菱角燉在豬肚裡，吃著就補身子，她如今正懷著孕呢，那肚子可是最要補的。」

烟兒聽後眼淚就下來了。二少奶奶真是菩薩心腸呢，蓮子、豬肚都是便宜的，十兩銀子也能吃上一段日子。她千恩萬謝地接了，錦娘又拿了帕子給她。「快擦擦吧，一會兒二嬸子瞧見不好。」

烟兒哆嗦著接過，對錦娘又添了幾分感激。

二太太正坐在屋裡寫著詩，小丫頭來報說二少奶奶來了，她有些詫異。前兒在裕親王府裡，自己已經給她吃排頭，這會子怎麼又想著要來看自己了？

擱了筆，二太太淨了手，坐在堂屋裡等錦娘，烟兒幫錦娘打了簾子，錦娘笑吟吟地進了屋，給二太太行了一禮道：「早就說要送雙線手套給二嬸子，一直忙，沒來得及織出來，今兒總算完了工，就趕緊地送過來了，還望二嬸子不要嫌棄才是。」

二太太聽得一愣，有些詫異地看著錦娘。錦娘織的那手套啥的，雖說不是很值錢，但卻是個稀罕物，整個京城貴婦手裡也沒有幾雙，她原也是想找錦娘討來著，但看四太太在錦娘這裡碰了釘子，她也就沒開那個口了，沒想到，今兒錦娘竟然主動送上門來了，怕是有事相求吧。

錦娘笑吟吟從四兒手上拿了錦帛包著的包袱，親自打開來，先是拿了那披肩來，抖開給二太太瞧。二太太先是沒看出是什麼，眼裡露出不解之意，錦娘便自己披在肩上給二太太看，二太太一看之下就錯不開眼。

錦娘是用白羊毛摻了紫色絲線織的，四周都編了繐子和流蘇，再在繐子下面又綴了碎珠子，整件披肩看起來漂亮又顯高貴，用手摸上去，溫軟柔滑，很是舒服。

錦娘拿了遞給二太太道：「這可是只有二嬸子才有的喔，錦娘只試著織了這麼一塊呢，主要是羊毛太難找了，兔毛又會縮水，沒羊毛好，二嬸子喜歡不？」

二太太拿著那披肩就不肯放下，忙應著喜歡，又張羅著讓人給錦娘沏茶，臉色可比錦娘剛進屋裡熱情多了。

喝了一會子茶後，二太太便笑著問：「今兒是特地給我送東西來的嗎？大冷天的，怎麼也不說使個人送來就是，還巴巴地自己趕來，也不怕凍著了。」

錦娘便知道她是在試探自己的真正來意呢，如此也順勢笑道：「唉，還真是有別的事情想跟二嬸子說呢，實在心裡很不好意思，覺得對不住二嬸子呢。」

錦娘這話說得沒頭沒腦，二太太便在心裡將這幾天的事過了一遍，倒沒發現錦娘做了什麼對不起她的事，只是，今兒一大早就聽說劉姨娘被打了，還被關進了黑屋，自然這事與錦娘是脫不了干係的，因此她一見錦娘來，便提了幾分戒備，如今看她一來又是送東西、又是道歉，心裡就更加打突，莫非真做了什麼自己不知道的事來虧自己？

她便笑了笑道：「都是一家人，說那話做甚？沒得外道了。」

錦娘聽了便謝。「知道二嬸子是最明理的人呢，不過，錦娘也是虧不得心的，這事還是早些跟二嬸子言明的好，一是道歉，二嘛，也是讓二嬸子有個準備。」

二太太聽了便收了笑，認真地看著錦娘。錦娘端了口茶，慢慢抿了一口，有些惴惴不安的樣子，似是鼓足了勇氣才道：「原也不是大事，就是我那大姊，前些日子送了幾個人給三叔，求著三叔要在城東那鋪子裡參一股進去。唉，您昨兒也看到了，我大姊在婆家過得並不舒心，婆婆和姊夫都不太待見她，這也怪不得別個，她自個兒也不是個心性兒好的，只是那樣一來手頭就緊，她又是個用度大慣了的，所以，才想了這麼一齣。」說到這裡，錦娘停下喝了口茶，睃了二太太一眼。

果然見她臉露沈凝，眼神也變得銳利了些，錦娘的神情便更加惴惴了，接著說道：「她原本是求我來著，可我才進府多久，沒那本事讓她參進股去，也勸過她別用那心思，城東那鋪子可是連著不少大家貴戶呢。可她就是不聽，竟然想著法子說動了三叔，昨兒三叔去了錦娘屋裡一說，錦娘才知道，三叔真給她弄了一成的股……只是……這股份可是勻了您家大舅手裡的，這……這算個什麼事啊，我忙跟三叔說快別那樣做了，可三叔那脾氣您也知道，我大姊可是送了兩個美嬌娘給他……又讓人請了他去滴翠樓那兒玩了兩天，自然是……」

後面的話不用錦娘多說，二太太自然是明白。她只聽了一半時，臉就綠了，端茶的手氣得有些微抖，不過，她向來是沈得住氣的，雖然臉色很不好，但也只是罵了句。「老三那個混球，做事總不著調，今兒早上還聽說他非要換了帳房先生呢，錦娘妳也是，這些個事妳也跟他摻和啥，被他一唬唬，也跟著幫他說話，看吧，妳那大姊投進的那點銀子，怕不出幾個月就會被他玩完去。」

錦娘便低眉順眼一副聽訓的樣子，有些委屈卻也很內疚，那神情讓二太太想罵又罵不下去，又是一開口就道了歉的，還送了東西來，俗話說，吃人家嘴軟，拿人家手短，再說這事也怪不得錦娘，她也是兩邊都勸過的，只好嘆了一口氣道：「算了吧，這事都到了這分上，怪妳也沒用，難得妳有心送這麼好的東西給我，我總得給妳備份回禮的。」

說著也不使人，自己就進了裡屋，錦娘忙在後面說道：「二嬸子，您別客氣了，不用回禮的，我是小輩，原就該孝敬嬸子您的啊。」

二嬸子回頭瞋她一眼道：「只興妳孝敬，不興我疼妳啊。」說著便打了簾子。

錦娘心裡便奇怪。二嬸子怎麼會一下這麼好心想要送東西給自己？

正想著，二太太自裡屋出來，手裡拿著一個香粉盒，走到錦娘身邊坐下，打開那香粉盒給錦娘看。那盒子一開，一股清香沁人心脾，錦娘忍不住就深吸了一口，有薄荷清涼，荷花幽香，更有桑葉的馥郁，讓人聞之神清氣爽，錦娘一見便喜歡上了。

二太太拈了一塊香片對錦娘道：「這可是宮裡來的，名為桑蓮薄荷，是秘製的呢，最是醒腦提神，還能驅蟲，點一片放在裡屋，最是舒服。我前兒得了四盒，送了一盒給枚兒，這盒就送給妳吧，也別讓妳空手回去不是。」

錦娘聽了忙笑著接過，好生謝了二太太，又問：「軒弟呢，怎麼沒見他？可是又上學去了？」

二太太的臉色便又沈了沈，說道：「誰知道他在鬧什麼彆扭，一大早的也不知道跑哪兒去了，這會子一回來就一個人躲到書房裡，誰也不肯見，唉，真是兒大不由娘啊。」

錦娘聽這話就留了意。看來，冷華軒怕是沒有去別的院裡，直接回府，只是……也不知道他的書房在哪裡，又不能問二太太，相公也不知道查探到些什麼了沒有，他的腳可還沒好，能不能走路啊……一時心裡擔憂，便跟二太太又說了幾句話後，就告辭了。

二太太將她送出門，執意還要送遠一些，錦娘忙道：「二嬸子您快留步，外面冷著呢，我自個兒回去就成。」

二太太也不堅持，送出穿堂外就進了屋。

錦娘眼尖看到烟兒正在穿堂裡擦著家什，忙笑問：「烟兒可是東府裡的家生子？」

烟兒正對錦娘感激著呢，忙停下手中的事回道：「是呢，奴婢是家生子，家裡還有老子娘和哥哥，老子娘在二太太小廚房裡管事，哥哥在二門處當差呢，二少奶奶您這就要走了嗎？奴婢送您一程吧。」

錦娘正是此意，便笑了笑道：「可會耽擱妳的差事？」

「不會的，就這麼點子事，一會子奴婢回來做就是，不會誤事的。」烟兒急急地說道，生怕錦娘不讓她送一般。

錦娘便跟著烟兒出了屋，四處看了看這院子，隨口問道：「妳們三少爺平日裡都在哪裡看書啊，我先前看過一本《大錦遊志》沒看完，卻總找不到那書了，好想看呢，也不知道妳們三少爺這裡有沒有？」

烟兒聽了便有些為難，默了一會子才道：「三少爺的書房不在這院裡，在前邊呢，過了那片竹林子就是，二少奶奶要去嗎？這會子三少爺像是在呢。」

錦娘聽了忙道：「不了，下回他去那邊府裡時，再讓相公找他討就是了。」笑話，嫂子進小叔子的書房，讓有心人知道，還不拿唾沫水淹死她了。她不過想知道知道方向，更是想看看地理環境而已，心裡始終忐忑不安著，就怕冷華庭會出什麼事。

烟兒直接把錦娘送出了園子，錦娘又對烟兒道：「啊，烟兒，忘了告訴妳了，有些東西是不能一起吃的，比如說甲魚和莧菜一起吃了會中毒，可要記著，別給妳姊姊錯吃了東西啊。」烟兒聽了連忙點頭，對錦娘是更加敬服和感激了。

錦娘又說了些別的燉湯之法，便回了院。

一回府，倒是看到冷華庭好生生地坐在穿堂裡，冷著一張臉像從冰窟裡撈出來一般。錦娘顧不得他的臉色，高興地撲到他面前，上下左右察看了一遍，除了臉色黑如鍋底外，一切都好，便放了心，越過他向裡屋走去。

誰知還沒跨出半步，便被他揪住了後襟，扯得她一個踉蹌，仰倒在他的懷裡，他一伸手就擰住了她的鼻子，咬著牙道：「如今妳是越發膽大了，我一不在家，妳就亂逛，沒事妳跑那東府裡去做什麼，不知那裡都沒好人啊！」見她憋著嘴不肯呼氣，又怕憋壞了她，便鬆了她的鼻子改去擰她耳朵。

錦娘也顧不得四兒在，等他一鬆手便奮力向上一蹭，飛快地在他臉上親了一口。雖是蜻蜓點水，但也是她第一次主動親他，軟軟涼涼的唇一貼上，他便渾身感到一陣酥麻，立馬臉都僵了，心也撲撲直跳了起來，跟著就臉紅了，當著下人的面呢，這小妮子還真敢做……不過……心裡甜絲絲的，像喝了蜜糖一樣，哪裡還捨得下狠手擰她，低了頭就不敢再看她，那臉紅得像是被擰耳朵的人是他一般。

錦娘促狹地笑著，看他原本冷若冰霜的臉如今像上了胭紅一般，明明就很想看自己，偏偏一副含羞帶怯的樣子，心裡卻得意，總算也讓自己捉弄他一回了，但可不能讓這廝回神——

於是她狡猾地自他身上滑下來，拉了他的手道：「相公，你練功完了，累不？咱們進屋去吧。」

冷華庭臉上故意裝出幾分嚴肅來，翹起的嘴角卻洩漏了他心裡的甜蜜。錦娘看著這樣迷人的他便錯不開眼，一邊推著輪椅一邊念叨：「妖孽呀，妖孽……」心裡卻更是得意這妖孽是屬於自己的。

到了屋裡，錦娘急忙問他：「探到什麼了？」

冷華庭聽她一問正事，這才深吸了口氣回神，無奈地對她聳聳肩。「他哪裡去問別人了，我跟著他一直回了東府，他一個人進了書房就沒出來，倒是看到二叔回來了一次，在書房裡與他像是吵了幾句什麼。我離得遠，沒聽清楚，可能這事二叔也是知道一些的。三叔那老混球都能看出些什麼，就更不用說二叔那精明的人了。」

錦娘一聽就皺了眉，問道：「相公，你說會不會是二叔他們在害你？我總覺得他們一家怪怪的。」

冷華庭聽了也是懷疑，對錦娘道：「二叔原也和大哥一樣，是不許練武的，所以他自小就勤奮讀書，要說他要害我，總又沒個名目……只是他們確實與那個人走得近……這事，我還得探探再說。」

錦娘便說起玉兒失蹤的事。「……相公，玉兒可就是那下毒害你之人，只是，那背後的主子沒找著，這會子突然失蹤了……他們不會將她滅了口吧。」

冷華庭聽了一點也不驚訝，將她往自己懷裡一扯，貼在她耳邊說道：「妳既知她是證人，我總得將她好好留著，將來，總有一天要站到明面上去，把我失去的東西給奪回來的。這個人，還有那劉姨娘的大舅兒，都被我藏起來了，放心吧，死不了的。」

錦娘聽得雙眼瞪得老大，眨巴眨巴著，半晌才道：「相公，你想得真周到呢。」

這一招還真是高，不僅只是留下了活證，更會讓對方慌了手腳。這兩個人定然都是直接參與者，那背後之人如今知道他們出了事，當然會想著，要嘛滅口以絕後患，要嘛也是在自己的控制下，堵了他們的嘴，可如今突然失蹤……會讓他們更快地露出更多的馬腳，看來，自己這相公怕是早已在籌謀了。

錦娘這樣一想便開心起來，兩眼亮晶晶地看著他，一副崇拜仰慕的樣子，看得冷華庭又是窘迫，微微低了頭去……

錦娘伸手去捏他的耳朵，促狹地笑道：「相公，你方才……可是害羞了？」

冷華庭聽得一滯，惱羞成怒地捉住她的手就要去搔她癢，錦娘立即棄甲投降，求饒道：「相公……別，我說錯了，我怕癢呢！」

正扭動著，二太太送給她的那盒香粉就滑了出來，冷華庭眼疾手快地接住，放在鼻間一聞，便皺了眉，問道：「哪兒來的？」

錦娘伸手就要去奪，急急地對他道：「你別亂聞，這可是二嬸子給的，誰知道裡面加了什麼特別的料沒，咱們如今對這種自動送來的吃的聞的，一概要小心些才是。」

冷華庭這才鬆了一口氣，輕點她的鼻尖。「算妳機靈，知道她的東西不能隨便拿，一會子讓秀姑送去藥房驗驗，若是有那見不得人的東西摻在裡面，咱也好生留著，將來也是個證據。哼，他們如今越想害咱們，就越說明他們心虛得很呢。」

錦娘聽了也是很贊成，又想著自己今日去二太太府裡布的那個局，也不知道什麼時候見效……

「相公啊，明兒使了人去請軒弟過來陪你吧？」錦娘突然對冷華庭道。

冷華庭一聽便沈了臉，冷冷地說道：「我不喜歡他，才不想看到他呢。」

「相公，請他來嘛，你那日不是裝著和他玩得挺開心的嗎？這會子怎麼又變了主意了？」錦娘嬌聲求他。

他聽了臉色更黑，兩手一伸，同時扯住她兩個耳朵，嗡聲嗡氣地說道：「妳是不是看上他了？嗯，我可是聽人說，妳誇他像謫仙呢，是妳想見他，對吧，哼，我就不去找他，見他一回就趕一回。」

錦娘怎麼也沒想到他會為這事吃醋，不由哭笑不得，她不過想讓冷華軒過來後，在他面前煽煽陰火而已……這個彆扭又小氣的男人。

「唉呀，說了這天下就孫錦娘的相公是天下絕美、萬裡挑一的美人，啊，看多了你，我看誰都不順眼。」雖是氣他小氣，心裡卻也是甜蜜的。他心裡有她，在乎她，這就是她的幸福，哪個男人都不是十全十美的，她喜歡他在自己跟前鬧小彆扭、耍小心機，可愛得要命。

沒想到前世沒有戀愛過，這一世卻遇到這麼一個極品男子，還對自己死心塌地得很，心裡得意的同時，又被幸福填得滿滿的。

第四十四章

兩人鬧了一陣子後，錦娘便想著二太太送給自己的那盒香片來，原是打算讓秀姑去查的，但秀姑這陣子為了喜貴的事，做事總有些心不在焉，她也正好想用這事試試張嬤嬤也好。

錦娘就把張嬤嬤招了來。張嬤嬤原就是微胖的臉，看誰都是一臉的笑意，看著就親切討喜。

錦娘拿了一片香片給她，神情鄭重。「張嬤嬤，這香片妳聞聞看，她們都說好呢，我怎麼一聞了就有些暈乎呢，還說是加了薄荷的，應該就是醒腦的。」

張嬤嬤自錦娘手裡接過聞了聞，也先是一副很享受的樣子，後來目光卻閃了閃，定定地看著錦娘，欲言又止。

錦娘便疑惑地看著她，鼓勵道：「有什麼問題嗎？有的話不妨直說。」

張嬤嬤深吸了口氣，像是下了好大決心似的。「桑和蓮在一起是沒有錯的，薄荷也清腦，這幾樣都是上好的料，只是奴婢還是勸少奶奶少用這香為好。奴婢那口子原就是府裡製香的，所以，奴婢對香還是瞭解一些的。剛才聞著，總覺著這裡面加了別的，那味道淡得很，又夾在幾種香料裡，一般人是很難分辨出來的，具體是什麼，奴婢也不知道，只是少奶奶既是聞著不舒服，那就別用了。」

錦娘聽著嘴角就勾起一抹笑來。看來，自己還沒有看錯人，張嬤嬤剛才定是做了一番掙扎的。以她的能力，幾十年只在相公院子裡混一個廚房管事，原就有蹊蹺，如今看來，她以往不出頭，定然是不想太摻和進主子之間的事，一直明哲保身，這樣雖然沒什麼權勢，卻是安然無恙，或許相公中毒之事，她也會瞭解一二呢。

「嬤嬤說得是呢，我年輕不懂事，以後要煩勞嬤嬤多幫我看著點。這香片裡也不知道究竟加了什麼料，嬤嬤能否拿去幫我查驗查驗呢？」錦娘一副真心受教的樣子，語氣也極是尊重，讓張嬤嬤不由得就怔了眼，心裡泛起一絲暖意來。看來，這個主子明白得很，孰好孰壞，她眼睛亮著呢。

張嬤嬤眼睛微潮，又對錦娘行了一禮，才道：「少奶奶言重了，少奶奶是奴婢的主子，以後只要用得著奴婢的地方，您儘管吩咐就是，奴婢一定不負少奶奶之託。」

錦娘滿意地點了點頭，又問：「嬤嬤如今的月例每月是多少？」

「回少奶奶，奴婢領的是二等管事嬤嬤的差事，月例倒也不少，每月五兩。」神情很坦然，既無得意也無不滿。

「那再漲三兩吧，每月自我的月例裡撥出，以後這院裡還有很多事得妳費心呢。」錦娘淡淡笑道。

並沒有一下翻倍，就是給張嬤嬤最近表現的獎勵，留有後著，是要看張嬤嬤以後的表現。張嬤嬤聽了心中更加舒坦。她雖然也為少奶奶辦過幾件事，但若月例漲得太高太快，定然會招這院裡其他人的忌，這樣不多不少，又體現了獎罰，她也沒有心理負擔，最好不過。

下午，錦娘便從前院招了富貴叔來。富貴叔在前院也待了不少日子，早待得心急如焚了，他是勞作慣了的，一停下了就像丟了魂似的，今兒錦娘一招，他就急急地來了。

錦娘與冷華庭一起在花廳裡見他，錦娘便將城東自己那小鋪子裡的鑰匙給了富貴叔，又叫了原先管鋪子的管事來，讓他帶著富貴叔去看地方，想讓富貴叔先看看行情，好早日將生意做起來，又把秀姑的兒子喜貴交給富貴，讓他帶著。

喜貴長得像秀姑，還算清秀，只是神情有些害羞，估計沒怎麼見過世面，在錦娘面前頭都不敢抬，唯唯諾諾的，錦娘看著就皺眉，特意囑咐富貴叔要多關照他一些。

富貴叔卻對喜貴很是滿意。「少奶奶，做買賣其實就要實誠人，要想將生意做久，老實人最能招回頭客了，有時候，吃虧是福呢。」

錦娘聽富貴這話也覺得他有見識，對喜貴便放心了好多。

第二天，冷華庭還是聽了錦娘的，使人請了冷華軒來。冷華軒很高興地來了，一臉的受寵若驚和愧意，進門時，有些期期艾艾的，錦娘便笑著請他進來，對他道：「三弟，你二哥是什麼脾氣你最清楚了，他不過就是一時之氣，你們打小關係就好，他哪能就不喜歡你了呢？」

冷華軒聽了便兩眼發亮地看著冷華庭，冷華庭表情仍是冷冷的，一副很不耐煩的樣子，對他吼道：「不是要陪我玩嗎？杵在門口做甚？冷風全灌屋裡來了，你想冷死我啊！」

冷華軒聽了不但不氣，還笑嘻嘻地跑進來，幾步便挨到冷華庭的身邊，喚了聲：「二哥……」

錦娘正端了茶喝，被這一聲喚得差點就噴了冷華庭一頭一臉。

冷華軒卻毫無感覺似的，跟在冷華庭身邊蹲著，一副討好的乖寶寶模樣。錦娘真的無語了。明明是個謫仙般的俊俏帥哥，怎麼一看到自家相公就不正常了？

冷華庭瞪了錦娘一眼，伸了頭過來就要錦娘擦他臉上的茶水，錦娘笑得樂不可支，拿了帕子幫他擦，仍是忍不住要看著冷華軒笑。

冷華軒到底還是被她笑得不好意思。「二嫂……」那語氣拖得長長的，帶著撒嬌的味道。

錦娘立即抖落一身的雞皮疙瘩，無奈地轉過頭不再看他，一會子豐兒沏了茶過來給他奉上，他也不起身接，仍是蹲在冷華庭身邊，仰著臉，原本溫潤的星眸閃閃發亮，帶著孺慕崇拜的神色。

「二哥，咱們下棋好不？你要讓小軒一子，你說過的。」

豐兒端著茶杯，也是瞪大眼睛不可思議地看著冷華軒，對這位三少爺原本印象很好的，如今也是無語了。怎麼一個人的氣質可以瞬間改變這麼多呢？這王府裡的男主子就沒一個是正常的……

棋盤擺好，冷華庭與冷華軒二人對奕，錦娘就坐在邊上，拿起給冷華庭做的那件冬袍繼續繡邊，有事沒事地說下棋局戰況。

二人下得認真，偶爾冷華庭會嫌錦娘囉嗦，瞪她一眼，冷華軒就會抬起頭對錦娘溫暖一笑，坐久了，氣氛也就越發地融洽起來。

錦娘就隨意地對冷華軒道：「小軒啊，素琴那丫頭也怪可憐的，聽說被二嬸子關著呢，原是你屋裡的丫頭，你可得多照看些。」

冷華軒凝了眼，臉上原本單純的笑容也有些僵，眉眼不抬地唔了一聲，並沒說話，繼續與冷華庭下棋。

錦娘見了便又道：「昨兒我去東府，就看到烟兒在哭。唉，我也是心裡有愧，早知道那天就把素琴那丫頭接過來算了，反正也不缺她這口飯吃。你說，她那肚裡的孩子是誰的呢，誰那樣無情無義，占了她的身子，又要遺棄於她，總是親生骨肉吧，這樣做可真不地道呢……聽說二嬸子連飯都不肯給她吃飽，唉，懷著孩子呢，這要出了事，可就是一屍兩命了。」

冷華軒的臉色越聽越黑，終是沈不住氣，抬頭幽怨地看了錦娘一眼。「二嫂……」

錦娘聽了忙道：「好好好，我不說，不說。唉，我不也是心軟嗎？那天那丫頭跪在我面前哭呢，如今想起來，她還真可憐啊，若是……哪一天死了……我會作惡夢的，她會不會怪我呀……」

說了不說，又是囉囉嗦嗦一長串，冷華軒聽得一頭汗。

他抬頭求助地看著冷華庭，冷華庭一記鐵砂掌就打在了他頭上，斥道：「嫂嫂說話就得好生聽著，你自己做過什麼自己清楚，你屋裡的人怎麼會被別人弄大肚子？你還是和從前一樣，遇事就跑？」

冷華軒被冷華庭說得神色一黯，委委屈屈。「二哥，小軒改了好多，你……你不要總記著小時候的事了嘛。」

冷華庭聽了就把棋盤一推，瞪著他說道：「哼，那時你做了什麼？你能忘記我不會忘記，你如今不是跟他關係很好嗎？還來看我做甚？你跟他玩去，黏著他就是，再別找我了。」

說著就要推著輪椅進屋去，冷華軒急了，忙一把扯住他的椅子求道：「二哥，你別氣，我真知道錯了，一會兒回去我會好好待素琴的，你別不理我。」

話音剛落，就聽院外頭有人哭喊：「三少爺、三少爺，快快救救家姊，求您了……」那聲音淒厲得很，像是烟兒的。

錦娘聽了便讓豐兒出去看。門簾子一掀開，就見烟兒哭著撲了進來，一下跪在冷華軒身邊哭道：「三少爺，快，快救救家姊吧，她快不行了啊，二太太……二太太不知道給她吃了什麼，一大早就腹痛如絞，得快些請醫啊……」

冷華軒聽得一怔，立馬起了身，急急地向外走。錦娘看著也著急，在後頭追著。「三弟、三弟，可千萬別衝動啊！」

烟兒草草給錦娘行了一禮，轉身也追著冷華軒去了。

錦娘站在門口看著那遠去的背影。

昨兒特意教烟兒，那兩種東西分開來，原是沒問題的，但合在一起吃就有毒。不過毒性發作得慢，也不會致命，若素琴是昨天中午吃的，這會子發作最是正常。烟兒可是管著二太太屋裡的擦洗，這事一般都得一大早做完，所以，烟兒早上是沒時間再燉給素琴吃，她現在發作也正是吃過二太太送去的早飯後，烟兒才會認為是二太太在飯菜裡給素琴下的毒，這便合了錦娘的計劃了。

以冷華軒剛才的表情來看，素琴肚裡的孩子應該是他的，只是他還未娶正妻。這個時代，正妻未進門，就算收再多的小妾和丫鬟也是不能先生兒子的，不然便是對正妻的不敬。加之，二太太明擺著是要與寧王府結親，冷婉身分貴重，更加容不得這樣的事情發生，所以，冷華軒才不肯收素琴入房，而二太太也對自己的孫子又下不得手，才會落到現在的境地。

這會子冷華軒回去，指不定就會找二太太鬧，因為錦娘也看得出來，他對素琴還是有幾分情意的，方才又被冷華庭訓了一頓，定是心裡更添了愧意……被親娘毒害自己心愛的女人和親生孩子的滋味，應該不好過吧，錦娘真想看看二太太現在的臉色，看她是不是還能保持那清冷孤傲的模樣……

在門口站了一會兒，忽然感覺風吹在身上有些冷。

自己不知何時也變得冷血無情了起來，雖說二太太真的很討厭，但素琴和她肚裡的孩子卻是無辜的……還好，那東西只會讓素琴肚子痛，而且以二太太那人的手段，素琴遲早會死的，那孩子也不知道能不能生下來呢，讓冷華軒警醒一下，或者反而能救他們母子呢。

她轉過身，眉間仍是帶著不忍，一隻手忽然牽上了她的，溫暖而厚實，讓錦娘心裡一暖，抬眸時，便看到他漆黑如墨的眸子，深情又擔憂地看著自己。

「娘子，進去吧，這裡冷。」

錦娘心中鬱氣便是一散。何必太心軟，人家對自己丈夫下手時，可曾心中有愧過？

她輕輕推著他，進了裡屋。

屋裡，兩人默默地沒有說話，冷華庭歪在椅上，支著肘在看書，錦娘就偎在他面前半靠著，手裡拿著那件袍子也沒動一針，呆呆的，不知道在想些什麼。

一會子，四兒打了簾子進來道：「少奶奶，二夫人過來了，正在王妃那兒呢，王妃打發人來請您過去。」

錦娘聽得眼睛一亮。二夫人怎麼過來了，是來看自己的嗎？心裡一喜，人就激動起來，她起身就往外趕，後襟忽又被扯住，她回過頭，就見冷華庭正在瞪她。

「瞧妳這樣子，穿得隨隨便便，也不梳妝打扮下再去，一會子咱娘見了，還以為我虧待了妳，捨不得給妳好吃好穿呢。」

錦娘被他說得一窘，低頭看自己這一身，也沒什麼不妥啊，再看他眼裡有著微微的不自在，突然明白這是做女婿的奇怪心理。

女婿在丈母娘面前總想表現得更好，自己若穿得光鮮亮麗地出去，他在二夫人跟前也會有臉面一些。

這樣一想，錦娘就聽話地乖乖換了套湖綠色宮錦面料的大襟絲襖，一條長襬灑花裙，將頭上的碧玉簪子換成了三尾金步搖，手上帶著一對金鑲玉手鐲。打扮齊整了，她在冷華庭面前轉了個圈，自戀地問：「怎麼樣，相公，好看吧？」

冷華庭看著就白了她一眼，扯她的手道：「走啦，不怕咱娘等久了嗎？」

錦娘被他拖得一個踉蹌，差點就踩著了自己的裙襬。「明明就喜歡得緊，偏就生了張臭嘴，說聲好看會怎麼樣啦……」

「醜就醜了，我又不嫌棄，還這麼自戀。唉，一會兒真得問下咱娘，為什麼妳這麼醜啊。」冷華庭聽了便嘆口氣，很是無奈地對她說道。

兩人吵吵鬧鬧地進了王妃院裡，碧玉笑吟吟地迎了出來。「少奶奶今兒個看著氣色可真好，這身穿得可真好看呢。」

錦娘聽了就挑著眉看了眼冷華庭。看吧，一過來就有人誇我呢！

冷華庭翻了個白眼，碧玉在一旁見了就好笑。二少奶奶還真是個妙人，二少爺可是府裡最難相處的，成天不理人不說，一個不好就會拿東西砸人，可對二少奶奶卻是好得很呢，真是一物降一物。

一進門，便看到二夫人正坐在王妃下首，正與王妃說著什麼，錦娘推著冷華庭疾走幾步，先給王妃行了禮後，才看向二夫人。

好些日子不見，二夫人倒是比先前清減了些，錦娘看著就鼻子發酸，又是喜又是憂。也不知道大夫人的病好了沒，府裡大多事怕都是二夫人在操心吧，又不能自己作主，凡事還要去問了大夫人的意思才行，大夫人又是個恨她入骨的，一件事情辦下來，怕比三、四件還要繁瑣勞累呢。

「娘，您怎麼過來了，是來看錦娘的嗎？」錦娘蹭到二夫人身邊，顫著聲問道。

二夫人在錦娘進門時，就看著她沒錯眼，女兒像是又長高了不少呢，臉頰也豐潤了好多，眼角眉梢都是喜色，整個人看著神清氣爽，二夫人看著心裡就歡喜。看來，錦娘在王府過得不錯呢。

「今兒一是來拜見王妃的，二嘛，當然是來看妳的，這三呢，妳二姊的婚期也快到了，大夫人身子不太好，老太太就使了我來與王妃商量下讓妳二姊過門的事。」

錦娘這才想起，還真到了孫玉娘出嫁的日子了呢，玉娘原就是姊姊，按說應該是在自己之前出嫁的，只是她出了那事，孫家和王府都覺得不光彩，就特意讓自己先成了婚，好遮掩一些的。

只是，玉娘不是在府裡鬧著不肯嫁嗎？難道這會子又肯了？

但這事當著王妃的面她也不好問，總不能跟王妃說，孫玉娘不想嫁冷華堂，想嫁自家相公吧，孫玉娘不覺得丟臉，自己還覺得羞恥呢。不過，看二夫人眉宇間含著憂，怕是孫玉娘在家也沒少鬧，老太太被逼得無奈了，就巴不得早些將她嫁出去算了，不然按禮來說，得是男方家長去女方家拜會商議這迎親事宜才是，今兒反倒是二夫人親自過府來問王妃，這可也是夠丟臉的了，像是女方的姑娘嫁不出去，巴巴裡求著男方給嫁一樣，偏還是個正經的嫡女，求著做人家的側室，怪不得大老爺不肯來，倒是派了二夫人來了。大夫人說是身體不好，估計就算身體好了，也不願來出這個醜的。

錦娘喔了一聲，又坐到冷華庭身邊去，冷華庭卻是自己推了輪椅到二夫人面前，恭敬地彎腰行了一禮，動作優雅神情禮貌，看得一旁的王妃就怔了眼。

庭兒也不是對誰都無禮呢，看來還真是給錦娘面子，若不是將錦娘寵到骨子裡去了，他哪肯跟人家低頭行禮？自己倒是有六年沒受過他的禮了，心裡是既酸又欣慰。不管怎麼著，這孩子並不是無理之人呢……

既是錦娘的親娘來了，王妃還是很有耐心地與二夫人商談著迎親事宜，錦娘便和冷華庭在一旁老實地聽著。因著這事原是早就談妥了的，二夫人過來也只是再確認一下，所以，雙方相談甚歡，沒一會子，二夫人就起身要告辭。

王妃想著這事還是過問一下上官枚的好，畢竟上官枚是正經的世子妃，玉娘進門後的一應禮儀得她來操持才是，便派了人去請上官枚，於是二夫人又留了一會兒。

王妃便說有事，離開一下，錦娘看她連青石和碧玉都帶走了，便知道她是想留給自己母女說些私話，心裡便暖暖的，很是感激王妃的體貼。

王妃一走，錦娘顧不得冷華庭也在，一下就撲進二夫人的懷裡撒嬌道：「娘，可想死我了。」

二夫人愛憐地看著她，卻拿手戳她腦門子。「都多大了呢，還撒嬌，讓庭兒看見可不好。」

錦娘才不管冷華庭怎麼看，反正他一天到晚嘴壞，從來就沒誇過自己半句。她扭過頭又回看冷華庭，卻見他兩眼亮晶晶的，一臉寵溺地看著自己，彷彿自己正躺在他懷裡撒嬌一樣，不由臉一紅，對他瞋了一眼。當著自己的娘呢，他那眼光別那樣灼人好不，也不怕娘笑呢。

冷華庭卻不以為意，還特意對她挑了挑眉，臉上綻開一朵絢爛的笑。

二夫人看著女兒、女婿當著自己的面眉來眼去，不氣反笑。為娘的心思，只要女兒嫁得好，得夫婿的疼，那便是最大的欣慰了。

「娘，二姊在家沒鬧吧，今兒怎麼把您給使來了？」錦娘不好意思地回了頭，到底還是惦記家裡的事，問了起來。

女兒既是當著女婿的面問，那便說明她是相信女婿的，不介意女婿知道某些事情。這樣一想，二夫人倒也沒有含糊，直接說道：「尋死覓活的，鬧好幾回了，前陣子還鬧著要做姑子去，妳母親也被她氣得中了風，如今癱了半身，起不得床了。唉，妳得了空，回去看看她吧，別讓她又抓了口實，說妳不孝呢。」

原來真是如此，也不知道是要說孫玉娘蠢還是說她幼稚，真以為大家都會按著她的心意轉嗎？為所欲為也不能到了這個地步，她以為她是誰。

不過大夫人還真的中風了，這倒是錦娘沒有想到的，真是天理昭彰，行多了惡的人，真的會受到應有的報應。

沒多久，王妃又回來了。也是估摸著母女倆要說的話也說得差不多了，她可是屋裡的主母，將客人丟在屋裡太久也不禮貌。

上官枚卻仍是沒來，打發去請的小丫頭倒是來了，說是世子妃身子不適，凡事請王妃作主就好。

錦娘也知道上官枚心裡憋著氣呢，這種事她定是不願意插手的，做好了，過不了自己那關，誰願意親自將老公的側室迎進門啊，她氣都氣不贏呢，才懶得去裝這個賢淑；做得不好，將來又要被人拿了話柄說道，這事做好做壞都讓上官枚難受，還不如推了算了。

二夫人見狀也不介意，她只管完成今天這任務就行了，至於世子妃將來會如何對待孫玉娘不是她能操心的事，於是就告辭回去了。

錦娘推著冷華庭將二夫人送至二門，轉回來時，卻碰到王妃正帶著碧玉往這邊來，錦娘見了不由詫異。「娘，您這是到哪裡去呢？」

王妃走得也不急，見正好碰見錦娘，便道：「方才妳二嬸子那邊派了人來請娘過去，說是她府裡死了個丫頭，三少爺正為這事跟妳二嬸子吵了起來，妳二叔又不在家，就叫了我去調解調解。」

錦娘一聽，嘴角便勾起了一抹笑。總算是見到成效了，正好可以去看看熱鬧。總是做演員，這回，也讓自己看看戲才是。

她便對王妃道：「娘，我也跟您一起去看看吧。」

王妃一眼便瞅到了錦娘嘴角的那抹笑，便笑著點了頭。王妃也知道錦娘對東府沒好感，這會子也就是想看個熱鬧，不過，她自己心裡又何嘗不是這樣想的？

難得的是，冷華庭也扯了王妃的手道：「娘，小庭也要去看，小軒會聽小庭的話的。」

王妃看著兒子單純乾淨的眼，心裡一酸。六年前，庭兒可是和軒兒最是要好呢，也不知如何，大了便不再見來往了，庭兒的性子變得越發孤僻起來，他難得想要同去，忙點了頭，讓錦娘推著，一同去了東府。

一進二太太院裡，遠遠地就聽見烟兒呼天搶地的哭聲，再就是冷華軒的怒吼——

「為什麼，為什麼非要害她？不是早就說好了，等她把孩子生下來嗎？妳……妳是我的親娘嗎？妳可知道，她肚子裡懷的是妳的親孫子？」

王妃聽了便怔了怔，遲疑了下，還是走了進去。二太太正在屋裡生著悶氣，聽小丫頭報說王妃來了，她臉上一陣詫異。院裡這事又不光彩，怎麼把王妃也驚動來了？

了。

但她還是有禮地迎了出來，一抬眸，卻看到錦娘推著冷華庭也來了，面色就更加不好看了。

「王嫂今兒怎麼得空過來了？」心裡卻在尋思，這院裡還真是越發不乾淨了，明擺著是有人送信過去了。

王妃一聽這話也是奇，一臉關切地對二太太道：「老二家的，不是妳使了人去請的我嗎？怎麼這麼問呢？」說著就回頭找那個送信的丫頭，卻怎麼也沒找著。

錦娘便想起，那丫頭原是跟著王妃在前面引路的，只是在拐角處一閃，便跑了，像是去了西府呢，莫非，是三太太知道東府裡的事，特地使了人去報信的？

二太太一聽，也知道這會子糾結這事沒意思，來都來了，又是打著幫關心的幌子，還能將人轟走不成？

只好勉強笑著把王妃和錦娘幾個迎了進去。冷華軒正站在正堂裡，見王妃來了，倒是乖乖上前行了禮，卻是一見冷華庭就落淚。「二哥，你罵得好，小軒真是沒用啊！」

冷華庭嫌惡地瞪了他一眼。「你沒用也不是一回、兩回了，哭個鬼啊，多大個人了。」

冷華軒一聽，更是傷心，又對二太太說道：「打小我就什麼都聽你們的，對妳的話是百依百順，就這一回，我也是左求妳、右求妳，只求放他們母子一條生路呢，妳……妳還是想要害死他們，妳就不心痛嗎？那也是妳傳下的骨血啊！」

王妃聽了便皺了眉道：「軒兒，不得對你娘無理，有話好好說，這樣沒規沒矩的，成何體統?!」

冷華軒倒是還聽王妃的話，閉了嘴，卻是怨恨地看著二太太。

二太太氣得手都在抖。這個兒子越發渾了，當著王妃的面他也能胡說呢，整個東府的臉都快讓他丟盡了，他偏偏還一臉理直氣壯，不就是個奴婢嘛，至於如此不敬地對自己大吼嗎？

「小畜生，你再胡言亂語，一會兒讓你爹來了，將你關進祠堂去！」

冷華軒一聲冷哼。「關吧，妳也不是才關過我的，自小我有半點不如妳的意，妳就關我，哼，妳心裡哪裡將我當作兒子過，不過是妳一個弄權的工具罷了。」

這話一出，二太太更是氣，衝過去就要打他，王妃忙上前去勸住，對冷華軒道：「軒兒，你莫要再鬧，如此無禮頂撞父母，是要挨家法的。」

家法是什麼冷華軒自是清楚，他也知道，王妃不過嚇唬他而已，但王妃到底是一府之主母，他還是有些畏懼王妃的威嚴，一時便閉了嘴，仍是定定地瞪著二太太。

錦娘看著這一切，腦子裡便活動開了。她總認為冷華軒不是如此不理智之人，就算對二太太的所為生氣，也應該不會採取如此幼稚胡鬧的手段。

何況這還是當著外人的面呢，如此大膽頂撞自己的娘親，實在有違常理，難道這一切，他只是做給自家相公看的嗎……卻又不像，若是，他又為何如此討好自家相公？看二太太那樣子，也不像在與他一同演戲，不然，這對母子也太過可怕了些……

正胡亂猜度著，就聽二太太說道：「王嫂，我確實沒對那丫頭下手，這孩子怎麼說都不肯信我呢，唉，都是要成親之人了，怎麼越發地渾了呢？」語氣裡透著深深的無奈和痛心，看著冷華軒的眼睛也泛起了潮意。

看來，二太太是真的又氣又傷心。

「哼，妳自是不肯認了，妳又何時承認過妳的錯處？成親？你們何曾問過我的意思，問我喜不喜歡要娶之人？不過是你們衡量利弊以後的結果，我就是你們手裡的一顆棋子！」冷華軒聽了二太太的話，冷哼一聲，終是氣苦，不願再對著二太太，轉身便往外走。

二太太怒道：「小畜生，你去哪裡?!」

冷華軒回頭哀悽一笑，眼裡含著濃濃哀傷，腳步有些踉蹌，幽幽說道：「我去看大夫來給她治好了沒，若是她真死了，我……」

錦娘看著心裡就有些愧意。到底是自己害了素琴，一會子自己也去看看，那東西也只會引得肚子痛，不會死人的，多吃些水，應該就會沒事了吧？

心裡一想，就有些急。素琴可是無辜之人，可千萬別有事啊……

冷華軒走出沒幾步遠，經過冷華庭身旁時，衣襟被冷華庭一把扯住，他痛苦地低頭。

「二哥……」

「我跟你一起去吧。」冷華庭的聲音出奇溫柔，冷華軒頓了頓，還是點了點頭，轉回身去推冷華庭的輪椅，二人一起出了門。錦娘不放心，也跟了出去，王妃留在屋裡勸著終於抑聲哭泣的二太太。

出門時，便聽到二太太哭泣著說道：「王嫂妳看，養兒有何用，竟然會為了一個下賤的奴婢如此頂撞於我，莫說我沒做，就是真做了，就算弄死個奴婢又算得了什麼，真是不孝啊，我的命……怎麼這麼苦呢？」

錦娘聽了嘴邊不由勾起一絲冷笑，心想，這還只是個開始，不好受的還在後頭呢！她加快腳步，很快便追上了前面二人。

第四十五章

素琴的屋子與玉兒所居差不多，也是一等丫鬟的住所，裡面一應生活用具也還齊全。此時素琴已經蜷縮在床上，一位老大夫正在給她把脈，錦娘忙湊過去看，那老大夫探了會子脈後才回過頭來，一看屋裡來了好幾位主子，神情便更加小心了。

冷華軒忙過去問他：「如何，可有性命之憂？」

那老大夫道：「確實是吃了不乾淨的東西，有中毒的症狀，但不會死，只是她原就體弱，還是得小心調養著才是，老朽一會兒就去開藥方，吃兩劑便會無事了。」

錦娘聽了總算鬆了一口氣。還好，人沒事就好，只是讓她痛苦了，還真是心不安。

烟兒正哭著端了盆水進來，看樣子想給素琴擦汗，一見冷華軒也來了，她眼裡便露出一絲憤恨，也不給他行禮徑直走到素琴的床邊，床邊還有一個四十多歲的婦人，一副廚娘打扮，正淒楚地抽泣著，看樣子像是素琴的娘，烟兒曾說過，她娘是二太太小廚房裡的。

見屋裡一下來了幾個主子，烟兒的娘頓了頓，還是起來行了禮，神態雖然恭謹，但看冷華軒的眸子裡仍有怨恨之色。

「小軒，她會沒事的，你……別擔心了。」冷華庭看著屋裡的景況，很是不忍地對冷華軒道。

冷華軒點了點頭，對烟兒道：「妳……以後別在太太屋裡做事了，換個地方吧，我怕……」

烟兒冷冷地抬眸，譏誚地看著冷華軒。「怕什麼，最多是個死，三少爺不必貓哭耗子假慈悲了，家姊也沒少求過你，你可有認真幫她想過一個妥善的安置法子？不過放任著，由她被太太折磨，救好她也是個死，救了又有什麼用處？」

那婆子聽了便喝斥烟兒一聲：「放肆，不要亂說話！」看向冷華軒的眼裡卻露出一絲鄙夷，接著道：「三少爺，您請回吧，這裡是下等人待的地方，容不下您這尊大神，奴婢全家……怕折了壽去。」

這話可說得夠尖刻的，看來，烟兒的娘也不是個好欺的軟柿子。嗯，東府裡還有好戲看呢。

冷華軒正要說什麼，就聽外頭傳來一連串的聲音。「唉呀，二嫂，妳府裡咋地這樣亂啊，我也是才得了消息，特意過來安慰妳的呢！」

說話的正是四太太，那話裡話外便是一副幸災樂禍的味道，一尋思，這四太太可是個唯恐天下不亂的主，她可是巴不得整個王府亂成一鍋粥才好。

屋裡，冷華軒聽了也是皺了眉。他最是煩四太太那人，尖酸刻薄不說，總是哪裡的事都想要插一腳，討厭得很。

想著出去怕是會更惹得她們笑，在這裡又引得烟兒母女恨，再看床上的素琴，原本美麗的嬌顏如今變得蒼白消瘦，她對自己一直就很貼心，是自己對不住她啊……以前跟她說過，那個孩子……她只要肯打了，待自己大婚之後，會抬了她做姨娘的，可她就是那樣倔，非要保著孩子……

不過，他現在的心情也很複雜，看著她的小腹一天天隆起，心裡就有一種異樣的感覺，很充實，也很有點甜蜜和驕傲，難道這就是做父親的感覺嗎？

他突然就很慶幸素琴堅持下來了。若真打了那個孩子，自己會內疚的吧，難道自己還不如她一個奴婢勇敢嗎？

這樣一想，他便對那婆子道：「容嬤嬤，妳也不用如此說，終歸素琴肚子裡的孩子是我的，我就會善待她，一會兒我就去稟了伯娘去，讓她替我作主，收了素琴就是。」

這番話一說出來，他便感覺終於鬆了一口氣似的，整個人也變得輕鬆起來。四嬸子她們要說啥說啥吧，以後，自己可就是要做父親的人，不能再遇事就躲了。

那容嬤嬤一聽，渾濁的雙眼立即就亮了。她先前那一番做派，無非也就是想逼三少爺肯擔當起來，這會子終於得了他這一句話，又是當著二少爺和二少奶奶的面說的，她自是喜出望外，忙俯下身就朝冷華軒拜。「謝三少爺，謝三少爺恩典啊，素琴……她有救了！」轉而又對著床上仍昏著的素琴。「素琴，妳聽到了嗎？三少爺……他終於肯收妳了。」說著就哽了聲，眼淚簌簌往下掉。

冷華軒看著也很感動。原來，擔起責任、讓人感激的滋味是很好的呢。

錦娘見了也終是鬆了一口氣，總算對素琴還有些幫助，心裡的愧疚便消減了不少。一轉眸，看到自己相公正定定地注視著自己，眼裡有著濃濃的關切和憐惜，錦娘心裡一熱，又感到一陣心虛。畢竟很少如此下計害過人，良心上還是有些過意不去的，雖說二太太很可惡，但素琴母子並無過錯，若真被自己害死了，那還真的夜不能寢啊。

「走吧，娘子。」冷華庭伸手牽住了她的，聲音輕柔地對她說道。

錦娘便看了冷華軒一眼，卻見他正靜靜地看著床上的素琴，根本沒有聽到冷華庭的話，便笑著對冷華庭點了點頭，推著他出門。

烟兒在後面跟著送了出來，錦娘心中一凜，這會子素琴沒事了，烟兒明兒不會再弄那個菱角啥的給素琴吃吧？吃多了可要壞事的，可這話要如何回還……

出了門，烟兒對錦娘和冷華庭又跪了下去。「二少奶奶，還請救救家姊。」

這回不只是錦娘，就連冷華庭也聽得一怔。方才冷華軒不是說過要將素琴收房嗎？那樣的結果應該是他們全家都想要的，怎麼這會子又來求人？

烟兒知道他們不解，深吸了口氣後說道：「二少爺、二少奶奶，方才三少爺在正堂裡與太太鬧的那一齣您們定也是看到了，三少爺性子向來溫吞得很，這還是第一次與太太頂嘴，又是為了家姊……奴婢怕啊……」

這話倒是說得有理，以二太太那性子，剛才已經被冷華軒氣得不行了，自己兒子是捨不得打的，但引得兒子跟自己頂槓的那個女子定然是她的報復目標，莫說素琴只是個丫鬟，就算她是正經的兒媳婦，弄得兒子來跟婆婆頂嘴吵架，也會讓婆婆恨上，總會找了茬子整治素琴的，可這個，自己又要如何去幫啊……

錦娘一時傷透了腦筋。總不至於還真把素琴弄到自己院裡去吧，她可是冷華軒的小妾，去自己院裡那算個什麼事，根本不可能。

見錦娘遲疑，烟兒又往地上拜，錦娘還正為利用了她和她姊姊而心存愧疚呢，這會子她一拜便更不好意思，忙去扶她，道：「妳說說看，要我如何幫她，只要我能辦得到，我會盡力想法子的。」

烟兒眼睛一亮，站起身來，小聲對錦娘道：「一會子三少爺若是求王妃時，還請二少奶奶幫幫家姊，府裡還是有莊子的，家姊這事畢竟不是很光彩，求二少奶奶對太太說，放了家姊去莊子裡吧，遠離這裡，反倒要清靜得多，一切都等孩子生下來了再說。」

錦娘沒想到烟兒有這見識，不由又高看了她一眼。這個忙，自己倒是不難幫呢，便應了，又自懷裡拿了十兩銀子來遞給烟兒。「妳家姊姊這是傷了腸胃了，以前那菱角啥的帶了寒氣，就不要再給她吃了，去買些別的補身子的東西給她補補吧。」

烟兒這回怎麼都不肯收，感動得雙淚直流。「二少奶奶，您昨兒已經賞了奴婢銀子了，今天這個奴婢真的不好意思再收，您……還是拿回去吧。」

冷華庭見了就不耐煩，對烟兒吼道：「讓妳拿著就拿著，囉囉嗦嗦地做什麼？走啦，娘子，娘還在屋裡等著呢。」說著搶了錦娘手裡的銀子往烟兒懷裡一扔，扯了錦娘就走。

錦娘還想跟烟兒說幾句呢，就被他扯了一個踉蹌。這可是在二太太院裡，太無形無狀了可不好，只好站直了身，幫他推輪椅。

兩人到了二太太屋裡才知道，不只是四太太來了，三太太也在座呢，難得這府裡的幾個主母全都到齊，妳一句我一句，正熱鬧著。

二太太再難保持平日裡那清冷淡然的模樣，此時臉繃得快要裂開一道口子。

錦娘進去時，正聽四太太在說：「要說二嫂，都懷了胎，妳也不能太狠心了，怎麼著也是王府的骨血啊，這邊府裡可是一個都沒生過呢，難得妳家軒兒先得了訊，也是喜事一樁不是，怎麼著也得留著啊，妳怎麼就下得去手啊！」

四太太也不怕得罪二太太，那話說出來就像尖錐子一樣，二太太氣得兩眼直冒火，偏她今天又有苦說不出，只能瞪四太太。

三太太聽了也在一邊附和。「我說二嫂，老四家的說的也在理。這小妾通房的，關起門來都是奴婢，大的咱都不管，那小的可是冷家的後代，若真懷的是個男孩兒，那可是王府裡的長孫呢！妳看堂兒媳婦、庭兒媳婦不都沒懷上嗎？庭兒媳婦且不說，年紀小，又是才過門兩月，沒動靜也是有的，可妳家軒哥兒有了，妳還……下這手，就是怕軒哥兒結不上好親事，也還有別的法子想的，那丫頭生了可以寄在未來主母名下就是，妳那兒媳還沒進門，就白得了個兒子，還不樂死去，更不會找妳吵了。唉，二嫂，這事妳可真的想得不周到啊，虧妳平日還以才女著稱呢，倒不如我們這些個了。」

二太太真的被她們氣壞了，鐵青著臉，半天說不出話來，那邊四太太又說了。「二嫂，妳若真不想要，那孩子生下來就送給堂兒媳婦吧，她一準會很喜歡。都嫁進來快一年了呢，一點信也沒有，也不知道能不能生。」

這話一轉，又扯到上官枚身上去了，估計這會子若是上官枚在，怕也會氣死去。三太太又要跟著說，王妃終是看不過去，忙改了口，轉了話題道：「老三家的、老四家的，妳們也難得到這府裡來一趟，且先別說這些個，不如咱們妯娌幾個打幾圈馬吊？」

三太太上回在王妃屋裡是贏了錢的，一聽這話，笑得眼都眯了，最先響應道：「好啊，那一會子二嫂備飯吧，咱們上午玩了下午接著來。」

二太太氣得快暈了，哪有心思陪她們玩馬吊，沈著臉沒說話，一時連王妃也覺得沒了面子，正好錦娘進來了，王妃便問錦娘：「方才妳看了，那丫頭怎麼樣了？」

錦娘笑著推了冷華庭進來，二太太屋裡的丫鬟拿了個繡凳給錦娘坐了，錦娘仍是挨著冷華庭坐著，對王妃道：「方才大夫看過了，說是吃了不乾淨的東西，有中毒症狀，幸虧發現得及時，已經沒性命之憂了，吃幾劑藥下去就會沒事的，娘，您放心吧。」

王妃聽了像是鬆了一口氣，四太太便唸了聲：「阿彌陀佛。」三太太也像是很高興的樣子，說道：「還好啊還好，這下軒哥兒該不會再鬧了吧。」

二太太眼神更加陰鬱，抬了眸，看了三太太一眼，那一眼陰寒如冰刀，讓三太太忍不住就打了個冷噤，縮了縮脖子，將身子都萎進椅子裡去了。四太太見了便是冷哼一聲，對錦娘道：「那大夫有沒有說孩子保不保得住啊？」

這錦娘倒沒聽，一時迷茫地看向冷華庭，可他根本不鳥她，兩眼望天，也不知道在看啥，二太太屋裡的樑又沒繡花，錦娘沒法子，只好實話實說。「這個……得問三弟才行，姪媳也沒聽見。」

四太太聽了便瞪大眼睛道：「會不會留不住啊？一定是的，那大夫怕是看著軒哥兒在，怕他聽了傷心，所以，沒說實話呢，唉呀，好不容易咱們府裡有了個孩子，竟然就……王爺和二哥回來會不會傷心喔，嘖嘖嘖，這事鬧得……二嫂，妳那樣精明的人，怎麼會犯這樣的錯呢，唉，女人啊，還是不能太不容人的好，妳看，三嫂就是個寬宏的。」

三太太聽了這才精神抖擻了下，但二太太眼神一掃，她又縮回去了。

二太太終於受不了四太太的聒噪，怒道：「老四家的，妳閒事管得可真寬，太閒了還不如管管妳那寶貝兒子，成天鬥雞遛鳥，沒個正形，文不成武不就的，四個府裡的子孫，最沒出息的就妳家那個了，說出去，沒得污了簡親王府的名聲。」

四太太聽了臉上一陣青一陣白。她就一個寶貝嫡出兒子，自小就嬌慣得不得了，像是得了三老爺的真傳似的，從來既不肯練武，又不肯讀書，天天就在外面胡混，確實很傷四老爺的神。但四太太多年就得這一個兒子，所以盡情嬌慣著，四老爺說他一句，四太太就會找四老爺鬧，於是兒子就越發地有恃無恐，越發地渾了，如今是比三老爺有過之無不及，早就成了親，那小妾通房的不知道拉了多少個養在家裡，如今更是玩上了孌童，讓個四老爺氣得差點吐血，二太太這話可也就正戳了四太太的痛腳，氣得四太太差點沒從椅子上蹦起來。

她深吸了好幾口氣，才斜了眼睨著二太太，冷哼道：「我的彬兒怎麼了？彬兒娶再多回屋裡，我也沒下手去害過一個，我可不像某些人，心狠手辣到甚至連自個兒的親孫子也害——」

王妃看這架式怕是她們兩個會吵起來，忙勸道：「唉，不是說來勸解的嗎，怎麼反而妳們還吵起來了？老二家的，老四家的也是好心，話是說利了點，妳也別生氣。老四家的，彬哥兒也是該管管了，前次王爺回來還說，他又打了誰家的小公子，總鬧到順天府去也不是個事，知道的，是彬兒小孩子心性愛玩，不知道的還說咱簡親王府在外仗勢欺人呢。」

這一番話是雙方各打了五十大板，二太太和四太太這才算勉強熄了火，只是仍各自互瞪著。三太太這回知道老實了，二太太那話裡話外的，在她聽來，那句句就是在說三老爺，她可不想再觸那霉頭了。

一會子冷華軒進來了，神色要比先前好了很多，眼神也恢復一貫的溫潤清明，只是細看之下，眼底多了一抹堅定。

他大步走了進來，先是給王妃和三太太、四太太行了禮，然後才又恭敬地給二太太也行了禮，老老實實地跪在二太太面前道：「娘，先前是兒子的不是，兒子不該無禮頂撞了娘，還請娘親饒恕兒子。」

這一番舉動讓整個屋裡的人都怔住了，先前還氣勢洶洶地像要跟二太太拚命的樣子，這會子又是彬彬有禮，成了孝順好兒子。錦娘坐在一旁就看怔了眼。這冷華軒應該可以去領奧斯卡了，多有表演天賦啊，一個人怎麼可以在同一天內變化那麼多？

二太太卻是被兒子那舉動弄得紅了眼，憋了一早上的氣，如今兒子終於來跟她認錯了，又正是當著三太太、四太太的面，把先前丟了的面子一下子就撿回來不少。不就是弄了個婢女嗎？人不風流枉少年，只要兒子不再和她置氣，比什麼都強。

只是不能就這樣輕饒了他，先前這個小畜生當著王妃的面就給自己難堪，不教訓下他，難消心頭之恨。

二太太拚命地板著臉，不讓自己臉上露出一絲的欣慰之色，抬起手就向冷華軒捶去。「小畜生，你、你差點就氣死為娘了，娘養了你這麼大，送你學文，你一肚子的書都讀到哪裡去了，竟然如此不孝啊……」

二太太一連就捶了好幾下，冷華軒生生地受著，一動不動，二太太終是捨不得自己兒子，又加之王妃在一旁勸慰，打了幾下後就停了手，將冷華軒扶了起來，看兒子眼睛也潮了，才一邊拿了帕子幫他拭淚，一邊說道：「哪個父母會不心疼自己的孩子？莫說為娘沒做那事，就是做了，也是為了你好啊，你……以後可得改了這倔性子。」

冷華軒聽著乖巧地點了點頭，等二太太說完之後，他又對二太太深深一揖道：「娘，兒子求您，讓兒子收了素琴吧。」

二太太原以為他想通了，不會再提這一茬了的，沒想到他竟是當著這一屋子的人面又提了出來，還說得如此正式，她若不應，怕是那幾個唯恐天下不亂的又會在邊上起鬨；若是應了，這與寧王府的婚事眼看就要成，冷婉可不是個能容人的人，還沒嫁過來，就要接受小妾的兒子，那還不得鬧翻了去，保不齊這樁婚事就要弄砸了，她與二老爺可是花了好大的精力才促成這樁婚事的，絕不能在這節骨眼上讓一個賤奴給毀了。

見二太太遲遲沒有回應，冷華軒又是恭敬地行了一禮，道：「求娘成全，素琴肚子裡已經有了孩子，兒子要給他們母子一個身分和交代。」

他這是在逼二太太答覆，那樣子似乎二太太一直不應，他便會一直求下去，二太太才稍感寬慰的心立即又被他弄得火冒三丈，冷了臉對他道：「這事容後再議，今兒娘不想說這個。」

冷華軒聽了又是一揖到底，顫了音道：「求娘成全。」

二太太再也忍不住，揚手就是一巴掌甩在了冷華軒臉上，怒斥道：「你放肆！」

頓時，冷華軒那俊逸白皙的臉上就出現了五個手指印，他猛然抬頭，眼神冰若寒霜，輕哼一聲道：「娘打得好，打得好，兒子不求您了，這屋裡長輩也不少，兒子求伯娘去。」

轉身，冷華軒一撩袍襟，對王妃直挺挺地跪了下來，納頭就拜。「求伯娘給軒兒作主，軒兒不想孩子出生就沒個正經身分，軒兒先前有錯，愧對素琴，如今素琴總算撿回一條命，軒兒作為男人，一定要擔起他們母子的責任來，求伯娘成全。」

王妃被他這一齣給弄懵了。怎麼這麻煩一扯就到了自己頭上呢？若是應了，必然二太太和二老爺會恨自己，若是不應，軒兒這孩子又說得情真意切，實在不忍心再去傷他的心，男孩子犯錯沒關係，知錯能改才是好的……

一時拿不定主意，王妃便看向了三太太和四太太，三太太被二太太的冷眼鎮壓著，縮了脖子不敢亂說話，四太太卻是冷笑道：「二嫂這兒子確實是比我教得好呢，知道要為自己的兒子討個名分。唉，我說王嫂，妳就看在那對可憐的母子身上，應了軒兒吧，妳說，一個沒名沒分的丫頭，大著肚子在這院裡過著，就算沒被弄死，怕也要被唾沫水淹死呢！人說救人一命勝造七級浮屠，總歸是行善積德的事，應了不會有錯的，一會子二哥回來，怕還會感激妳呢，這府裡，可還沒一個孫子輩的呢，二嫂也是不惜福，要是我有孫子了，我就會喜得樂上天去，哪還捨得下狠手去害啊！」

這話說著說著又繞回來罵二太太心狠手辣了，二太太氣得臉都紫了。兒子也不省心，竟然敢當著自己的面就去求王妃，這可是東府裡的事，東府內院就得她說了算，他這是當自己死了嗎？

王妃聽了四太太的話，目光微凝，看冷華軒眼都泛著潮，不由心也軟了，便去扶他。「軒兒，好孩子，先起來再說，這事伯娘先給你應著，一會子你爹爹和你王伯回來後，再問問他們的意思。若是他們都應你，我也不反對。」這話說得鬆活多了，留了不少餘地，雖說沒全應下，但總比二太太一口回絕了的好。

冷華軒剛要謝王妃，就聽二太太冷笑著說道：「王嫂，勞妳費心了，這事應不得，我家老爺已經請了媒婆送了庚帖去寧王府求娶婉郡主了，妳不要管這小畜生，他越發地沒規沒矩，膽大妄為了。」

王妃聽了這話臉上便沈了沈，心裡很是不豫。自己剛才也沒一口應死，留了那麼寬鬆的餘地呢，這二太太偏要當著老三家的、老四家的面讓自己沒臉，哼，這事自己也懶得管了。

她起身就要走，冷華軒眼疾手快地拖住王妃的腳。「伯娘，您不能走，求您幫幫軒兒！」

二太太氣急，抄起壁上掛著的雞毛撣子就向他抽去。「打死你這沒用的東西！你……你真真想要氣死為娘嗎?!」

她邊打就邊哭，冷華軒也不反抗，卻仍是拖著王妃道：「求伯娘開恩。」

王妃實在受不了二太太的囂張氣焰。冷華軒正在求自己，再怎麼也不能當著自己的面打人，這是半點也沒將自己放在眼裡。

她素手一揚，想要去抓二太太手裡的雞毛撣子，卻沒二太太勁大，反而被二太太抽了一下，頓時痛得她眼淚都出來了。

冷華庭一見，哪裡受得，搶了錦娘手裡的茶碗就向二太太頭上砸去，頓時二太太身子一僵，後腦上便被砸出了一個傷口，鮮血直流。她哪裡受過這種痛，以前看慣了冷華庭砸劉姨娘，她每每看著就幸災樂禍，沒想到自己這回挨了一記，一時氣極，回過頭，一雙眼睛如地獄陰魂一樣，直勾勾地瞪著冷華庭。

錦娘看著就是一顫，下意識便起身擋在冷華庭前面，對二太太道：「二嬸子，這可不能怪相公，相公最是看不得有人欺負母妃的，怕就是老夫人這樣了，他也會砸的。」

「姪媳這倒是大實話。二嫂，妳也忒大膽了一些，連王嫂妳都敢打，也怪不得小庭要發火了。小庭啊，就是個實誠孩子，又孝順，他哪受得了人家打他娘親呢，唉，就是換了我那不成器的彬兒見了，怕也會為我拚命呢。」說著，還對錦娘挑了挑眉，示意她正幫著錦娘呢。

錦娘對她微微一笑，也道：「多謝四嬸子，四嬸子最是明理了，相公就是孝順呢。」

幾個人說來說去，個個對二太太後腦流下的血視若無睹，無一人說要請個大夫找個人來包紮的，二太太身邊貼身的丫頭倒是急得不行了，忙過去扶住搖搖欲墜的二太太，又忙叫了人去請太醫，一邊又扯了塊布幫二太太包紮，一時間，屋裡忙亂一片。

冷華軒到底還是不忍心自己娘親被打，也不去找王妃求助了，忙從地上爬了起來，去扶住二太太，哽了聲音道：「娘……」

一聲才出，二太太啪地又是一巴掌打在冷華軒臉上。「滾開！小畜生！」

王妃也懶得再管，她的手背被二太太抽得腫得好高，痛死了。王妃也是身嬌肉貴，養尊處優慣了的，突然被打，實在覺得又冤枉又鬱悶，起了身，對錦娘道：「還待這兒做什麼？沒得討人家的嫌，回去，再也別管這檔子鬧事了，只是以後，有些人也少逞能，別人府裡的事更是沒分管。本妃好歹也是一府主母，怎麼由得你們如此放肆？怕是本妃往日裡性子太過柔和了，就任你們欺到本妃的頭上去。」

這話一出，二太太身子一僵，原本就頭痛欲裂、鮮血淋漓，更兼這一氣，身子便有些站不穩了。

三太太、四太太兩個也是聽得一噤。她們還是第一次看王妃發火，而且，這火還大得很，她們兩個可只是來煽陰陽火、看熱鬧的，若是引火自焚，那可就不划算了。

王妃帶著錦娘和冷華庭一走，她們兩個也緊跟著走了。

第四十六章

錦娘走到門口，便看到烟兒正探著頭往屋裡瞄，錦娘便將她一扯，拉到了一邊，小聲道：「怕是不成呢，三少爺和二太太吵起來了，二太太又受了傷，三少爺也挨了打，妳……好生守著妳姊姊吧，可千萬別又著了道。」

這話說得危險，一般主子也不會這麼著跟奴婢說，烟兒聽著眼淚就出來了，二少奶奶可真是貼心貼意地幫著自己呢……她一提裙子，又要下拜，錦娘看三太太和四太太也要出來了，忙扯住她道：「我先回去了，有什麼事，妳使了人，或者自己想法子去知會我一聲，能幫的，我盡力幫妳就是。」

烟兒也知道不能讓別人看見自己和二少奶奶走得近了，忙點了頭，機靈地順著小路走了。

三太太和四太太後來就追了上來，對王妃道：「王嫂，這手可腫得厲害了，得快些回去塗藥才是。」

王妃冷著臉點了頭，也沒說什麼，逕自帶著人走了。

三太太和四太太也不氣，等王妃走遠了，四太太才扯了三太太道：「我今兒可把二房給得罪死了，妳說的那股份可要記著給我呢，可莫要過河拆橋，一出這門，就給忘了。」

三太太忙拍了拍她的手道：「唉啊，老四家的，妳放心，這原是我家老爺應下的，不會有錯的，明兒妳就帶了人過來找他去便是。」

四太太臉上這才有了笑，邊走邊得意道：「莫說平日裡她也是太張狂了些，眼裡哪裡挾進妳我過？今兒也算是出了一口惡氣了，哼，她往日總巴著世子妃，以為那樣就可以一步登天了，也不想想，如今王爺正值春秋鼎盛，堂兒要承爵，那還不知得多少年呢。再說了，到底是個庶子，位置靠不靠得住還是兩說，以往她總攛掇著咱們對付正府裡，如今咱們也得學乖著點，別讓人當了槍使還不知道呢！」

三太太聽了也是撇了嘴道：「可不是嘛？妳說，她娘家人霸著城東那鋪子裡的股份多少年了，那賺的銀子怕是堆成山了去，昨兒我家老爺也就弄了一成銀子給庭兒媳婦家的大姊，她就鬧上門來了，指著我的鼻子就痛罵了一頓，還說我家老爺就是個廢物點心，只會敗家，說那鋪子不出三月，就得給虧敗光去，我呸，就她是能幹人，一天到晚頂著個才女的樣子招搖，誰也看不上眼，可她又比咱們兩個高貴到哪裡去呢，還不一樣守著一個府裡頭嗎？人家王妃都沒她那麼假清高呢。」

「可不是嘛？我也就是看不慣她這個……」

兩人親親熱熱地邊走邊說，一會子就離開了東府。

王妃帶著錦娘回了府，錦娘想著王妃的手受了傷，不好就此回自己院去，便跟著王妃進了屋，卻看到好陣子不見的王嬤嬤笑吟吟地迎了出來，看錦娘、碧玉扶著王妃的手，王妃又緊皺著眉，不免擔心地問：「主子這是怎麼了？」

王妃看到她還是勉強笑了笑，問道：「嬤嬤身子可是養好了？」

王嬤嬤聽了忙謝道：「謝主子關心，奴婢這身子早好了，在屋裡實在歇不住，又老是惦記著主子，就來了。」

王妃聽了便點點頭，王嬤嬤便接了碧玉的手去扶王妃。

路上，王嬤嬤就跟王妃說：「世子妃早就坐在您屋裡等好一陣了，那樣子可急了，您快些去看看吧，也不知道出了啥事。」

王妃聽著就加緊了步子，進門便看到上官枚如熱鍋上的螞蟻似的，在屋裡來回走著，一副六神無主的樣子，一見王妃進門，便撲了過來。「母妃，相公不見了，有幾日連個臉都沒露過，也不說帶個音訊回來，他身邊的長隨也沒跟著去……會不會出了啥事？」

其實上官枚自早就覺得不對勁，冷華堂一向很少在外面過夜，就是有事，也會先知會她一聲，可這次是莫名其妙就不見了人，她在屋裡憂急地等了兩日，劉姨娘如今又正被王妃關著，二太太那邊也盡是事，她連個商量的也沒有，心裡就七上八下，慌得很，左思右想，實在熬不住了，才來找王妃，或許會是王爺差相公做什麼事去了也不一定，問問總是好的。

誰知王妃卻是一臉的驚訝，反問她道：「他是何時出門的，妳竟不知道？」

上官枚也正納悶，大前兒晚上，明明相公是與她一起安頓了的，怎麼一大早起來就沒了人，又沒聽他交代什麼，問過下人，全都不知，所以她才急。

與王妃一說，王妃便皺了眉。她的手還疼著呢，上官枚只顧著自己急，根本就沒注意到她手上的傷，冷華堂又不是個三歲的孩子，身分又貴重，哪裡就能丟了去？於是便笑笑道：「許是他去哪裡玩了，不方便告訴妳吧，沒事的，他可是成了親的人，又不是小孩子，自己有分寸的，該回來的時候，他自是會回來。」

說著，便不願意再理上官枚，逕直回了內屋，她也實在是乏了，想歇會兒。

上官枚被王妃三言兩語打發了，卻沒聽到一句有用的，一時就怔在了堂中。錦娘本也覺得沒什麼，不過一想起孫玉娘那事，又覺得有蹊蹺。冷華堂那人看著一副謙謙君子模樣，怕也是個好色濫行之人，不然也不會與寧王世子們攪和在一起了，幾天不回，又是沒有半點音訊到府裡，怕是在外面藏嬌去了。

於是，她不緊不慢地走到上官枚跟前道：「大嫂，妳也別擔心，危險定然是沒有的，大哥可能真是玩去了吧。昨兒我大姊還說，寧王世子又約了幾個人去那什麼……什麼園玩了，大哥跟寧王世子關係可好著呢，保不齊，也是一起去了吧，說不定明兒就回了。」

錦娘特地將那玩字說得很重，上官枚聽得一怔，一直守在心裡的信念便有些搖搖欲墜。有了孫玉娘那事，她如今對自家相公的話也不是那麼相信了，聽錦娘這話裡有話，上回在裕親王府裡也聽孫芸娘說過，寧王世子最是無形孟浪了，莫非相公真的……

這樣一想，她的心情就由方才的憂急成了憤怒，眼圈一紅，就要哭出來，錦娘見了忙勸道：「唉，若說這事，咱們女人家也沒法子，哪個男人不好這一口啊？大哥又是神仙樣的人兒，那些個外頭的女人，又是沒臉沒皮的，就是大哥不肯沾染，怕也是受不住她們的勾引吧。我那二姊過不了多少日子就要過門了，她可是個火爆性子，若是……唉，大嫂，那時，只怕有得妳受啊。」

錦娘的話說得窩心，上官枚聽了倒是對她又改觀了一些。前兩天，兩人為了劉姨娘和幾個丫頭婆子的事鬧了些不愉快，沒想到錦娘還是個寬宏之人，瞧她這話裡話外的竟不是幫著自家姊姊，而是幫著自己，她心裡微微感動，只是那話聽著便是氣，冷華堂分明就是在騙她，一再保證兩人相處時的海誓，怕都只是哄她開心的謊言。自己進府近一年了，肚子仍無動靜，他又最是在乎那世子之位，只有生了兒子出來，那位置才能更穩一些，如今怕也是對她失了信心，便去找別的女人去了吧？一個孫玉娘還沒進門，明兒怕是又要多了好幾個孫玉娘來，真真氣死她了！

她拉了錦娘的手，哽著聲道了謝後，便僵著身子往外走。王嬤嬤正好從王妃屋裡出來看見，便追了上來道：「世子妃，方才王妃的手被傷著了，得趕緊塗藥，所以……啊，世子爺的事，奴婢幫妳去問問王爺吧，保不齊是王爺派了個差事給世子爺呢，他一忙，就忘了要回個訊了。」

上官枚如今什麼也聽不進去，錦娘先前那話像塊烙印一樣印在她心裡了，豈是這樣兩句能消磨得掉的，她也沒回王嬤嬤，仍是機械地走了出去。

冷華庭看著她漸去的背影，眼裡便閃過一絲戾色。他這幾日也尋了冷華堂好多次，派了冷謙四處都找過，就是沒找著，估計他是躲到哪裡養傷去了。不過，他心裡一直也有些懷疑，在他的印象裡，冷華堂不至於那樣無用才是，那天不過只有十幾招，自己就將他制伏了，倒地時，都沒有運氣沖關……阿謙說，冷華堂的身手與他不相伯仲……莫非……那人不是冷華堂？

正想著，錦娘見他神色有異，過來拉了拉他的手道：「相公，咱們回吧？」

冷華庭點點頭，將她的手握得更緊，正要走，王爺興沖沖地回來，一看冷華庭和錦娘都在，遠遠地就笑了起來。「小庭、小庭，爹爹今兒給你帶來個好消息。」

冷華庭興趣缺缺地看著一臉喜色的王爺，一副不願理睬他的樣子。

錦娘見了忙接口問道：「父王，是何喜事？看您這樣子，應該是對相公很好的事喔。」聲音裡帶著幾分嬌俏，王爺原被冷華庭那神情打擊的心情立即又好了起來。還是媳婦體貼，不過幾日，小庭對他又是一副冷冰冰的樣子了，唉，這兒子，什麼時候才能正常些呢？

「上回你們不是說，將作營拿了你們的圖紙製軸承車鏈嗎？今兒我稟了皇上，皇上也看了依那圖紙製作的東西，很是高興，咱大錦朝以後軍車上全都要用上，皇上對小庭的設計是讚不絕口啊！」

「是娘子的設計，我哪設計過什麼？」冷華庭沒聽到自己想聽的，對著王爺翻了個白眼，冷冷地說道。

王爺被他這樣子弄得想笑，伸手在他額上撫了一下道：「小庭，兒媳是女子，太過聰慧異常說出去可不好喔，反正你們夫妻一體，她的不就是你的？」

這話冷華庭愛聽，臉色總算好看了些，但不過只是個誇獎，他對這個沒興趣，頭一偏，想要讓開王爺的手，卻沒能讓得開，嘴便嘟了起來。「皇上說給銀子不？我們要一成的利呢，不然，我可要鬧到將作營裡去。」

王爺就知道他想聽的是這個，故意沒說在逗他，聽他果然問起，又笑了起來，又揉了揉他那烏青的髮，笑道：「給給給，皇上不但同意給你一成的利，還封了你一個將作營的副將呢，可是六品喔，你平日裡也不用去點卯，只在家裡就行，兒媳作了畫，爹爹我再拿去將作營給他們交差便是，一年裡有個兩、三幅畫對付就成。」

這話聽得錦娘一喜。一成的利，又是做在軍用馬車上……那錢可真是賺大發了，沒想到就兩個圖樣真能換來那樣大的好處，有了錢，她便可以跟相公搬出去單過算了，省得天天在這府裡，不是要防著這個就是要設計那個，煩都煩死了。

更讓她高興的是皇上封了冷華庭一個官，雖然看著有點兒戲，逗冷華庭開心的味道，不過，從這上面也可以看出，皇上對冷華庭印象不錯，而且也憐惜他，這倒是個好訊息呢。

冷華庭秀美的臉上也總算露出了笑意，仰著頭，一臉笑容地對錦娘眨眨眼，像做了好事，神情可愛又討打，錦娘忍著不讓自己笑出聲，卻聽王爺愉悅地大笑了起來。這天下最開心的事，莫過於看到庭兒臉上又有了舒心的笑容，連日來的奔波疲累也一掃而空了。

在屋裡歇息的王妃聽到王爺的笑聲，也自裡屋出來了，王爺一見，便也高興地將這消息告訴王妃。王妃聽了自是喜不自勝，看向錦娘的眸光裡，又添了幾分喜悅和愛憐，過來跟錦娘和冷華庭道：「今兒就在娘屋裡用午飯吧，娘親自給你們做幾個拿手菜去。」

王爺一聽，眼都瞇了，笑道：「啊，娘子，我也有好些日子沒吃到妳親手做的菜呢，我要吃那酒燜酥鴨。」

冷華庭一聽又翻白眼。「爹爹，那是庭兒喜歡吃的好不，你不要搶。」

王爺聽了又是哈哈大笑，連聲道：「好好好，不跟你搶，叫你娘多做一隻不就成了？難不成你還能吃上幾隻？」

屋裡氣氛和樂融洽，錦娘心裡也便舒暢了許多，這才像一家子的相處之道，為何偏偏要每日裡鬥來鬥去的？

一家人相處正佳，這時，王嬤嬤自內堂裡走了出來，一見王爺心情好得很，忙上來行了禮。王爺有些詫異，隨口道：「王嬤嬤，有好些日子沒瞧見妳了，可是病了？」

王嬤嬤忙屈身回道：「謝王爺掛念，奴婢腰扭了，年紀大了不中用，一歇就是小半月，今兒終於好了，又能侍候主子們了。」

王爺便笑笑揮手，示意她下去，王嬤嬤卻是來了一句。「方才世子妃在，心裡憂急得很呢，說是世子好些天沒回，音訊全無，急得眼淚都出來了。」

王爺聽得一滯，回頭不解地看著王妃，王妃見了便瞪王嬤嬤。這個王嬤嬤越發多事了。

王嬤嬤像是這才發現自己多嘴，神色一凜，縮著脖子退了下去。她這動作讓王爺的眉頭皺得更高，冷聲問王妃：「妳不想讓她告訴我嗎？娘子。」

王妃一聽這話就火了，沈了臉對王爺道：「妾身何嘗如此說過，原是想過一會子再跟你說的。哼，他又不是個三歲小孩子，成日裡也是左擁右護著，還能被劫了不成？你倒是為他來質問我了，他的事，你問他娘去，我不管。」

說著，一甩袖就要走。

王爺也覺得自己剛才說得有些過，忙伸手去拉她。「娘子，我不是那意思，妳……妳別妾身妾身的，咱們平日裡相處得不是很輕鬆的嗎？堂兒畢竟是世子，突然不見了說不過去啊，跟著的人總也得有個音訊傳來才是。」

「爹爹何不派暗衛去找就是，這事與娘又有何干？她一個婦道人家，難不成還能劫了他不成？」冷華庭突然截口說道，語氣冰寒如霜。

王爺聽得一怔，不怒反喜。小庭剛才那話聽著像個思慮成熟之人該有的話，這點讓王爺很是欣慰，他最憂心的就是庭兒的心性，總不能讓個只有十二歲孩子思維的人管著那麼大一樁生意吧？就是皇上也不放心呢，而錦娘再聰慧也是個女子，不能服眾的，還是得庭兒正常了，才能讓大家都放心。

「那小庭你說，得從何處查起？」王爺興趣盎然地問。

冷華庭聽了又翻白眼，脫口對他道：「他不是與二叔走得近嗎？自二叔那兒查起吧，指不定今天就能有結果呢。」

「他是與你二叔走得近，但你二叔平日最是端方嚴謹，他如此不著家，突然沒了音訊，你二叔定然是不容的，所以……」王爺沈吟著說道。

「所以你以為二叔若是知道定然會告訴你嗎？」冷華庭冷哼著，嘴角勾起一抹譏誚，將輪椅向前推開，一副不想要跟王爺待在一起的樣子。

王爺聽得一滯，大步跨向前，正色地問道：「小庭，你這是什麼意思？你……知道些什麼？」今天的庭兒很反常，全然不似平日那單純孤僻的樣子，難道他知道一些自己不知道的事情？

冷華庭聽了，唇邊譏誚之意更濃，淡淡地看了王爺一眼道：「我若說知道一些什麼，告訴於你，你又會信我幾分？走開，不要擋在我前頭，我要去娘親那兒。」

這下又變回不講理的樣子了。王爺真的有些糊塗了。他不知道小庭究竟是真的傻還是假傻啊，難道他只是在裝？難道他的腿真是別人動了手腳？小庭是因為要保護自己才裝瘋賣傻？

這樣一想，王爺又聯想到他方才所說的話來。小庭他……他一定是發現了什麼！

冷華庭這會子已經到了王妃跟前，看著王妃腫起的手，乖巧地問道：「娘親，還疼嗎？以後再不要管那邊那雜七雜八的事了，他們都不是什麼好人。」

王爺聽了這話才看到王妃的手受了傷，一看之下也來了氣，問道：「這是怎麼回事？」

王妃不想再說起在二太太屋裡的事，便搖了搖頭。「只是不小心碰到了，無事的。」

「被二嬸子打的，不過，庭兒把二嬸子的頭上砸了一個洞。娘親，她若再欺負妳，我把她額前也砸個大洞，讓她出來見不得人。」冷華庭卻是淡淡地說道，一副要保護王妃的樣子。

王妃見了便很是欣慰，鼻子一酸，眼裡就泛了潮意。庭兒這些日子以來，越發體貼孝順，性子也比過去溫和了好多，他幾次發脾氣砸人可都是在維護自己，唉，要是他的腿能好，那又該有多好啊……

一抬眼，見錦娘正靜靜地站在庭兒身後，清澈的眼眸裡盡是對庭兒的愛護與憐惜。庭兒……也是錦娘來了之後才變的呢，這個兒媳，還真是越看越喜歡呢，聰慧過人不說，膽識謀略都有，就今兒二太太屋裡那事，她怕是也摻和了些的，不然，以小軒那溫吞的性子，哪裡敢跟二太太那樣頂撞？

「弟妹怎麼會……打妳？娘子，她莫不是瘋魔了？」王爺一聽王妃的手是被二太太打的，立即火冒三丈。婉清可是自小便嬌生慣養的，就是自己都不捨得彈她一個指甲殼，二弟妹竟然敢打她？還有沒有王法家規了？

「來人，去將二太太和二老爺請來。」王爺氣得一揚聲，對屋外的小廝吼道。

王妃一聽，忙扯住他道：「算了，她也是不小心的，不過是打小軒時，我去勸，不小心錯打了我，小庭也把她腦袋砸了個洞呢，她如今怕是正躺在床上起不得身，算了吧，都是一大家子，何必去置這氣呢？過年時，大家還不要一起拜祠堂的？」

王爺也不過是做做樣子，想讓王妃不為先前他說的那句話生氣罷了，聽王妃這樣一說，他自是讓小廝罷了，不要再去。

可心裡還惦記著冷華庭先前說的話，臉上帶著一絲討好的笑對冷華庭道：「庭兒，爹爹聽你的，一會兒讓暗衛去跟一跟你二叔，保不齊你說的就是對的，真能查到你大哥的下落呢。」

冷華庭像是沒聽見似的，自顧自地握著王妃的手，幫她摸著那高腫的手背。王爺不由心裡一陣泛酸。小庭怎麼從來沒對自己這樣窩心過呢？

見他不說話，正要再問，冷華庭又冷不防地說道：「你不找也沒事，說不定過兩天他就自己回了，反正死是死不了的。」

王爺又被他這話弄懵了。「庭兒，你是怎麼知道的？咳，他是你大哥，不要死不死地說他啊，以後，他承了爵，還得要照顧你一生的。」

冷華庭一聽就火了，狠狠地瞪了王爺一眼，一轉身，自己推了輪椅就往外走，一回首，又拽了錦娘的衣襟，吼道：「還杵那兒做什麼？回去，待在這兒就煩！」

錦娘差點被他拽得趴下，好不容易才穩了身子，忙幫他推著輪椅往外走。

王爺被冷華庭推得一個踉蹌，虧他也是有功夫的人，冷華庭一氣之下的力氣大得很，讓他也是沈了氣才沒被推倒，卻是對兒子這樣莫名其妙的發火有些不豫，大步走到冷華庭前面攔住他。

「小庭，你越發不像話了，怎麼能對爹爹我也動手呢？而且，堂兒是你大哥，爹爹最是不喜看到兄弟相殘的事情發生，你心裡對堂兒定是有什麼誤會，或是你……怨恨他得了你的世子之位，所以，對他心存不滿，庭兒……」

「父王！」錦娘再也聽不下去，大喊一聲道，清澈的眸子裡滿含憤怒。

王爺聽了更是火，兒子對自己不尊重也就罷了，媳婦也敢對自己大小聲，不由怒道：「我在跟庭兒說話，妳插什麼嘴！」

那邊王妃聽王爺的話說得重，像是動了真氣，忙過來勸道：「你不知道庭兒是那脾氣嗎？別跟他置氣，他的腳……都成那樣了，心裡自是難受的，你就……」

王爺聽了正要說什麼，卻又聽冷華庭吼道：「你怎麼說我我不管，但你不能罵我的娘子，不許！」冷華庭氣得額頭青筋直冒，鳳眼裡全是怒火。

王爺聽了更是氣，但看他推著輪椅的手都在抖，心裡便又升起疼惜，又聽王妃那樣一說，更是難過。剛才自己那話還是說重了些，怕是傷著庭兒了，難怪錦娘都會生氣，她也是護著庭兒呢……

可面子上一時又過不去，畢竟居高位慣了的，就是皇上也沒對他如此大小聲過，於是語氣仍是僵硬。

「你……你怎麼為了她來吼爹爹？你……你太過分了。」氣勢卻是弱了好多。

王妃連忙扯住他道：「小庭就這性子，平日裡府裡其他人就容不得他，你這做爹爹的也容不得？他為何會變成這樣？還不是你當初——」

王妃話還沒說完，王爺便洩了氣，輕聲對王妃道：「娘子……別再提以前的事了，我……不說庭兒就是，只是，庭兒，別的爹爹倒是能依你，你們兄弟兩個一定不能鬧不和，這會讓家宅不寧的。」

錦娘氣得冷哼一聲。王爺像是一個合格的父親嗎？自己的嫡子受了多少苦，他難道不清楚？這整個王府烏漆抹黑的，哪一天就是和樂安寧的？竟然讓冷華庭與冷華堂和睦相處？冷華堂是那善茬嗎？他不想著法子陰害冷華庭就不錯了，自己進府才兩個月都能感覺得到，王爺……他……

錦娘氣得再也顧不得許多，擋在冷華庭前面，深吸了一口氣，儘量讓自己的聲音變得平穩一些，眼裡卻怎麼也掩飾不住燃燒的怒火，定定地看著王爺道：「父王，您方才說，希望相公與大哥兄弟和睦、兄友弟恭，不然會家宅不寧，可是兒媳想問您，這府裡幾日又是清靜過的？若真是那和樂安寧的府第，相公又怎麼會變成如今這副模樣？為何您沒有想過，相公為何會莫名其妙地發怪病，又為何會癱了雙腿？您才說，相公對大哥有怨，是因大哥得了世子之位而相公不滿，試問父王，若當年相公不是世子，他也會得那一場怪病，會廢了這一雙腳嗎？」

一連串的質問，問得王爺啞口無言。他雖怒錦娘的不敬，但她所言句句如尖刀一樣正戳在他心口之上。庭兒的病他不是沒有懷疑過，他也仔細查過，但並未發現任何的蛛絲馬跡，何況當年小堂也才十三、四歲，一個十幾歲的少年又能做什麼呢？莫非……真像庭兒說的，與老二有關？

當年，自己正與王妃鬧得厲害，王妃發了氣就住進宮中別苑，與劉妃娘娘在一起不肯回府，他又誤會婉兒對自己不忠，好不氣惱，那心思就全撲在王妃身上，根本沒有顧著府裡。可是沒想到庭兒突然就發病了，而那時老二好像是跟堂兒走得近，而且，這麼些年來，老二對堂兒的關注似乎也超過了一般的叔姪，原以為他只是用心輔佐下一任王府繼承者，而他又是博學之人，有他相助，對堂兒的學識也有幫助，所以……

可是，庭兒說得真有幾分道理啊，老二年少時便心機深沈，曾經也動過搶世子之位的心機，只是老太爺那會子手段嚴厲得很，很快就看穿了他的心思，也掐斷了他的想法，自己才能順利承爵……

莫非，他那心思從來就未熄滅過？但堂兒也是自己的兒子，堂兒承了爵，對他也沒多大的好處可得……

只是這念頭一起，便在心裡烙了個印，糾結著，很難消磨。

興許，庭兒說的是對的，自己以前查的方向就錯了呢。

錦娘見王爺臉色先是極黑，後又陷入沈思，想來自己冒著大不諱說的這一番話見了些成效，正要繼續再說，冷華庭將她一扯，對她翻了個白眼，錦娘立即明白了他的意思，忙推了他往外走。

王爺畢竟是長輩，又是這府裡身分最高之人，剛才自己那一番質問雖說占了個理字，態度確實無禮，但王爺既是肯不再計較，自己也就得給他一個臺階下，若再說下去，王爺臉上必是掛不住的，所以相公才扯了自己走。

剛走出門不久，便看到王嬤嬤自偏房裡出來，像是向後院去，她不由多看了一眼。那後院不是王妃關著劉姨娘的小黑屋子嗎？王嬤嬤這是要去做什麼？

她不由腳步就放慢了些，冷華庭不解地回頭看她，錦娘便俯下身，在他耳邊道：「娘屋裡定然有不少老鼠，咱們幫她捉隻大的出來好不？不然，一點事都瞞不住，總有人搞鬼，連說幾句體己話都不行呢。」

冷華庭聽了便順著她的目光看去，只看得到王嬤嬤拐進後院門的一片衣角。他勾住錦娘的脖子，也在她耳邊說道：「那咱們就去那邊看看風景吧。」

天寒地凍的，能有啥好看？不過錦娘也知道他的意思，便推了他往那邊大樹下去。

不過半盞茶的工夫，王嬤嬤便從那後角門又轉了回來，自偏房的門又進了屋裡，但不過幾分鐘後，便聽到一聲淒厲的哭喊——

「堂兒……我的堂兒啊！放我出去，我要找堂兒，王爺……王爺，咱們的兒子是不是出事了啊？」

那聲音正是從後院小黑屋裡傳出來的。王嬤嬤果然是去送信了。王妃將劉姨娘關了兩日，定然是沒有告訴王爺的，劉姨娘正好趁著王爺在家時鬧，好減了刑罰，又可以在王爺這裡裝柔弱，博得王爺的憐惜，還可以乘機告王妃一狀。這個王嬤嬤，她究竟是站在誰的一邊？不是服侍過王妃很多年了嗎？怎麼能出賣王妃呢？

劉姨娘那哭聲太過淒哀，聲音又是拔高了好幾度的，王爺就是個半聾子也能聽到了。

錦娘便推了冷華庭往回走。這一齣戲，她要看王嬤嬤在一邊怎麼陪著唱。

王爺正在詢問劉姨娘的事，卻見錦娘推著庭兒又回來了，不由有些詫異，冷華庭卻是神色自若地對王妃道：「娘，妳說要做酒燜酥鴨給庭兒吃的，庭兒不回去了，要吃了再走。」

王爺倒是把這一茬給忘了，先前兩父子還為這道菜爭來著，唉，怎麼一下子又吵起來了呢，庭兒可是好不容易肯對自己親近些的……

「小庭快進來，你娘可是難得進廚房一回呢，咱們父子一會子還喝一點酒，好久沒有和小庭一起用過飯了，爹爹還真是懷念你小時候呢。」王爺的話語裡聽不出半點不豫，似乎剛才的衝突根本就沒有發生過一般。

王妃原也是黑著臉的，這會子見到小庭和錦娘進來了，也是緩了臉色，對小庭道：「是啊，小庭，娘這就去給你做菜去。」說著又看了錦娘一眼，錦娘立即明白她是想讓自己陪著進廚房呢，看那樣子，像是有話對自己說。

這時，王嬤嬤又自後堂走了出來，見王妃要去廚房，忙笑道：「唉呀，主子是要做鴨嗎？方才奴婢去看過，購物單子上只寫兩隻鴨子，怕是廚房做了別的用處，這會子沒備得有貨呢。」

這個購物單正是錦娘管家條陳裡列出管理廚房採購一事的，每日裡廚房管事問過王妃或是王妃身邊的貼身人，如碧玉、青石、王嬤嬤等，看王爺王妃想用些什麼吃食，就購買什麼吃食。管事列好單子，再讓那幾個貼身之人蓋個印信，再留下作為查帳的憑證，這樣一來，廚房裡的人便不能隨便獅子大開口，隨意採買一些根本就用不到也吃不了的東西，這樣既減少了浪費，又讓那些想以此撈些好處的人無處下手。

但每日裡，基本也會相對多採買一些以備不時之需，沒想到，王嬤嬤會拿這個說事。這個王嬤嬤真是越發地挑事了，她究竟意欲何為？她可是王妃身邊最親近貼身之人，也是王妃最為倚仗信任之人，她便沒有想過，她該是王妃的附屬，王妃一旦不得勢，她便無所依仗了嗎？

果然王爺聽到這一句大為驚詫，更有些惱火。堂堂一個簡親王府，竟然想吃隻鴨子還要臨時去買？適才劉姨娘在那後院裡大喊大叫的，她如今怎麼著也是個側妃，又是世子的親娘，王妃竟然將她關了起來，王妃她如今……究竟是怎麼在管家？王爺有些嗔怒地看了王妃一眼。

王妃見了眉頭就皺起來，聲音也是不豫。「嬤嬤，妳可是去廚房看過，今兒明明我吩咐廚房多買了些食材的，怎麼會連兩隻鴨子都沒有？」

王嬤嬤臉上便露出一絲陰笑來，躬身應道：「啊，原也是有一、兩隻，只是方才說是少爺和少奶奶要留著用飯，奴婢便吩咐廚子們下手做了，做的是燉鴨，想著少奶奶身子不好，有體虛宮寒之症，給她補補呢。」

王妃一聽，肺都要氣炸。這個老貨，今兒也忒多嘴了一些！錦娘體寒有不足之症一事，王妃一直瞞著沒有告訴王爺，便是怕他有別的想法。庭兒性子怪，若真給他弄個通房小妾啥的放屋裡，怕又要生出許多麻煩和是非出來，她竟然……當著自己的面把這事透給王爺聽，她想做什麼？

第四十七章

果然，王爺聽得一怔，看向王妃。「錦娘這孩子……有這病？當年宮裡那位陳貴妃娘娘可是也有這病，結果一生未育……」轉頭看錦娘的眼光便很是複雜了起來。

這個媳婦並不差，但是，庭兒已是身有殘疾，若再無兒女傍身，將來的日子可怎麼過呢？這事可得再費些思量，只是王妃明知此事如此重大，竟然會……

「妳下去，這裡不用妳侍候了。」王爺正思量著，就聽王妃冷冷地對王嬤嬤喝斥了聲，他心裡便不豫了起來。她這是在怪王嬤嬤不該透了風給自己吧。

王嬤嬤臉色僵木地下去了，只是眼角那抹得意仍是讓錦娘瞧見。錦娘心裡倒是坦蕩得很，這事早就成了府裡公開的秘密了，只是王爺太過粗心大意，對府裡的事不問究竟，上回平兒、珠兒之死，原就是因為在自己藥裡動了手腳，王爺若是精明，早該查問清楚了才是，是他自己想要為冷華堂夫妻遮掩，以至於什麼事都巴不得快些揭過就好，如今倒是為自己這病生怒，他可真的不是一般的糊塗呢。

王爺面色沈鬱地坐在屋裡，倒是沒有再當著冷華庭和錦娘的面說王妃什麼，只是一看他那樣子，便知道心中有氣。

王妃也沒解釋，想著一會兒等庭兒兩個走了後，再與他說清就是，不過，他剛才為了劉姨娘跟自己吼，那態度太過惡劣，她一時也不太想跟他說話，若非小庭兩個在……哼！

王妃逕自去了廚房，王爺坐在堂裡更是氣，錦娘看著也跟進了廚房，冷華庭就與王爺對坐著。

王爺氣無處可消，便將屋裡侍候的人全都轟了，對著暗處打了個手勢，果然進來一名侍衛，原就是貼身保護他的。「去，找幾個硬茬一點的，跟著二老爺，看看能不能查到世子的下落。」

那人走後，屋裡就剩下王爺和冷華庭父子兩個，王爺一臉鬱氣，但對冷華庭仍是想保持一副慈父的樣子。他先前說了幾句重話，這會子還是想回還過來。「庭兒，你看，爹爹照著你的意思去做了，開心吧？」

冷華庭翻個白眼，撇了撇嘴，很不耐煩地說道：「若是你能將他那層外皮揭了，露出他的本來面目，我才開心呢。」

王爺聽著就不高興，卻仍是耐著性子勸他。「唉，你一定對堂兒有所誤會的。我可是注意過，他對你一直很好，有好東西第一個想的就是你，對你幾乎是百依百順呢，你成日對他冷淡得很，他也沒對你介意過，小庭，你們就兩個親兄弟，得和睦相處了才是。」

冷華庭見他又扯這話，更是煩躁，衝口對他道：「今兒你若找到他，我必讓你在他身上看一些東西，讓你明白，你眼裡的好兒子究竟是個什麼東西！」

王爺聽得一怔，原本不太堅定的信心這會子更加動搖了，一把拉了冷華庭的手道：

「你……真知道他做過什麼？庭兒，要真如此……要真如此……爹爹……」

若真是堂兒對庭兒下過暗手，難道就真要處置了堂兒嗎？自己健全的兒子可就那麼一個了……唉，不行，或許這正是老二下的套呢，設計讓自己兩個兒子生了怨，他好從中得利，他就是巴不得自己沒個好兒子承爵……哼，再怎麼也輪不上他兒子的。

一時，王爺想想就覺得煩。堂兒就算有什麼，怕也是老二唆使的，明兒真查出什麼來了，堂兒的事得壓上一壓，但是老二嘛……可不能讓他再出么蛾子害自己的兒子了。

「你會如何？你什麼也不會做，仍是會姑息於他，對吧？」冷華庭冷笑著截口道。「你怕沒有好兒子承爵，你天天對我好，不過是心中有愧，其實心裡還是以我為恥的吧！你堂堂簡親王，竟然有一個殘疾的兒子，這事定然讓你很覺得沒臉。」

這話說得王爺好不惱怒。庭兒句句椎心，但又讓他心中傷慟，庭兒他……竟然如此懷疑自己對他的感情，自己何曾嫌棄過他一絲一毫，這麼些年了，為了他的病四處奔波，想盡辦法也就是想要醫好他，可是在他心裡，自己原來是那樣的人……

王爺臉上一陣紅一陣白了起來，心痛如絞，想要發火，卻瞥見冷華庭眼裡的一抹譏誚，突然醒悟，庭兒如今話說得有條有理，且思慮深沈，哪裡是孩童心性之人所能談出的？庭兒真的不是半傻子！他既是不願在自己跟前裝了，那定然也是對自己有了信任，才會說出這番話來……

「庭兒，你倒說說，你究竟知道些什麼，告訴爹爹，若真是有人害你，爹爹會盡力幫你。」王爺這話不過是想讓冷華庭多說幾句，好再分析他的腦子是否真的恢復正常。

「知道也不告訴你，空口無憑，說了也沒用。」冷華庭冷冷地對王爺道。他確實不想再在王爺面前裝了，這個父親真是越發糊塗了，他得在王爺手裡接些力量過來。有些事情，光自己的那些人還是不夠的，但自己若總是個傻子模樣，王爺也不會將人手交給自己……

這話聽著雖是讓人光火，但也很有道理，空口無憑，王爺越發覺得冷華庭的腦子清明得很。

「你把暗衛調派一些給阿謙管著，我要查些事情。你總是在朝堂裡忙著，也沒那麼多的精力來管府裡的事，導致這府裡如今亂七八糟的，我替你清理清理，至少，少了些陰暗事來惹你心焦也是好的。」王爺正在思慮著，冷華庭又淡淡地說道。

王爺終於驚得自椅上站了起來，心情格外激動。「庭兒……我的庭兒，你真的……真的變好了，不再是……」一伸手，他就將冷華庭抱進自己懷裡，哽了聲道：「爹爹心痛心愧了六年，還好、還好，你至少不是個半傻子。你不知道，當別人說你是傻子時，爹爹的心有多痛，你可是爹爹唯一嫡出的孩子啊，爹爹怎麼會嫌棄你？你……唉，算了，不說這個，你打小就是最聰明的，你肯幫爹爹那是再好不過的了，好，爹爹聽你的，將一半的暗衛調給你，只是……你可不能隨便動你大哥……就算是查出他有那不軌行為，你也一定要先忍著，他……是你親哥哥，爹爹不想你們任何一個有事，好嗎？」

冷華庭聽了這話也很是無奈。王爺對他的感情他怎麼不清楚，不過是故意氣他罷了。王爺王妃兩個都是糊塗蟲，看著精明，實則耳根子軟，容易輕信旁人的話，而且……活了幾十歲了，竟然比自己想事還要簡單，唉，碰上這樣的父母，真不知道是自己的幸還是不幸了。

他的手微微抬起，半晌，還是輕輕地拍了拍王爺的背，安撫王爺道：「爹爹，我從來就沒傻過，只是……沒辦法。算了，我跟你說，你也不會信我，我會給你找出證據來，讓你看看某些人曾經做過什麼事，讓你明白，我這麼多年不得不裝傻子的苦楚。」

王爺聽了更是愧痛，鼻子一酸，終是濕了眼，將冷華庭擁得更緊了。「庭兒，爹爹對不起你，對不起你啊……是爹爹無能，沒有保護好你，爹爹信你，你去查吧，查出什麼來，爹爹給你作主。」

王爺這話，冷華庭也只能信一半，倒不是說王爺在騙他，而是因為王爺對冷華堂的感情，就算查出當年之事與冷華堂有關，王爺也只會懲治了相關的人，對冷華堂，不會太下狠心的。

不過，總比以前被冷華堂虛假地騙著好吧……

「爹爹，庭兒不傻的事情，你一定要保密，可是不能讓別人知道了，不然，他們耍起陰來，庭兒怕是連命都會丟了去。」這話得先給王爺交代好了，他還想用這傻子身分多做些事情。

王爺這點見地還是有的。庭兒一裝六年，定然是有不得已的苦衷，他強抑制心裡的喜悅，說道：「爹爹知道，放心吧，爹爹沒那麼糊塗的，只是……你娘親可是知曉？」

冷華庭聽了這話，臉上閃過一絲愧色，輕聲對王爺道：「娘不知道，庭兒只告訴爹爹一人，娘親她……太過溫厚，又單純得很，我怕她沈不住氣，會給庭兒穿幫呢。」

王爺聽這話就覺得熨貼。兒子心裡最信任的人還是自己呢，正想再說點什麼，就聽劉姨娘又在後院裡大哭起來，王爺不由皺了眉頭，嘟囔道：「你說得也沒錯，你娘是越發糊塗了。劉姨娘雖說是個側室，可也是那麼一大把年紀的人了，怎麼就把她給關起來了呢？怎麼說也是堂兒的娘呢，這事傳出去，堂兒在外面可難抬得起頭來。」

冷華庭聽了便在心裡嘆氣。王爺對冷華堂始終也是疼愛的，唉，就算將來查出冷華堂害自己的證據，想要靠王爺，那還真是靠不上，只能靠自己了。

「不過是教訓教訓姨娘而已，那日姨娘指著娘親的鼻子罵娘親呢，還說娘親與她是親姊妹……」只點一點緊要的出來，王爺就應該會明白的。

果然王爺一聽這話就沈了臉，怒道：「怪不得你娘生氣！哼，真是不知死活的東西，在這兒吵著煩！」一揚聲，對外面的人道：「去幾個人將劉姨娘拖到她自己院裡去，讓她禁足一個月不許出來。」

冷華庭聽著就笑了。王爺這是在他面前耍小手段呢，這話聽著像是在罰劉姨娘，實則是在給冷華堂留面子。關小黑屋和禁足可是兩碼子事，與其說罰，不如說是在放，算了，讓他去吧，反正劉姨娘也挨了頓打，又關了兩天了，再禁禁足也好，至少一個月內自己不用看到那張醜臉了。

錦娘跟在王妃身後進了廚房，一進去，便看到劉婆子正在廚房裡做著事，不由一怔，看了王妃一眼，王妃訕訕地笑了笑道：「她也知錯了，又是為娘娘家的陪房，唉，只要改了便成，娘就還是讓她在屋裡當差。」

錦娘聽了只好說道：「娘可真是心善，說得也是，誰能無過呢？改了就好啊。」原是想跟王妃說下王嬤嬤的事的，看來又說不成了，這劉婆子可是王嬤嬤的親戚呢，只好作罷了。

碧玉見了，便碰了碰錦娘的手，眼睛朝廚房外使了使。錦娘瞥眼看去，就看到王嬤嬤正站在偏房處靠著門，她心中一凜。那門後不就是正堂嗎？她站在那裡……是想要偷聽王爺和冷華庭的對話？

她忙走了過去笑著對王嬤嬤道：「嬤嬤，您身子才好，靠著門站著也不怕著了涼嗎？」王嬤嬤正聚精會神地聽著正堂裡的話，錦娘突然出來，嚇了她一跳，微胖的臉上立即閃過一絲尷尬，強擠出一絲笑說道：「唉，可不是啊，才走到這裡時，有些頭暈，所以就靠著站一下，穩穩神呢。」

也不知道她站在那裡多久了，有沒有聽到堂裡的談話？錦娘心裡不由警惕起來。冷華庭幾次在王爺面前說話很正常，沒有裝，她便有些明白，他怕是想給王爺漏些底……至少是告訴王爺他不是個傻子，但這事絕對不能讓王爺以外的人知道，不然……

錦娘心裡突然擔心了起來。這個王嬤嬤若將這事傳了出去，自己和相公定會又有危險。得讓這個婆子說不出話來才好……可是，要如何能做到呢？靠王妃嗎？或者……

錦娘笑著走到王嬤嬤身邊，裝作親密地扶住王嬤嬤的腰，笑道：「唉呀，嬤嬤不會也是氣血兩虛吧，定然是眩暈症呢。唉，我正懂得一點推拿之術，妳快快來，去耳房裡，錦娘幫妳推拿推拿吧。」

說著便按住王嬤嬤腰眼，半扶半推地往耳房走，王嬤嬤哪裡肯，可只覺得少奶奶按得她腰動彈不得，只能機械地跟著走，忙說道：「不用、不用，奴婢哪裡受得起啊，少奶奶，您去陪王妃吧，主子正想教您做菜的手藝呢。」

錦娘聽了笑道：「不急，那事以後也學得，還是妳的身子最重要，妳可是娘身邊最得力的，少了妳，娘可要多操勞好多事呢。我得幫妳按摩按摩，讓妳早日好起來。」

王嬤嬤還在要推辭掙扎，錦娘便加了勁，拽起她來。碧玉看了目光一閃，便也笑著走了上去，扶住王嬤嬤另一隻手，幫著錦娘將王嬤嬤往耳房裡拖。

王嬤嬤也感覺出了不對勁，哇哇大叫了起來。「妳們……妳們這是要做什麼？我好了，不用妳們扶！」

正好就到了耳房門口了，錦娘加了一把力氣，將王嬤嬤往屋裡一推，碧玉跟了進去，隨手就關了耳房的門。

王嬤嬤見了更是驚惶，尖聲大叫起來，這時，王妃終於聽到了這裡的動靜，轉了出去看，走到耳房門前喝道：「奶媽，妳又怎麼了，大喊大叫做甚？」這個王嬤嬤越發不著調了，今天幾樁事做得就很是討厭。

王妃一轉頭，沒看到錦娘，心裡慌了起來。王嬤嬤不會對錦娘怎麼樣了吧？忙又喊：「錦娘，妳在哪裡？」

這時，碧玉自耳房裡閃了出來，對王妃道：「王嬤嬤又閃了腰，少奶奶正幫她推拿呢，嬤嬤受不得痛，就大喊大叫。」

王妃這才放了心。錦娘這孩子也真是，不過是個奴婢，幹麼親自去動手服侍，沒得累了自己還不值得呢。她正要再說幾句，又聽屋裡王嬤嬤亂叫。「王妃救我，少奶奶她要……她要害人……」

王妃聽得心中一凜。這話聽著可磣人呢，王嬤嬤雖說是越發討厭了，但畢竟是自己的奶媽，真被錦娘害死了……不對，錦娘為何要害她？這個老貨，想誣衊自己兒媳的名聲，她是不想再幹了吧?!如此一想，王妃便要推門進去，碧玉忙道：「少奶奶手重了些，嬤嬤就亂嚷，唉，可憐少奶奶一片好心呢……」

王妃聽著也是。這時，劉婆子也聽到了外面的動靜走出來，王嬤嬤的叫聲讓她心驚肉跳。少奶奶想要做什麼？

忽然，屋裡傳出一陣乒乓之聲，碧玉聽得心裡一驚，少奶奶身嬌體弱，怕是制不住王嬤嬤呢，便再也顧不得許多，打開了門。王妃抬眼去看時，心都跳到嗓子眼上了，只見錦娘捂住後腦，湖綠色的襖裙上一塊塊斑斑血印，王嬤嬤手裡正拿著半截破花瓶。

這場面讓王妃差點沒暈過去，大喝道：「奶媽，妳好大的膽子！」

碧玉立馬跑了進去，一把扶住錦娘。「少奶奶、少奶奶，您……您沒事吧？」又轉過頭對王嬤嬤道：「嬤嬤，少奶奶可真是一片好心呢，妳就是再痛，也不該下手傷她啊，啊，莫非妳想要謀害少奶奶？」

王嬤嬤也是驚呆了，喃喃地分辯。「沒有，奴婢沒有想要殺少奶奶，是少奶奶想要……」

「啪」！王妃怒不可遏地打了王嬤嬤一耳光，眼淚都出來了。「妳……妳今日是瘋魔了不成？先前胡言亂語也就罷了，竟然敢……敢對我兒媳下手，妳說，是不是得了別人的好處了？來人啊，將這老貨拖出去！」

錦娘的頭上確實開了一個小口子，不過，是自己引得王嬤嬤下手的。她將王嬤嬤按在矮櫃上，原就存著這心思，故意拿了花瓶作勢要砸她的頭，王嬤嬤果然掙扎得厲害。人在生死存亡之際，很多顧忌就會忘了，她一把就將那花瓶搶過去，砸在了自己的後腦上。唉喲，這老東西的手勁還真大，真存了心要殺自己呢……

王嬤嬤被王妃一巴掌打懵了，再聽王妃說要讓人將自己拖出去，嚇得魂都飛了，一把撲到王妃腳下，抱住王妃的雙腿。「不能啊……王妃，奴婢沒有、沒有想要謀害少奶奶！王妃，求您放過奴婢吧！」

王妃心中又氣又痛，王嬤嬤陪伴她幾十年，幾十年相依相伴，生活上無微不至的關懷……那點點滴滴的情感浸入了骨子，早就比一般的親人還要親近了，如今王嬤嬤竟犯下如此大錯，教她如何不心痛？又如何狠得下那個心去親自下令打死她？別說是個人，就是養一條狗，年份久了，也是捨不得的啊，何況還是自小就照顧自己的奶娘。

王嬤嬤一直抬著頭細看著王妃臉上的神色，見她眼裡閃過一絲不忍，忙哭著求了起來。「王妃，奴婢可是自您出生起就服侍著您的，奴婢對您最是忠心耿耿，又怎麼會去害少奶奶呢？奴婢方才只是誤會，奴婢年老昏聵，奴婢不知道自己做了什麼，奴婢去給少奶奶陪罪，求少奶奶饒恕奴婢……」

說著，她又撲到錦娘身邊。碧玉正拿了白淨的紗布在給錦娘包紮，其實那口子也不深，只是因為錦娘先前正在用力，正是血流得旺的時候，當然出血就多了，看著很磣人，這會子碧玉先給她塗了些止血藥，又給她包了，倒沒感覺太痛。見王嬤嬤撲過來，她本能地閃開了一些，低了頭看王嬤嬤。

「少奶奶，奴婢知錯了，奴婢不是真的想要打您啊，奴婢只是——」

「娘，您且先息怒，她都那麼一大把年紀了，您真要將她拖出去打，她這老身板定是扛不住的。」錦娘見王嬤嬤還要拉三扯四，忙截了口道。

王妃正心有不忍，聽錦娘給王嬤嬤求情，她心中一暖，眼淚就出來了，哽了聲道：「錦娘，妳……真是個心善的好孩子，她……她畢竟服侍了我幾十年……」說著又憤恨地看著王嬤嬤。「今天且饒著妳，但死罪可免，活罪難逃，妳惡奴欺主，這板子無論如何也逃不過去的。」

「娘，這個人交給我娘子處置——」

冷華庭的聲音突然自門後傳來，錦娘聽了心裡一慌。不好，一會子他要進來看見自己掛了彩，指不定會怎麼樣呢，先躲一會子再說。

她忙找地方就想躲，也不管王妃和王嬤嬤如何，一隻手撫著頭，一隻手提了裙就想自偏門出去。

王妃被她弄懵了，扯住她問：「孩子，妳要去哪裡？」

錦娘怎麼好說自己想要躲自家相公，於是皺了眉道：「娘，我想去躺著，頭痛呢。」

王妃聽了就心疼得不得了，忙道：「也好，已經著人請太醫了，這會子怕是正在路上……」

錦娘一聽，忙點頭，正要繼續跑，就聽冷華庭的聲音越來越近。「娘子，妳給我老實地站好了。」

與正堂連著的門砰地一聲打開了，冷華庭冷著一張臉自屋裡推著輪椅過來了，身後還跟著一臉若有所思的王爺。

冷華庭一看錦娘頭上包著塊紗布，衣服上好多血跡，鳳眼便如充了血一般變得赤紅，幾下就推了過來，一把將她扯進懷裡，心裡又氣又憐又痛。臭丫頭，她說要捉老鼠，自己便故意給了機會讓她捉，沒想到她竟是用自殘的方式去捉，老鼠沒怎麼樣，她倒先受傷了，還真是越活越回去了！

先前他在正屋裡與王爺說話時，便感覺到有人躲在門後偷聽，王爺也注意到了。雖說這連著的幾間屋子，丫鬟婆子不少，但是偷聽之人的呼息是與常人不一樣的，偷聽者，一般離得近，會放緩呼吸，而心跳卻是因心慌而比常人要快，以他們父子兩個人的功力，要聽分辨這點很容易。王爺當時就皺了眉，想要動手，他卻暗中阻止了。

他知道，錦娘會採取行動的，他們畢竟是男人，這後院裡的事還是由女人來處理比較妥當，而且，先前他也只是聽到王嬤嬤的尖叫聲，並未聽到錦娘呼救，知道以她的聰明，應該會保護自己才對，可是……

「妳……妳……妳是要氣死我嗎？」他的聲音顫抖著吼道，一隻手微微揚起，想要摸她的傷處，又怕觸痛了她，竟是僵在半空中不停地抖著，一低頭看見王嬤嬤正跪在地上發抖，毫不猶豫便扯了錦娘頭上的髮釵向她擲去，不偏不倚，正好插在王嬤嬤的手心，竟是將她一隻左手釘在了地上，痛得王嬤嬤一聲慘叫。冷華庭眼一橫，又要去扯東西砸，身後的王爺及時過來捉住了他的手，勸道：「庭兒，不是說要交給兒媳處置的嗎？」

冷華庭這才悻悻地作罷，卻仍是狠戾地瞪著王嬤嬤。

王嬤嬤這會子連死的心都有了。二少爺就是這個府裡的魔王，又最是心疼二少奶奶，這事一定沒完。自己今天明明就很小心，怎麼就被少奶奶發現了呢？碧玉……對，是碧玉這小蹄子動了手腳，方才她就幫著少奶奶合夥來欺負自己……她是巴不得自己出了事，好成了王妃最得力的心腹……

想到這裡，她是又氣又害怕，一時無計可施，乾脆眼一翻，暈了過去。

劉婆子一直在一邊緊張地看著這一幕，真真看得膽戰心驚，原本還想過來幫王嬤嬤一把的，現在是躲在角落裡連腳都不敢移半步，生怕被二少爺和二少奶奶瞧見了又引火自焚。王嬤嬤這回也是太大意了，以為自己資格老，又是王妃的奶娘，誰見了都會禮讓三分，就是做錯了什麼，王妃也會容忍她，可沒想到動到了二少奶奶身上，那二少奶奶看著是個溫厚的，實則心思縝密，又會耍手段，自己就勸過，有些事情忍忍就算了，她偏不聽，看吧……

「相公，放我下來，也不是很疼的。」錦娘被冷華庭圈在懷裡，身子半歪半坐著，這樣子太過親密無狀，王爺和王妃可都在呢。

冷華庭將她的身子挪了挪，讓她坐正了一些，手卻圈得更緊了。「失了血呢，別站起來了，會頭暈的。」聲音雖是挾著火氣，卻又帶著疼惜。錦娘臉都紅了，在他身上扭了扭，仍是掙扎著起來。「相公，我……我坐著腰疼，想站一會子。」實在是想找個地洞鑽進去。他好意思，自己不好意思啊，一屋子的人都看著，他就這樣不管不顧地抱著……

冷華庭這才鬆了手，輕輕放她站好，卻仍是氣憤地瞪她。

王妃見王嬤嬤已經暈過去了，便叫人將她抬了出去。錦娘不放心王嬤嬤那張嘴，她剛才實在不能確定她到底聽去了多少，剛想跟著過去，冷華庭一把就扯住了她的手，對她眨了眨眼，錦娘便頓住腳，沒有再跟，卻還是不放心地對王妃說道：「娘，讓碧玉去看著王嬤嬤吧。」這屋裡，能信得過的只有碧玉，有碧玉守著，王嬤嬤又得了這麼大一個教訓，相信她暫時不會亂說什麼的。

王妃聽了怔了怔，但很快就點了頭，讓碧玉跟著去了。

她也感覺到了不對，今天不只是王嬤嬤做得反常，就是錦娘也是……或許，她又發現了什麼？

第四十八章

原本要下廚的，經這麼一鬧，王妃也沒了心情，與王爺和冷華庭、錦娘幾個一起回了正屋。

王爺原是不太相信冷華庭的話的，但經王嬤嬤一事，他心裡也立即提了幾分警醒。看來，正如錦娘所說，這府裡還真是不清靜呢，連王妃身邊最得力之人都有問題，這……還有誰是值得信任的？

王嬤嬤這事一定得往深裡查，不管與堂兒有沒有關係都得查，似此等將心機手段用在自家人身上之事，若不整治，將來整個府裡只會越來越亂。自己不許庭兒傷害堂兒，那堂兒就更不能使陰絆子害庭兒，手足相殘是他最不能容忍之事。

想著王妃向來溫厚，論起籌謀計策來，怕是根本就比不過錦娘，也不知道這個媳婦是怎麼發現的，自己和庭兒是有那功力能聽得出來，她呢？定是早就發現了王嬤嬤的不對勁，所以才會及時地將她揪了出來……

「娘子，去請個大夫給王嬤嬤治治，不能讓她隨隨便便就死了，她身上必然有些見不得人的東西。」說著，他頓了頓，又有些愧疚和憐惜地看著王妃。她應該很傷心吧，被最親近之人背叛的滋味一定很痛苦，是自己一直沒有保護好她，才讓她……一再地受苦。

王爺自桌上伸了手去，蓋在王妃的手背上。「妳……好生歇著吧，這院裡的事，還是交給兒媳整治整治，妳也放放手，好生享享福。」

王妃正為王嬤嬤之事傷心著，聽了王爺這話，心裡一暖，眼睛又潮了。十幾年的夫妻了，他雖然有時也糊塗，讓她氣惱，但他的心裡有她，她是知道的。她抬起水霧矇矓的美眸，眼裡波光流轉，情意切切，看得王爺心頭一顫，心裡的憐惜之情更盛了。

「有多少年沒帶妳出過門子了？過些日子，咱們兩個去大明山的莊子裡住住吧，那兒的溫泉不錯，一起鬆活鬆活，悠閒地過幾天清靜日子，年節前再回來，這府裡，就由得他們幾個小的鬧去，妳說好嗎？」王爺語氣溫柔，聲音輕軟。王妃聽了心情大好，卻是嗔他當著兒子媳婦的面如此孟浪，不由紅了臉，嬌羞地點了點頭，聲音如蚊蚋一般。

「那就依王爺的。」

錦娘看著王妃王爺重修舊好，心裡便甜得似蜜似的，尤其是難得見王妃表現出一副小女兒的嬌怯模樣，更是看得錯不開眼。真是美啊，天仙來了怕也要遜色幾分……王爺其實也很帥的，放在現代可是一個極品熟男，怪不得相公生得如此妖孽，唉，為什麼自己這個身子就只是普通呢？二夫人其實長得還是很美的……

正胡亂想著，手被人用力一拽，差點嚇出她的魂來。她回過頭去，就見冷華庭兩眼冒火，小聲罵道：「看癡了妳！」

錦娘被他說得怪不好意思的，低頭看他，卻看他原本白皙的臉上泛起紅暈，鳳眸湛亮如星，看得她兩眼又瞇了起來，卻見冷華庭對她嫣然一笑，差點就把她的魂給勾了去。

「王爺、王妃，宮裡劉醫正大人來了。」屋裡一老一少兩對夫妻正情意綿綿時，青石自外面走了進來，大聲稟報。

一時，兩對男女同時一怔，也鬧出了幾張紅臉，青石看了，差點沒咬著自己的舌頭。自己真是塊大石頭，怎麼就沒等一會子再進來稟報呢？

王爺最先收斂心神，一本正經地對青石說道：「快快有請。」

一會子劉醫正進來了，都是老熟人，客套的話也不多說，冷華庭在一旁催促著快些給錦娘看頭上的傷。劉醫正看過後，還真是無奈得很，他堂堂一個國手，難道就是專門來治這芝麻綠豆大的小傷嗎？簡親王府的人也真是金貴呢！

開了幾劑收血調養的方子後，小丫頭泡了茶上來了。

王爺便想起先前王嬤嬤說錦娘有宮寒不足之症來，忙問劉醫正。「當年貴妃娘娘得的那宮寒之症可是有醫？」

劉醫正笑著回道：「回王爺的話，倒不是下官醫的，不過，好像並沒治好。」

王爺一聽，便憂心起來。錦娘這孩子實在不錯，可是……若不能生育……難道要給小庭娶個側室進來？

王妃見他臉色不豫，忙對劉醫正道：「劉大人，本妃兒媳之病可是一直由你把的脈，既是來了，再幫著看看？她那寒症也吃了不少藥了，該有些成效才是。」

劉醫正來時便有了這打算，不過，先前來的幾次，簡親王爺不在府裡，這會子正好，趁著王爺在府，好讓他見識自己的醫術。看他們對二少奶奶的緊張程度，若自己將她這難症給治好了，有些事情也好開口，他在四品這位置上也待得太久了些……

劉醫正於是給錦娘仔細探了脈，仍如以往一樣，神色嚴肅，眉頭緊皺，看得一旁的病人親屬沒來由地緊張，王妃連呼吸都屏住了，兩眼緊緊盯著劉醫正的臉色。

錦娘自己也緊張。王爺在呢，若是自己這病總不能治好，相公再是疼自己，怕也會弄幾個通房小妾什麼的進來給自己生閒氣。

冷華庭倒是坦然得很。他相信錦娘一定會好的，就算不會好又如何，最多不要孩子，誰也別想逼他娶小妾通房，他這輩子看上了這個笨丫頭，眼裡就再難挾得進人去，她再醜再笨，他也只喜歡她。

劉醫正賣夠了關子，探了右腕探左腕，好半晌，他突然起了身，也不說病情如何，嚇得王妃差點就呼出聲來，卻見他走到正前方，兩手一揖，行了一禮。王爺心下一涼。莫非他又要說「下官無能請另請高明」云云？

卻見劉醫正莞爾一笑，大聲賀喜道：「恭喜王爺和王妃，令媳宮寒之症已經好了，最遲明年，貴府怕就會添了小少爺呢！」

王妃聽得差點虛脫過去。這個劉醫正還真是會賣關子啊，弄得她整個心都揪了起來，不會早些說了嗎？偏要弄這一套，不過……真是高興啊，錦娘……她終於好了，庭兒屋裡也不用弄那些個小妾通房的進去鬧了，而且，庭兒若是能站起來，那世子之位……

想著明年就可能有孫子抱，王妃真真喜不自勝，忙叫了青石去治謝儀。

王爺聽了也是喜出望外。庭兒和錦娘的感情他也能感覺得到，兩個孩子都是聰明又仔細的，若是再能有個孩子傍身，將來他們也不用自己太過擔心了。

錦娘當然也是很高興的，只是又愁，劉醫正說明年就能有孩子了，天，明年她也才十五歲好不，能生嗎？

冷華庭兩眼明亮地看著錦娘。這會子他什麼也不想做，只想將她抱回屋裡去，好生疼愛一番才好。孩子……明年自己保不齊就能做爹爹了，昨兒個看小軒那三分憂愁、七分得意的那樣子他就氣，了不起嗎？不就是要做爹爹了，哼，自己也會有兒子，還是嫡子呢！

王妃給劉醫正封了五百兩的紅包謝儀，劉醫正又說了些要注意什麼什麼的話，由王爺陪著去了書房，王妃見屋裡也就幾個信得過的人，便問錦娘。「妳可是發現了什麼？」

錦娘聽了便看了眼冷華庭，冷華庭便笑著對王妃道：「爹爹才不是跟您說，讓您歇著，什麼事也別管了嗎？您可是不信娘子？」

王妃被他說得一怔，見他難得臉上帶笑，心一寬，說道：「好，娘就由你們鬧騰去，娘不管了，只是，回來時，可得給娘一個說法才是。」

錦娘卻覺得這樣不是很好，畢竟王嬤嬤是王妃最為體己之人，真要將王嬤嬤怎麼樣，還是得問過了王妃才行，且王嬤嬤這事不說明白，王妃出了門子也會玩得不安心，還是說明白的好。

「娘，兒媳覺得王嬤嬤確實有問題。適才相公和父王在正堂說話時，她正躲那門後偷聽呢，正是碧玉看見了，提醒兒媳，兒媳才知道的。且先前父王一回來，她便偷偷去了後院小黑屋那兒，一會子便傳出劉姨娘的哭聲，那不是去報信又是做什麼？您這院裡人怕還真的要清一清了，哪有一句、兩句話都掩不住的，發生半點事也總有人來摻和著，難道您不覺得奇怪嗎？」

王妃哪裡不知道自己屋裡有問題，只是她也查過幾次，卻總查不出個名堂來。以前她也就是讓王嬤嬤著手去查的，原來，那有問題之人便是王嬤嬤，怪不得什麼也查不出來。可是……她為何要這樣做呢？

突然，她眼睛閉了閉，就想起多年前的事來。

當年，劉姨娘母親那事鬧開後，父親還是撥了一批人去外院，其中便有王嬤嬤的親姊。那時，那外室正好就生了劉姨娘，她親姊也就做了劉姨娘的奶娘，服侍她好些年，後來……因個什麼事情竟然死了，莫非……

而且，王嬤嬤的兒子原就是娶姨表親，正是那姊姊之女……她難道因這個就對自己生了異心？

原想著自己對她那樣好，又是正妃的地位，她怎麼著也該想方設法地維護自己才是，沒想到，她竟是懷了那樣的心腸……或許，是看自己的兒子不能承爵，而她的兒子又得在府裡繼續過下去，想要給兒子保個好差事、好地位，巴著世子夫妻，那也是說得過去的。

再者，錦娘上次給自己弄的那個治理院子的條陳，很是擋了王嬤嬤一條財路，她定然也為這事恨上了錦娘的……

「孩子，妳放心查，娘只要結果就成。有些人既然起了心要背主求榮，那咱們就成全她，等事情查出來了，妳就讓她跟了她新主子去。」

王妃這話說得咬牙切齒。如今越想越怕，身邊怎麼有了這麼一條蝮蛇，自己怎麼就沒發現呢？也許王爺說得對，自己太過溫厚，又太過容易信任人了，總想著她是自小兒就跟著自己的，那感情比起親母女來不過是只隔了層肚皮，怎麼可能去懷疑她、不信任她？

一時，這些年來一樁樁、一件件的事情全在王妃腦子裡翻江倒海。

錦娘不忍心看王妃臉上的哀痛，柔聲對王妃說道：「娘，兒媳若是查出什麼結果，還是會將她交給娘的，畢竟您和她這麼多年的情分在，您有什麼事也可以一併問了她。」

王妃點了點頭，只覺得自己渾身無力得很。

一時飯菜做好，請了王爺過來用飯。劉醫正早就走了，一家子難得坐在一起，王爺和王妃也不讓錦娘立什麼規矩，就讓她坐下用飯。

王爺是越看錦娘越覺得滿意，用過飯後，對錦娘道：「孩子，妳那城東鋪子如今經營得如何了？」

錦娘聽了怔了怔，忙回道：「回父王的話，那鋪子兒媳讓富貴叔接手了，兒媳打算也做中低檔的綢緞生意，不過，咱們府裡鋪子做的是宮裡頭的，兒媳想，這京城裡頭各大親貴家裡也有不少奴僕，想把這生意給做起來。」

王爺一聽，端了茶的手便是一頓，眼睛發亮地看著錦娘。「孩子，妳果然有見地，不過，京裡大戶人家府裡奴僕們的衣裳一般都有了固定訂貨的管道，有些自家便有鋪子，這想法是好，卻是難成啊。」

錦娘笑了笑，回道：「這點兒媳也想到了，自家有鋪子的雖是多，但也不是家家都做綢緞生意的，兒媳想著也可以和別人家做交換生意。」說著猶豫地看了王爺一眼，欲言又止。

王爺便鼓勵道：「無事，妳但說無妨。」

錦娘便接口道：「像咱們這個大府裡，每年所需的胭脂水粉、乾貨南雜，還有些釵頭粉飾，一應的用度方方面面都有，咱家定是也開不了如此多種類的鋪子，那還不如在人家鋪子裡訂購咱家缺的，讓他們在咱家鋪子裡訂購綢緞，都是親貴，相互也可以折些價，又是定數，倒是可省了許多採買環節裡的漏洞呢。」

王爺聽得笑了起來，眼神複雜地看著錦娘，沈吟了會子才道：「這倒是個好法子。而且，如此一來，倒是讓王府與京裡不少親貴家的關係更進了一層，也減省了府裡的用度。只是，這樣一來，妳怕是又要遭嫉了，孩子，妳可是將人家腰裡的錢袋子給捂死了，得小心別人使蛾子。」

王妃聽了也接著道：「再者，那鋪子是妳娘家的陪嫁之物，咱們這府裡院落也多，若是因著妳改了人家慣用的東西，只怕也會有人恨的，怕是第一個鬧起來的便是——」

錦娘倒真沒想這麼多，她只是想著開源節流，又能對自己鋪子有好處，畢竟交換生意，自己鋪子裡的貨定然要比市價低一些人家才肯做的……

「那倒不怕，妳只管做著，有父王為妳撐腰呢，看這府裡誰敢說三道四去？妳只管將每院裡節省出來的開支撥還給他們銀兩便是，並不虧待了他們，如此也算公平，若還有人鬧，鬧一個，妳便罰一個。妳娘如今身子也不是很康健，她……又是個不耐管這些雜事的，以後妳就幫著妳娘掌著家了。」王妃話音未落，王爺便截口道。

這話聽得王妃和錦娘全是一震。王爺這話是讓錦娘接手掌家呢，那上官枚要知道了還不得鬧翻了去？說起來，世子妃身分也高，又是在大的那個，那掌家之權怎麼著也該給了上官枚才是，王爺這意思……

「莫怕，為父只是讓妳幫著妳娘管著呢，她沒精力管這些，掌家的名頭還是妳娘，別人想鬧，也鬧不過這個去，最多說妳娘偏心眼罷了。這事父王會在年節下說的，妳只管大膽做去，有父王給妳撐著。這府裡確實不太安寧，為父朝中之事太多，也沒那麼多閒心管後院裡的事，妳就當幫妳娘了，再不整治，估計哪一天我和妳娘飯菜裡都會放了毒去。」

王爺知道錦娘的顧慮，忙又道。王嬤嬤之事讓他很有觸動，王妃身邊那樣信任的一個人，竟然也是有問題的，若不是自己與小庭親耳聽到，此事說出來自己怕也不會相信……這還只是個下人，保不齊，她背後就有人撐著呢。

而且，王爺最大的目的便是要考察錦娘治家理財的能力，如今庭兒腦子是好的，再也不是半傻子了，他欣喜的同時，更加堅定了早日將那墨玉全權移交給他們小倆口的信心。

錦娘若真做出些成效來，自己在皇上面前也好開口，皇上也不會因著小庭腿腳不便而有所顧忌了。

用過飯後，錦娘便立即和冷華庭去了王嬤嬤的屋子。

在路上，錦娘擔心地對冷華庭道：「你和父王在屋裡說了些啥？要緊不？她就躲那門後聽呢。」

冷華庭手裡正扯了根狗尾巴的枯草在玩，一聽這話，便拿那草去搔她的脖子，翻了白眼道：「我和爹爹說話時聲音很小的，除非她也有功力，不然是聽不去的。倒是妳啊，怎麼越發笨了，妳不會換個法子嗎？妳看妳，為個奴婢把自己都弄傷了，這府裡壞心思的人多了去了，抓一個妳弄傷自己一回，那十個、八個下來，妳不要去了半條命？以後妳再這麼不小心……」

錦娘看他眼又紅了，語氣裡也是帶著嗔怒，忙捂了他的嘴，討饒道：「不了、不了，再也不會了，這一次是太心急，就怕她真聽到了什麼會壞了相公你的事……以後我會想周到一些的，咱們……咱們還沒生寶寶呢，我怎麼捨得相公……」這話只說了一半，錦娘便羞得不敢抬眼。怎麼說著說著就到生孩子上去了，要求饒也不用說這個啊……

果然冷華庭眼都亮了，促狹地將她一把扯進懷裡，伸指點了點她的下巴，聲音便有些飄。「娘子，妳想給為夫生幾個？我想好了，最少得四個，兩兒兩女，那樣大家都有伴兒……嗯，一年生一個太辛苦了，不若咱們兩年一個吧……」

「相公！」錦娘終是受不住，嬌聲喚道。

冷華庭哈哈大笑了起來。「娘子害什麼羞？生孩子是每個女子必經的呢，嗯，當然，我也得多努力努力才是，光讓妳一個人，還真是生不出來啊。」

這廝越發油嘴滑舌了。錦娘羞不自勝，自他身上站了起來，也不管他，提了裙就悶頭往前走。

冷華庭自己推著車在後面大喊大叫。「娘子，羞什麼，為夫又沒有說錯啥，一起走啊，娘子，妳不管我了？」後頭那句便是帶了哭腔，錦娘聽了便回頭，果然這廝又是瞪著一雙無辜的眼睛，她不由在心裡嘆了口氣。就不會換一招嗎？可是……自己就吃他這一套，看不得他那副模樣。

她又乖乖轉身，老實地過來推他。這回冷華庭也不笑她了，只是時不時地回頭看她，眼裡是藏也藏不住的笑意。

王嬤嬤並沒有真暈，碧玉也給她請了大夫，將那髮簪弄出來，也包好了手，只是痛得她嘴角都在抽搐，不時地就罵碧玉兩句出出氣。碧玉聽了也不氣，隨便她罵也不還口，只是守在那屋裡，誰也不得進去。劉婆子來探過兩回，都被她冷冷地趕了出去，那劉婆子像急得不行了，在屋外轉了幾圈，後來便走了。碧玉想，怕是又給某些人報信去了吧。

錦娘推著冷華庭一進門，王嬤嬤的罵罵咧咧便消停了。她實在是怕二少爺得緊，今天可是惹了魔王了，這一頓打怕過不去的。

誰知錦娘在她屋裡慢悠悠地轉了個圈，什麼也不說，又推了冷華庭出去了，像是在這王嬤嬤屋裡旅遊了一趟似的，看得碧玉和王嬤嬤全都瞪大了眼，不可思議得很。難道少奶奶不想問王嬤嬤的罪？

王嬤嬤卻覺得膽子又壯了起來。定是王妃仍是捨不得自己的，少奶奶怎麼著也得給王妃幾分面子，不敢拿自己怎麼樣。嗯，得想個法子見見自己的兒媳一面，有些事情自己動彈不得，交代了她去做便是。

錦娘出去時，睃了一眼碧玉，碧玉很機靈地跟了出來，錦娘便附在她耳邊吩咐了幾句，碧玉聽得連連點頭，不久後，錦娘便回了自己院子。

第二日，錦娘一大早便起來了，與冷華庭一起去給王妃請安，卻意外地看到冷華堂與上官枚先來了。

這讓冷華庭看著怔了。錦娘不知道內情，只當是冷華堂在哪裡玩過後又回來的，只是看上官枚的神色清爽得很，不像是在賭氣，看來，冷華堂一回來定是又想了啥法子哄得她開心了。唉，女人啊，再聰明，在自己心愛的男人面前也會變成傻子的。

冷華堂除了面色有些蒼白外，看不出有其他異樣，冷華庭便忍不住朝他手腕處多睃了幾眼，但廣袖掩著，他又是垂了手的，什麼也看不到，心裡越發起疑，腦子裡便想著要怎麼讓他露出原形才好。

「小庭可是來晚了喔，大哥在這兒等好一會兒了呢。」冷華堂看著緩緩進來的冷華庭，滿面笑容地說道。

冷華庭懶得理他，仍如往常一樣兩眼看天，無視他的存在。

冷華堂也不氣，仍是一臉溫潤的笑，錦娘卻是上前福了一福道：「恭喜大哥，過些日子就可以迎娶新人進門，大哥院裡又添新人，得享齊人之福。」

冷華堂聽了笑容便有些僵，微偏了臉看了眼上官枚，果然上官枚原本笑吟吟的臉上又帶了怒氣，只好乾笑著對錦娘道：「弟妹多禮了，不過一個側室罷了，無甚可喜的。」

他這話也是在輕侮錦娘，他要娶的側室可是錦娘的姊姊，他越是不在意，錦娘作為娘家人便會越是沒臉。不過，錦娘無所謂，她對孫玉娘那人不關心，冷華堂看不看得起孫玉娘，與自己無關。

上官枚聽了倒是又翹起了嘴角，驕傲地向錦娘挑了挑眉，一時王爺王妃都出來了，兩對夫妻便同時上前請安。王爺一看冷華堂，先是一喜，立即又沈了臉。

「你個孽子，這幾日都在哪裡胡混去了？快說！」

冷華堂聽了垂手站立堂前，老實應道：「回父王，兒子……那日與寧王世子幾個……去了西山玩呢，多喝了些酒，醉了些時日……」說著單腳跪地，一副請罪認罰的樣子。「兒子下次再也不敢了，請父王饒了兒子這一回吧。」

王爺看他臉色蒼白，確實像宿醉剛醒的樣子，也不像在說謊，心裡稍安，只希望他不要是庭兒所說的那樣就好。玩鬧嘛，少年人心性而已，再大一些就會改了的，況且，堂兒平日也還端方守禮，不會真像那寧王世子一樣，變成個渾人。

「這次就算了，以後你再不可與寧王世子廝混在一起了。你好好一個世子當著，與那些污七八糟的人攪在一起做甚，沒得丟了我簡親王府的臉。再者，你數日不歸，總該有個音訊送回家才是，讓父母憂心便是不孝，看把枚兒急得，那幾日都要掀這府裡的屋頂了。」王爺半罵半笑，倒讓冷華堂鬆了口氣。父王對他還是很信任的，也關心，前幾日心裡的酸楚更是消散了不少。

上官枚也被王爺的話弄了個大紅臉，垂了頭，嬌羞地拿眼睨冷華堂。

一會子小丫頭沏了茶上來，每人上了一杯，冷華庭端著茶，突然對王爺道：「爹爹，明兒起，就讓娘子幫著娘管帳吧！我娘子是嫡媳，以後就得她來掌家，這屋裡，誰也沒我娘子能幹。」語氣裡全是小孩子氣的無理霸氣。

說得王妃就凝了眼。庭兒今兒是怎麼了？先前王爺是說了讓錦娘幫著掌家，但那也是要以自己的名義，怕的就是上官枚會鬧呢，平日不多嘴的他怎麼會把這事給戳到明面上了？

王爺也是怔住了，不太明白冷華庭的意思。如今他已經知道兒子並非真傻，如此衝動的傻話便是有深意，不由多看了冷華庭兩眼。

果然上官枚一聽，原本嬌羞垂著的頭立馬抬了起來，不可思議地看著王爺和王妃，衝口道：「父王，二弟說的可是真的？」

王爺聽得一滯，不知道要如何回答，便見冷華庭正在瞪他，想著這話原就是自己昨兒提出來的，今兒要是當著庭兒的面不應，只怕他又要發脾氣了。

只好點了頭對上官枚道：「是妳母妃身子不好，為父要帶了她去大明山消閒一陣子再回府，這府裡一應的事宜暫時全由庭兒媳婦管著──」

「不是暫時，以後也得我娘子管著，誰也不許多管。」冷華庭不等王爺話說完，便截口道。

王爺真覺得自己頭很痛，剛要再說什麼，冷華庭眼睛就紅了。「父王你說話不算數，昨兒便是你親自說的，要讓娘子幫娘管家，說娘子最是聰慧不過，你……你不興騙小庭，你今兒要是反悔，小庭、小庭就──」

「小庭，這事由不得你胡鬧，掌家可是大事，可不是你胡鬧便可以定下的。」冷華堂不等冷華庭說完，一改平日裡對他百依百順的樣子，加重了語氣喝斥道。

王爺聽了就凝了眼。原來堂兒真在有利益衝突時，會與小庭爭呢……不由故意猶豫著。

「爹爹，你若不應，小庭就要砸了這屋子，不信你試試看！」說著，隨手就抄起身後錦格上的花瓶就砸。

王爺一看臉都綠了。那可是上好的花瓶，一個得值好幾百兩呢，庭兒就是要裝，也別拿自己屋裡的東西出氣啊！

但他臉上卻只是一片不安和無奈，仍是輕言勸道：「唉呀，庭兒，你、你怎麼能砸爹爹屋裡的東西？那個砸不得、砸不得的，堂兒，你快去阻止他，快！唉，我的紅珊瑚啊，好不容易自六王爺手上要過來了……別砸，最多父王應了你……」

「小庭，你太過分了，怎麼越發地任性妄為起來？」冷華堂一聽王爺讓他去阻止，喝斥著衝了過來，一聽王爺像是要鬆口，更是心急，伸了手就去搶冷華庭手裡拿著的紅珊瑚。

結果冷華庭也不等他拿實了，突然手一鬆，那珊瑚便摔在了地上，哐噹一響便碎了。王爺和冷華堂正愣怔著，說時遲，那時快，冷華庭突然奪了錦娘手裡的那碗熱茶便向冷華堂手上潑去。

那可是剛沏過來的滾茶，冷華堂雖是穿得厚，但離得近，那碗茶便一滴不剩地全澆在了他衣袖裡，頓時燙得他跳起來，忙伸手去捲衣袖，卻是捲了一半後又忍住了，一臉的痛楚卻生生受著。冷華庭見了更是疑心。

那邊，上官枚見了便嚇得哭奔過來，對著冷華庭道：「你……你也太混帳了一些，別以為人家當你小，讓著你，你就可以為所欲為。」

說著人早就撲上，一把擼起冷華堂左手的衣袖。冷華堂手上火燒火辣地痛，頭上的汗都出來了，一時沒來得及躲閃，讓上官枚將他的手腕露了出來。

果然，那廣袖下的手腕包了一層白紗，而茶水連那層白紗也浸透了。他忙想要捲下衣袖，王爺卻是眼尖，沈了聲問道：「堂兒，你那手腕何時受了傷？」

冷華堂支吾著道：「沒怎麼傷，那日騎馬蹭破了些皮。」卻是痛得緊咬牙關，聽著就像是在抽氣。

王爺見了便大步走了過來，一把抓過他的手腕，幾下便拆了纏著的紗布，露出裡面一道整齊卻泛紅的傷口，一看便知是用刀器割傷的，而且，正在腕脈之處——

——未完，待續，請看文創風071《名門庶女》4

狗屋
文創
風
書虫有禮！
復貴盈門
無鹽妖嬈
競芳菲
名門庶女
春濃花開

五. 活動辦法→

Step1： 請挑選一本最愛的狗屋「文創風」書籍，撰寫您的個人書評，
推薦內容字數限50～140字之間。
（請分享看完這本書的心得，或是喜歡這本書的原因。）

Step2： 登入「博客來」或「金石堂」會員，找到該書籍頁面進行書評留言。

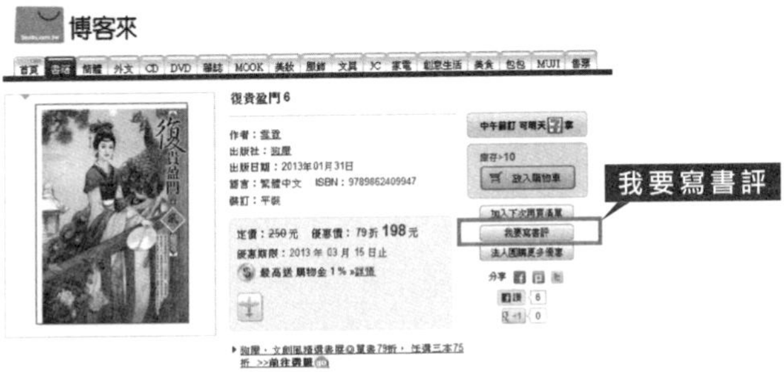

Step3： 成功留下書評後，請直接複製您的書評網址，來信至leaf@doghouse.com.tw，
信件主旨請標明：【我愛文創風！書虫書評_博客來】
(或金石堂，依您實際留言成功的網路書店為準)，信中也務必留下
您的聯絡資料——**真實姓名、聯絡電話、郵寄地址、郵遞區號**。

Step4： 耐心等候得獎名單，也別忘了號召狗屋粉絲們一起來寫書評、拿好書哦！

六. 活動辦法→

▶「書虫獎」：**文創風書籍乙本：共計10名。**
（文創風015～016、017～018恕不參加贈書活動，其他皆可由您自行指定。）

▶「加碼獎」：**狗屋好物驚喜福袋，共計 3 名。**

「書虫獎」採隨機抽選，「加碼獎」則由狗屋編輯票選出最用心的三則書評，
得獎名單於4/12公佈在狗屋/果樹天地官網，並同步發佈至粉絲專頁，
請您密切關注官方粉絲團訊息，聯絡資料不完整則視同棄權，不予以遞補得獎者。

七. 注意事項→

1. 參加活動即代表您同意分享您的書評，如經採用，可轉載於狗屋/果樹所發行或維護的媒體、電子報、網站及刊物上，與其他讀友分享。
2. 所有活動相關辦法，皆以本網頁公佈為準，贈書不得折換現金或其他物品。
3. 獎項寄送地區僅限台灣地區，恕不處理郵寄獎品至海外地區之事宜。
4. 狗屋/果樹 有權修改贈書活動的實施權益及辦法。

開創庶女宅鬥新天地——

名門庶女

鬥起來花招百出、讓妳目不轉睛！
拿起來就放不下，看一眼就愛上！
聰明庶女 + 腹黑少爺 精彩好戲 恭賀新喜！

花招百出、拍案叫絕 宅鬥界新天后／

不游泳的小魚

文創風 068 1

既然穿越又重生，就是不屈服於命運！
即使生為庶女，她也要過得比嫡女更好！

文創風 069 2

嫁雞隨雞、嫁狗隨狗，而她孫錦娘嫁給冷華庭，
自是要以他的好為好，所以，任何想傷害他的人要小心嘍，
悍妻在此，不要命的就放馬過來吧……

2013/3/2 2～4 在狗屋網站【先讀為快】敬請期待！

復貴盈門

善良無用，心慈手不軟才是王道！
重生之後，鬥權勢地位更要鬥心！

頂尖好手 雲霓

重生／宅鬥／權謀／婚姻經營之道的磅礴大作！

文創風 054 1

記得那晚，
她的洞房花燭夜本該喜氣洋洋，但揭了紅蓋頭之後，
原來是她誤將小人當良人，可憐她至死才省悟，
溫婉單純絕非優點，卻是令別人掐住自己的弱點！

文創風 055 2

重生之後，鬥人心算計、
使些手段把戲對她而言應付自如，
怎奈她心思如何機敏剔透，
仍有一個人教她看不清——康郡王；
這男人心思詭譎且深不可測，
她只得謹慎再謹慎，步步退讓只為求全……

文創風 056 3

對自己的婚事，她不求富貴榮華，只求平凡度日，
誰知康郡王非要橫插一手，竟然使計求得皇上賜婚！
從未想過要當郡王妃，但既然受了周十九「陷害」，她也絕不示弱——

文創風 057 **4**

她深知自己總是看不透周十九，
便不費心猜他，睜隻眼閉隻眼地過了，
而他，卻時不時透露些自己的小事、喜好，彷彿在引她親近，
彷彿對她說，既然成了親，
便有很長、很長的時間，與她慢慢磨……

文創風 058 **5**

成親前，從未想過這個狡猾如狐狸、
狠如虎豹的男人能如此呵護自己，
但關於他的事，真真假假、假假真真，
或許有時也要由她「出擊」，
讓他明白，他想讓她心裡有他，
她也想他心中擱著她這個妻子……

文創風 062 **6**

曾幾何時，
她對周十九的猜疑及不確定淡了，
取而代之的是相信他的許諾，
從前，總覺得相識開始，
他便要將自己掌握在手，
連她的心也要算計，
但如今，
她明白結了婚不是誰拿捏了誰，
誰要主內主外，
卻是累了有個溫暖懷抱可倚靠，
傷心了能放心地落淚……

文創風 072 **7** 完

人只有一生一世，
真正存在的便是當下；
這一生，他既能為她感情用事，
她也能為他要跟上天拚一次，
搏一個將幸福留在身邊的機會——

文創風
070

名門庶女 3

國家圖書館出版品預行編目資料

名門庶女 / 不游泳的小魚著. --
初版. -- 臺北市 : 狗屋, 民102.02-
冊 ; 公分. --(文創風)
ISBN 978-986-328-017-0(第3冊:平裝). --

857.7　　101027936

著作者　不游泳的小魚
編輯　戴傳欣
校對　黃薇霓　林若馨
發行所　狗屋出版社有限公司
地址　台北市104中山區龍江路71巷15號1樓
電話　02-2776-5889～0
發行字號　局版台業字845號
法律顧問　蕭雄淋律師
總經銷　知遠文化事業有限公司
電話　02-2664-8800
初版　102年3月
國際書碼　ISBN-13　978-986-328-017-0
原著書名　《庶女》，由瀟湘書院中文网（www.xxsy.net）授權出版

定價230元
狗屋劃撥帳號：19001626
網址：love.doghouse.com.tw　E-mail：love@doghouse.com.tw